董学增　主编

增定词谱全编

第五册

北京燕山出版社

第五册 目录

《钦定词谱》录而《词分谱汇集》未含之元曲

未编校词谱

组词

七言词谱

五言词谱

五、七言组词

《钦定词谱》录而《词分谱汇集》未含之元曲

1. 殿前欢　　见张可久《小山乐府》，其中衬字不拘。一名《凤将雏》。

双调四十二字，上阕四句三平韵、一叶韵，下阕五句两平韵、两叶韵

张可久

水晶宫。四围添上玉屏风。
●○△　⊙○○●○△

姮娥碎剪银河冻。搀尽春红。
⊙○●●○○▼　⊙●○△

梅花纸帐中。香浮动。
○○●●△　○○▼

一片梨云梦。晓来诗句，尽出渔翁。
⊙●○○▼　⊙○○●；⊙●○△

（张可久别首，下阕第二句添二字：○●○○▼。）

2. 干荷叶　　元刘秉忠自度曲。

单调二十九字，七句四平韵、两叶韵

刘秉忠

干荷叶，色苍苍。老柄风摇荡。减清香。越添黄。
○○● ；●○△　　●●○○▼　　●○△　　●○△

都因昨夜一番霜。寂寞秋江上。
◉○◉●●○△　　●●○○▼

（刘秉忠别首，结句添一字且折腰：○●●、○○▼。）

3. 黄鹤洞仙 调见彭致中《鸣鹤余音》，马钰词。

双调五十字，上阕五句三仄韵，下阕五句一仄韵、两重韵

马　钰

终日驾盐车，鞭棒时时打。
○●●○○；○●○○▲

自数精神久屈沈，如病马。怎得优游也。
●●○○●●○；○●▲　●●○○▲

伯乐祖师来，见后频嗟讶。
●●●○○；●●○○▲

巧计多方赎了身，得志马。须报恩师也。
●●○○●●○；●●▲　○●○○▲

（下阕末两句重上阕末两句韵。）

4. 金字经

见张可久词。《元史·乐志》：舞队有《金字经》曲。

单调三十一字，七句五平韵、一叶韵

张可久

水冷溪鱼贵，酒香霜蟹肥。
⊙●○⊙● ；●○○●△

环绿亭深掩翠微。梅。落花浮玉杯。
○●●○⊙●△　△　●○⊙●△

山翁醉。笑随明月归。
○○▼　⊙○⊙●△

（无名氏词，结句添一字且折腰：●⊙⊙、○●△。无名氏别首，第三句添一字改叶仄韵：●●●、●○○●▼，第五句添一字：●○○、○●△，结句添一字：●⊙⊙、○●△。）

5. 木 笪　唐《教坊记》及宋《乐府浑成集》均有《木笪》曲名。

双调五十一字，上下阕各五句，四仄韵

白　朴

海棠初雨歇。杨柳轻烟惹。碧草茸茸铺四野。
●○○●▲　○●●○▲　●●○○○●▲

俄然回首处，乱红堆雪。
○○○●●；●○○▲

恰春光也。梅子黄时节。映石榴华红似血。
●○○▲　○●○○▲　●●○○○●▲

胡葵开满院，碎剪宫缬。
○○○●●；●●○▲

6. 凭阑人

见邵亨贞词。《太平乐府》注越调，即黄钟之商声也。

单调二十四字，四句四平韵

邵亨贞

谁写江南一段秋。妆点钱塘苏小楼。
◉●○○◉●△　○●●○○●△

楼中多少愁。楚山无尽头。
○○◉●△　●○○●△

（倪瓒词第二句改叶仄韵，结句添一字：●○○、○●△。）

凭阑人　（金元词）

倪　瓒

客有吴郎吹洞箫。明月沉江春雾晓。湘灵不可招。水云中、环佩摇。

7. 庆宣和　见张可久《小山乐府》。此元人小令，亦名《叶儿乐府》。

单调二十二字，五句三平韵、两叶韵

张可久

云影天光乍有无。老树扶疏。
〇●〇〇●●△　　●●〇△

万柄高荷小西湖。听雨。听雨。
●●〇〇●〇△　●▼　●▼

8.寿阳曲　见张可久词。《太平乐府》注：双调。一名《落梅风》。

单调二十七字，五句一平韵、三叶韵

张可久

东风景，西子湖。湿冥冥、柳烟花雾。
○○●；⊙●△　　●○○、●○○▼

黄莺乱啼蝴蝶舞。几秋千、打将春去。
○○●○○●▼　●○○、●○○▼

（张可久别首，皆仄韵，第四句添一字：●○○、●○○○●▲。又，起两句各添二字：●●○○●；●○⊙●△，第四句亦添一字：●○○、●○○●▼。）

寿阳曲　（金元词）

张可久

弹初罢，酒暂歇。醉诗人、满山红叶。问山中、许由何处也。剩猿啼、冷泉秋月。

寿阳曲　（金元词）

张可久

载酒人何处，倚阑花又开。忆秦娥、远山眉黛。锦云香、鉴湖宽似海。还不了、五年诗债。

9. 梧叶儿

见吴西逸词。《太平乐府》注：商调，乃夷则之商声也。

（一）单调二十六字，七句四平韵、一叶韵

吴西逸

韶华过，春色休。红瘦绿阴稠。
○○● ; ○●△ ◉●●○△

花凝恨，柳带愁。泛兰舟。
○○● ; ◉●△ ●○△

明日寻芳载酒。
○○●○●▼

（张可久词，结句添一字并改平韵：●●○、○○●△。）

（二）单调三十二字，七句五平韵

张可久

花垂露，柳散烟。苏小酒楼前。
○○● ; ●●△ ○●○○△

舞队飞琼佩，游人碾玉鞭。
◉●○○● ; ○○●●△

诗句缕金笺。懒上苏堤画船。
◉●●○△ ●●○○●△

（张雨词，结句添一字：◉●●、○○●△。）

（三）单调三十七字，七句四平韵、一叶韵

张可久

乘兴诗人棹，新烹学士茶。风味属谁家。
○●○○● ；○○●●△　○●●○△

瓦瓯悬冰箸，天风起玉沙。海树放银花。
⊙⊙○○● ；○○●●△　⊙●●○△

秋厌拥、蓝关去马。
⊙●●、○○●▼

10. 喜春来　见张雨词。一名《阳春曲》。

单调二十九字，五句一叶韵、四平韵

张　雨

江梅的的依茅舍。石濑溅溅漱玉沙。瓦瓯蓬底送年华。
⊙○⊙●○○▼　⊙○●○●●○△　⊙○⊙●●○△

问暮鸦。何处阿戎家。
⊙●△　⊙●●○△

（第四句可叶仄韵。司马九皋词，结添一字：○●●、●○△。无名氏词，第三句多二字分作三字三句。）

11. 小圣乐 元好问自度曲。又名《骤雨打新荷》。

双调九十五字，上阕十句三平韵、一叶韵，下阕十句四平韵

元好问

绿叶阴浓，遍池亭水阁，偏趁凉多。
● ● ○ ○；● ○ ○ ○ ○；○ ● ○ △

海榴初绽，朵朵蹙红罗。
● ○ ○ ●；● ● ● ○ △

乳燕雏莺弄语，对高柳、鸣蝉相和。
● ● ○ ○ ● ●，● ○ ●、○ ○ ○ ▼

骤雨过，似琼珠乱撒，打遍新荷。
● ● ●；● ○ ○ ● ●；● ● ○ △

人生百年有几，念良辰美景，休放虚过。
○ ○ ● ○ ● ●；● ○ ○ ● ●；○ ● ○ △

穷贫前定，何用苦奔波。
● ○ ○ ●；○ ● ● ○ △

命友邀宾宴赏，饮芳醑、浅斟低歌。
● ● ○ ○ ● ●，● ○ ●、○ ○ ○ △

且酩酊，从教二轮，来往如梭。
● ● ●；○ ○ ● ●；○ ● ○ △

（上阕第二、第九句，下阕第二句，用一字领。）

未编校词谱

1. 阿曹婆　　（唐五代词）　　　　（现存 3 首）

阿曹婆

第一　（敦煌曲子词）

　　昨夜春风来入户，动如开。只见庭前花欲发，半含□。直为辞君容貌改，征夫镇在陇西杯。正见前庭双鹊喜，君在塞外远征回。梦先来。

（斯六五三七卷。敦煌曲子词源于敦煌残卷。）

2. 爱芦花　　　（金元词）　　　　（1首）

爱芦花　（金元词）

王吉昌

心开五对忘，性逸六情绝。气神形变化，首级空飞血。功旌丹品莹，产阳魂，奋威烈。始终不变实相露，贯通无内外，貌难分别。　　出生灭。纵横清净体，无像天中彻。究竟真法眼，剔眉毛纤翳抉。辉开万古清光洁。圆明物物显，了然如缺。

3. 百岁令　　（宋词）　　　（1首）

百岁令　（宋词）

朱　涣

寿丁大监

濂溪先生曰：莲，花之君子者也。我判府都运大监，则人之君子者也。以君子之生值君子花之时，静植清香，二美辉映。某也辄假斯意，作为乐府，以祝千岁寿云。

瑞芳楼下，有花中君子，群然相聚。笑把箭露浥，来庆黄堂初度。净植无尘，清香近远，人与花名伍。六郎那得，这般潇洒襟宇。　　运了多少兵筹，依红泛绿，向俭池容与。歌袴方腾持节去，未许制衣湘楚。紫禁荷囊，玉堂莲炬，遍历清华处。归寻太乙，轻舟一叶江渚。

4. 拜新月 　　（唐五代词）　　　（2首）

拜新月　（敦煌曲子词）

荡子他州去，已经新岁未还归。堪恨情如水，到处辄狂迷。不思家国，花下遥指祝神明。直至于今，抛妾独守空闺。　　上有穹苍在，三光也合遥知。倚妍帏坐，泪流点滴，金粟罗衣。自嗟薄命，缘业至于斯。乞求待见面，誓不辜伊。

（伯二八三八卷）

拜新月　（敦煌曲子词）

国泰时清晏，咸贺朝列多贤士。播得群臣美。卿感同如鱼水。况当秋景，蓂叶初敷卉。向登新楼上，仰望蟾色光翅。　　回顾遇玉兔影媚。明镜匣参差斜坠。澄波美。犹怯怕衔半钩耳。万家向月下，祝告深深跪。愿皇寿千千，岁登宝位。

（伯二八三八卷）

5.步步高 （金元词） （5首）

步步高 （金元词）

无名氏（北曲）

一更里，澄心披襟坐。猿马牢擒锁。慧剑磨。六贼三尸尽奔波。退群魔。困也和衣卧。　　醒觉朦胧清风送。悟人桃源洞。阆苑中。闲访三茅兴无穷。透窗风。惊觉游仙梦。

6.步步娇 （金元词） （10首）

步步娇 （金元词）

范真人

住在古窑墓。行坐立歌舞。捉住这真空，猛悟。自古及今说龙虎。无一无一个，人悟。

（鸣鹤余音卷六）

7. 长寿仙促拍 （宋词） （2首）

长寿仙促拍 （宋词）

曹 勋

太母生辰

舜德日辉光，正初冬盛期。东朝喜、诞生时。向彤闱、清净均化有，自然和气。长生久视，金殿熙熙。宴瑶池。 祎衣俱侍、玳筵启。花如锦、耀朝晖。太平际天子，天下养、共瞻诚意。南山虔祝，亿万同岁。

长寿仙促拍 （宋词）

曹 勋

贵妃生日

绛阙岧峣，正春光到时。当人日、诞芳仪。向宫壸、雅著徽誉美，懿德无亏。深被恩荣，金殿宴嬉。气融怡。 贤均樛木，宜颂二南诗。天心喜、锦筵启。阃部奏笙箫，祝寿处、愿与山齐。年年常奉，明主禁掖。

8. 超彼岸 （金元词） （2首）

超彼岸 （金元词）

马　钰

继重阳韵

家缘不藉。遇风仙传得，修补清虚之架。懒里寻慵，慵里更寻闲暇。上街来，除我相，先乞化。　　木人箭指云溪射。觉正中周，天通明八卦。见粒神丹，灿烂果然无价。水云游，访秦川，行教化。

（重阳教化集卷之三）

9. 成功了　　（金元词）　　（2首）

成功了　（金元词）

长筌子

　　瞥然晓。便识破浮生，一场虚矫。利呼驱驰，光阴迅速，空惹物情衰老。自歌自笑。念好景、几人曾到。故园春色，海棠半开，绿杨轻袅。　　休休万事了。听乱山深处，杜鹃啼叫。归去来兮，长安古道，隐隐断霞残照。洞庭寂悄。叹门外、落花风扫。故人别后，青霄凤吟杳杳。

10. 川拨棹 （金元词） （9首）

川拨棹 （金元词）

王 哲

鄷都路。定置个、凌迟所。便安排了，铁床镬汤，刀山剑树。造恶人有缘觑。造亚人有缘觑。　　鬼使勾名持黑簿。没推辞、与他去。早掉下这毙骸，不藉妻儿与女。地狱中长受苦。地狱中长受苦。

川拨棹 （金元词）

王 哲

这修行诀。便安排得有次节。把清静天机，今朝分明漏泄。使人人，玉花结。　　从头一一稳铺设。向五更里看摆拽。将此脱壳神仙，玲珑玎珰做绝。害风儿，怎生说。

川拨棹 （金元词）

王 哲

一更里，瞥看参罗万象列。搜出那坐正县，内中位貌偏别。向北方也，玉花结。　　银素将来细得热。把乌龟牢缠绁。然后四只脚，狞狞子一齐打折。害风儿，怎生说。

11. 传花枝 　（宋、金元词） 　　（2首）

传花枝 　（宋词）

柳　永

　　平生身负，风流才调。口儿里、道知张陈赵。唱新词，改难令，总知颠倒。解剧扮，能兵嗽，表里都峭。每遇著、饮席歌筵，人人尽道。可惜许老了。　　阎罗大伯曾教来，道人生、但不须烦恼。遇良辰，当美景，追欢买笑。剩活取百十年，只恁厮好。若限满、鬼使来追，待倩个、掩通著到。

12. 登仙门　　（金元词）　　　　（3首）

登仙门　（金元词）

马　钰

师也师也。重阳师也。处玄机、静中清也。起金莲，玉花社，有谁知也。化人人、渐归道也。　　这扶风，非开悟，亦非愚也。辨假真、稍能明也。细寻思、心豁畅，略无疑也。想师范、没人过也。

13. 斗鹌鹑　　（金元词）　　　（2首）

斗鹌鹑　（金元词）

王　哲（北曲）

一个灵明，作仙子材。响彻瑶宫，蕊金自开。为忒玲珑出蓬莱。降下来。谪在凡间，托生俗胎。　　只恐身便，酒色气财。混一回。风流此心便灰。复悟前真免轮回。没甚灾。看看却得，重上玉台。

斗鹌鹑　（金元词）

无名氏

木马嘶风，我之不然。石人点头，哑子会言。碧眼胡僧，没手指天。画一圈。无所传。任意咆哮，如瓶泻泉。枉费工夫，去磨砌砖。安用机关。夺胜争先。戈甲俱宁，太平四边。不参禅。不问仙。一味醍醐，我知自然。　　不移一步到西天。木人把住，铁牛便牵。火里生莲。玄之又玄。云雾敛，月正圆。石女停机，金针线穿。谢三郎，许我钓鱼船。带甲金鳞，红锦更鲜。不出波澜。浮沉自然。自喜欢。便忘筌。这些消息，谁敢乱传。

14. 斗百草 （唐五代词） （4首）

斗百草 （敦煌曲子词）

第一

建士祈长生，花林摘浮郎。有情离合花，无风独摇草。喜去喜去觅草。色数莫令少。

（斯六五三七卷）

斗百草 （敦煌曲子词）

第二

佳丽重明臣，争花竞斗新。不怕西山白，惟须东海平。喜去喜去觅草，觉走斗花先。

（斯六五三七卷）

斗百草　（敦煌曲子词）

第三

望春希长乐，南楼对北华。但看结李草，何时怜缬花。喜去喜去觅草，斗罢且归家。

（斯六五三七卷）

斗百草　（敦煌曲子词）

第四

庭前一株花，芬芳独自好。欲摘问傍人，两两相捻取。喜去喜去觅草，灼灼其花报。

（斯六五三七卷）

15.斗百花近拍　（宋、金元词）　　（2首）

斗百花近拍　（金元词）

马　钰

本名斗百花犯正宫

同流宜斗修行，斗把刚强摧挫。斗降心忘，酒色财气人我。斗不还乡，时时斗悟清贫，逍遥放慵闲过。　　斗要成功果。斗没纤尘，斗进长生真火。斗炼七返九还，灿烂丹颗。斗起慈悲，常常似斗无争，斗早得携云朵。

16. 豆叶黄 　　（金元词） 　　　　（1首）

豆叶黄 　（金元词）

王　哲（北曲）

奉报英贤，早些出路。卜灵景，清凉恬淡好住。开阐长生那门户。便下手修持，真功真行，真性昭著。　　姹女骑龙，婴儿跨虎。把珠玉琼瑶，颠倒换取。正是逍遥自在处。结一粒明珠，金丹金镜，金耀攒聚。

17. 放心闲　　（金元词）　　　　（2首）

放心闲　（金元词）

王吉昌

返老还童

地水火风。装成四大，到头衰老成空。死生蝉脱，凭据妙用修崇。合天地、推移真造，阴阳运、匹配雌雄。神胎剖判，氤氲圣体，轻健还童。　　养就如如，玄皇消息，匠至虚、法像灵通。密藏浩气，廓变化，体无穷。恣□赫、元初模样，跨鸾鹤、笑傲天宫。纵横自在，显超凡入圣，千古清风。

18. 风马儿 　　（金元词）　　　　（2首）

风马儿 　（金元词）

马　钰

继重阳韵

　　意马颠狂自由纵。来往走、珰滴瑠玎。更加之、心猿厮调弄。歌迷酒惑财色引，珰滴瑠玎。　　幸遇风仙把持鞚。便不敢、珰滴瑠玎。待清清、堪归云霞洞。浑身白彻，再不肯、珰滴瑠玎。

19.奉禋歌　　　（宋词）　　　　　（7首）

奉禋歌　　（宋词）

洪　适

　　吹葭缇籥气潜分。云采宜书壤效珍。长日至，一阳新。四时玉烛和匀。物欣欣。造化转洪钧。郊之祭，孤竹管，六变舞云门。自古严禋。牺牲具，粢盛洁，豆笾陈。衮龙陟隆，币玉纷纶。　　彻高闉。灵之斿，神哉沛，排历昆仑。九歌毕，盈郊瞻樵燎，斗转参横将旦，天开地辟如春。清跸移轮。阗然鼓吹相闻。籞祥云。欢胪八陛，釐逆三神。圣矣吾君。华封祝、慈宫万寿，椒掖多男，六合同文。

奉禋歌　　（宋词）

无名氏

籍田，明道二年四曲之四

　　六龙承驭。紫坛平、瑞蔼葱笼拥神都。肃环卫、严貔虎。鸡人行漏传呼。灵景霁、星斗临帝居。旷天宇。微风来、翠幄绕相乌。对越方初。筂鼓震，铙箫举。阳律才动协气舒。氛祲交祛。　　物昭苏。抚瑶图。柴类精诚，当契唐虞思前古。泰平承多祐。包戈偃划，柔远咏皇谟。称文武。四表覆盂。端冕出、从路车。兵帅谨储胥。唯春凯、乐康衢。朝野欢娱。歌帝烈，扬盛节，圜丘礼大洽，霈泽绵区。

奉禋歌　（宋词）

无名氏

袷享太庙，嘉祐四年四曲之二

皇泽均普，群生遂。万宇和衬，讲天津、合祭圣宗神祖，八音钧奏谐节。堂上荐鸣球，琴瑟击。越布濩、霜空静，月华凝、光景蔼蔼。纷纷晓霞披。和铃作、鸾舆回。天人共睹，庆无疆、祚崇明祀。　　五辂驾、腾黄纯驷。旃常扈跸严环卫。公卿奉引，虚徐驰道，褾容靡。葱葱郁郁，祥风瑞霭。发天光旖旎。锡羡丰融，漏泉该浃，上恩遐被。群心豫，颂声作，皇德至，侔乾贶，浩浩霈。

奉禋歌　（宋词）

无名氏

治平二年南郊鼓吹歌曲四曲之四

皇天眷命集珍符。上圣膺期起天衢。环紫极鸿枢。此时朝野欢娱。乐于于。似住华胥。和气至，嘉生遂，豆实正芬敷。礼与诚俱。风飘洒，灵来下，喜怡愉。斗随车转，月上坛觚。奉禋初。至诚孚。　　如山岳、福委祥储。车旋轨、云间双阙峙，百尺朱绳到地，两行雉扇排虚。仙鹤衔书。珍袍上笏相趋。共欢呼。号令崇朝，遍满寰区。阳动春嘘。躬盛事，受多祉，千万祀，天长地久皇图。

奉禋歌　(宋词)

无名氏

高宗祀大礼鼓吹歌曲五首之四

苍苍天色是还非。视下应疑。亦若斯。统元气，覆无私。四时寒暑推移。物蕃滋。造化有谁知。严大报，反本始，礼重祀神祇。律管灰吹。黄宫动，阳来复，景长时。车陈法驾，仗列黄麾。帝心祇。　　紫霄霁，霜华薄，星烂明垂。祥烟起，纷敷浮衮冕，六变笙镛迭奏，一诚币玉交持。宫漏声迟。千官显相多仪。百神嬉。风马云车，来止来绥。诞降纯禧。受神策、万年无极，歌颂昊天，成命周诗。

奉禋歌　(宋词)

无名氏

亲耕籍田四首之四

吾皇端立太平基。奉祀肃雍、格神祇。抚御耦，降嘉种何辞。手览洪縻。命太史视日，祇告前期。验穹象，天田入望更光辉。掌礼陈仪。搜巨典，迎春令，颁宣温诏遍九围。人尽熙熙。仰明时。　　俨垂衣。佳气氤氲表庞禧。丰年屡，大田生异粟，含滋吐秀，九种传图，尽来丹阙，瑞应昌时。亨运正当摄提。亻见咏京坁。躬稼穑，重耘籽。盛礼兴行先百姓，崇本业，忧勤如禹稷，播在声诗。

奉禋歌 （宋词）

无名氏

宁宗郊祀大礼四首之三

葭飞璇箭，孕初阳。云绝清台、荐景祥。风应律，日重光。岁功顺，底金穰，寿而康。庭壸乐无疆。皇展报，新礼乐，觚陛咏宾乡。珠幄煴黄。登瑞缫，陈俎豆，澹嘉觞。衮衣辉焕，宝佩琳琅。奠椒浆。　　庆阴阴，神来下，凤骞龙骧。灵燕喜，锡符仍降嘏，镛管琳琅。欢亮神之出，袚兰堂。辇路天香。轻烟半袭旂常。祉滂洋。受釐宣室，返驭斋房。恩与风翔。华封祝、皇来有庆，八荒同寿，宝历无疆。

20.衬陵歌　　（宋词）　　（2首）

衬陵歌　（宋词）

无名氏

元丰二年慈圣光献皇后发引四首之四（警场内三曲）

真人地，瑞应待圣时，巩原西。荥河会，涧洛与瀍伊。众水萦回。嵩高映抱，几叠屏帏。秀岭参差。遥山群凤随。共瞻陵寝浮佳气，非烟朝暮飞。　　龟筮告前期。奠收玉斝，筵卷时衣。銮辂晓驾载龙旂。路逶迟。铃歌怨、画翣引华芝。雾薄风微。　　真游远、闭宝阁金扉。侍女悲啼。玉阶春草滋。露桃结子灵椿翠，青车何日归。衔恨望西畿。便房一锁，夜台晓无期。

衬陵歌　（宋词）

无名氏

八年神宗灵驾发引四首之四

升龙德，当位富春秋。受天球。膺骏命，玉帛走诸侯。宝阁珠楼临上苑，百卉弄春柔。隐约瀛洲。旦旦想宸游。那知羽驾忽难留。八马入丹丘。　　哀仗出神州。箫专职凝咽，旌旗去悠悠。碧山头。真人地，龟洛奥，凤台幽。绕伊流。嵩峰冈势结蛟虬。　　皇堂一闭威颜杳，寒雾带天愁。守陵嫔御，想像奉龙輈。牙盘赭案肃神休。何日觐云裘。红泪滴衣褊。那堪风点缀、柏城秋。

21. 感庭秋　　（金元词）　　　　（3首）

感庭秋　（金元词）

王吉昌

全真

阴阳悉备道风淳。精粹保天真。分擘刚柔动静，炼九还、丹体清新。　　扶持一性已通神。触处露全身。了了三空无碍，混太虚、体净超尘。

22. 孤鹰　　　（金元词）　　　（1首）

孤鹰 （金元词）

马　钰

苦海为人，随波逐浪，茫茫甚日休期。为酒色财气。一向粘惹，瞒心昧己。不算前程，幼躯有限，待作千年之计。忽一朝阴公来请，看你教谁替。　　千间峻宇，金玉满堂，毕竟成何济。劝诸公省，早把凡笼猛跳出，向物外飘蓬，放落魄婪耽，鹑居鷇食，昏昏炼己。默默地、怡神养气。丹成既济。乘彩云，跨凤归。

（鸣鹤馀音卷之一）

23. 刮鼓社　　（金元词）　　　　（4首）

刮鼓社　（金元词）

王　哲

刮鼓社，这刮鼓、本是仙家乐。见个灵童，於中傻俏，自然能做作。　　长长把、玉绳辉霍。金花一朵头边烁。便按定、五方跳跃。早展起踏云脚。

刮鼓社　（金元词）

王　哲

刮鼓社，这刮鼓食中拍。且说豌豆出来后，却胜如大小麦。便接著、五方颜色。　　青红黄黑更兼白。又同那五方标格。蒸炒煮烧生吃。蒸炒煮烧生吃。

24. 挂金灯　　　（金元词）　　　　（2首）

挂金灯　（金元词）

马　钰

赠重阳师父侄王周臣

绝攀缘，心上生光莹。朗然变化。无穷异景。这密妙、教贤省。　　内貌宜、手速整。悟后分凡圣。亘初灵明，火内正劲。锻炼出、清中静。

25. 挂金索　（金元词）　　（33 首）

挂金索　（金元词）

高道宽

万万余车，白面一和。调饼圆成，彷似天来大。混沌蒸熟，恰好则一个。顺手拈来，看是谁嚼破。

挂金索　（金元词）

马　钰（北曲）

一更里，端坐慢慢调龙虎。运转三关，透入泥丸去。龙蟠金鼎，虎绕黄庭户。这些儿工夫，等闲休分付。

挂金索　（金元词）

王　玠（北曲）

一更端坐，下手调元炁。混沌无言，绝念存真意。呼吸绵绵，配合居中位。拨转些儿，黍米藏天地。

挂金索　（金元词）

无名氏（北曲）

一更里，澄心下手端然坐。赶退群魔，队队白羊过。剔起心灯，照见元初我。方寸玲珑，宝珠悬一颗。

挂金索　（金元词）

无名氏（北曲）

斋罢闲行，独唱无人和。山里樵夫，也唱哩凌啰。上了一个坡。下了一个坡。便做高官，也只不如我。

挂金索　（金元词）

无名氏（北曲）

过了一年，又是添一岁。每日随缘，争甚闲和气。可怜韶华，奔走如拈指。莫待临头，腊月三十日。

挂金索　（金元词）

无名氏

化愚鲁。抛离火院夫儿女。凭慧剑、斩断三涂。人我山崩，是非海已枯。旧业消除，新殃不做。

26.辊金丸　　（金元词）　　　（5首）

辊金丸　（金元词）

杨真人

一更里，擒意马。猿猴儿，莫颠耍。大悟来，心地觉清凉，管自然都放下。　　本来面目常潇洒。真清净，更幽雅。更减口颐养气神全，按四时，分造化。

27. 郭郎儿慢　（金元词）　　　（2首）

郭郎儿慢　（金元词）

王　哲

日放银霞，甘雨滴成珠露。昭清风、气神同助。便致令、相守镇相随，更宝种三田，九转灵丹聚。　　碧虚前，遍生玉芝金树。绽瑶花、满空无数。烂熳开、琼蕊吐馨香。正馥郁当中，一点光明住。

28.憨郭郎 （金元词） （4首）

憨郭郎 （金元词）

马 钰（北曲）

赠重阳真人侄王周臣

休要强贪名利，休要恋妻男。免轮回，生死苦，做痴憨。
清净自然明道，神气自相参。功成朝玉帝、跨云骖。

憨郭郎 （金元词）

王 哲（北曲）

或问难免憎爱心

深憎憎愈甚，深爱爱尤多。两般都在意，看如何。
他欢如自喜，他病似身疴。心中成一体，各消磨。

29.合宫歌 （宋词） （4首）

合宫歌 （宋词）

赵 祯

皇佑二年飨明堂

缵重明。端拱保凝命。广大孝休德，永锡四海有庆。舭坛寓礼正典名。幔室雅奏，彩仗崇制定。五位仿古甚盛。蒿宫光符辰星。高秋嘉时款芎灵。交累圣。上下来顾，寅畏歆纯诚。　　三阶平。金气肃，转和景。翠葆御双观，巽风兑泽布令。脂茶划荡墨索清。远迩响附，动植咸遂性。表里穆悦，庶政醇釀，熙然胥庭。唐舜华封祝，如南山寿永。愿今广怀宁延，昌基扃。

合宫歌 （宋词）

周必大

圣明朝，旷典乘秋举。大飨本仁祖。九室八牖四户。敕躬齐戒格堪舆。盛牲实俎。并侑总稽古。玉露乍肃天宇。冰轮下照金铺。燎烟嘘呼。郁尊香，云门舞。仿佛翔坐，灵心咸嘉娱。　　众星俞美，光属照焜珠。清晓御丹凤，湛恩偏浃率溥。欢声雷动岳镇呼。徐命法驾，万骑花盈路。献胙慈极，寿同箕翼事超唐虞。看平燕云，从此兴文偃武。待重会诸侯，依旧东都。

合宫歌　（宋词）

无名氏

恭谢导引，嘉祐元年四曲之二

泰阶平。勋业属全盛。盱昃焦劳，访道缵三朝仁政。大庭蒇事款上灵。服冕执圭，侑飨尊累圣。豆笾奕奕嘉靖。神光四照百礼成。回御天门。讲丕彝，敷大庆。蒙被草木，万国仰声明。

合宫歌　（宋词）

无名氏

明堂，嘉祐七年四曲之二

太平时。宝殿垂衣治。驭左右贤俊，万国执玉助祭。凉秋九月霜华飞。感发纯孝，五室配上帝。紫汉入夜凝霁。房心下，泛华芝。大田栖粮，岁功成，农歌沸。复道躬拜，肃迎神嬉。　　漏声迟。玉磬响，递清吹。嘉荐升雕俎，柘浆屡酌几醉。云扶灵驾欻若归。天意留顾，万福如山委。便御丹阙，布为皇泽，与民熙熙。远观唐虞，未有如兹盛礼。愿常遇鸣銮，三岁亲祠。

30. 贺圣朝慢 （宋词） （1首）

贺圣朝慢 （宋词）

无名氏

预赏元宵

太平无事，四边宁静狼烟眇。国泰民安，谩说尧舜禹汤好。万民翘望彩都门，龙灯凤烛相照。只听得、教坊杂剧欢笑。美人巧。　　宝篆宫前，咒水书符断妖。更梦近、竹林深处胜蓬岛。笙歌闹。奈吾皇、不待元宵景色来到。只恐后月，阴晴未保。

31. 花酒令　　（宋词）　　　　　（1首）

花酒令　（宋词）

无名氏

花酒。是我平生结底亲朋友。十朵五枝花，三杯两盏酒。　　休问南辰共北斗。任从他乌飞兔走。酒满金卮花在手。且戴花饮酒。

32. 还宫乐　　(宋词)　　　　(1首)

还宫乐　(宋词)

无名氏

喜贺我皇，有感蓬莱，尽降神仙。到乘鸾驾鹤御楼前。来献长寿仙丹。　　玉殿阴暗前排筵会，今宵秋日到神仙。笙歌寥亮呈玉庭，为报圣寿万年。

33. 换骨骸 （金元词） （4首）

换骨骸 （金元词）

王 哲

叹脱祸不改过

昨遇饥年，为甚累增劝教。怎奈向、人人忒□。越贪心，生狠妒，百端奸巧。计较。骋风流卖俏，也兀底。　忽尔临头，却被阎王来到。问罪过、讳无谈矫。当时间，令小鬼，将业镜前照。失尿。和骨骸软了。也兀底。

换骨骸 （金元词）

王 哲

幼慕清闲，长年间、便登道岸。上高坡细搜修炼。遇明师，授秘诀，分开片叚。堪赞。真性灵灿灿。也兀底。　功行双全，占逍遥、出尘看玩。睹长天、化成仙观。向云中，有一个，青童来叫唤。风汉。凡骨骸换换。也兀底。

换骨骸　（金元词）

王　哲

叹贪婪

叹彼人生，百岁七旬已罕。皆不悟、光阴似箭。每日家，只造恶，何曾作善。难劝。酒色财气恋。也兀底。　　福谢身危，忽尔年龄限满。差小鬼、便来追唤。当时间，领拽到，阎王前面。憨汉。和骨骸软软。也兀底。

换骨骸　（金元词）

王　哲

赠道友王十四郎

一斩红崖，按阔狭、方能及丈。横染架、细如秆杖。在中间，谁做下，柴窝圆样。被拉浪。里面把龟儿放。也兀底。　　拟欲前行，恐失脚、怎生敢向。退后来、全无抵当。谩摇头。空摆尾，万般惆怅。转悒怏。和壳儿软胀。也兀底。

34. 黄莺儿令 （金元词） （8首）

黄莺儿令 （金元词）

马 钰 （北曲）

继重阳韵

不住不住。火院当离，深宜别户。害风仙、化我扃门，这修行须做。 腥膻戒尽常餐素。挂体唯麻布。待百朝、锁钥开时，效吾师内顾。

黄莺儿令 （金元词）

王 哲 （北曲）

平等平等，复过莱州，须行救拯。害风儿、阐化匀均，化良归善肯。 二仪三耀常为正。察人心、恰如斗秤。若不高、更没於低，也神仙有应。

黄莺儿令 （金元词）

侯善渊

呆老呆老。幻梦惑迷，一生颠倒。甚每日、皱着眉儿，把身心作恼。 劝汝回头归大道。搜玄微幽奥。炼丹光、混入中元，现玉辰容貌。

35. 集贤宾慢　　（金元词）　　　（1首）

集贤宾慢　（金元词）

王　哲

　　仔细曾穷究。想六地众生，强揽闲愁。恰才得食饱，又思量、骏马轻裘。有骏马，有轻裘。又思量、建节封侯。假若金银过北斗。置下万顷良田，盖起百尺高楼。儿孙自有儿孙福，莫与儿孙作马牛。　　贪利禄。竞虚名，惹机勾。岂知身似、水上浮沤。贪恋气财并酒色，不肯上、钓鱼舟。荒尽丹田三顷，荆棘多稠。宝藏库、偷盗了明珠，铁灯盏、渗漏了清油。水银迸散难再收。大丹砂甚日成就。　　杀曾叮咛劝，劝著后，几曾偢。苦海深，波浪流。心闲无事却垂钩。呜呼锦鳞终不省，摇头摆尾，姿纵来来，往戏波流。愚迷子，省贪求。只为针头上名利。等闲白了少年头。

（鸣鹤馀音卷一）

36. 降仙台 （宋词） （4首）

降仙台 （宋词）

洪 适

漏残柝静鸡声远，到高燎。入层霄。云裘蟋瑞霭，天步下嘉坛，旗旆飘摇。黄麾列仗貔貅整，气压江潮。导前从事盛官僚。玉佩间金貂。 望扶桑。日渐高。阴霾霜雪，底处不潜消。辇路祥飙。披拂绛纱袍。云间瑞阙爷岧峣。播春泽、喜浃黎苗。礼成大庆，鳌三抃、受昕朝。

降仙台 （宋词）

无名氏

熙宁十年南郊皇帝归青城用降仙台一首

清都未晓，万乘并驾，煌煌拥天行。祥风散瑞霭，华盖耸，旂常建，耀层城。四列兵卫。爟火映、金支翠旌。众乐訾、作充宫庭。皦绎成。 和声绀幄掀，衮冕明。妥贴坛陛霄升。振珩璜、神格至诚。云车下冥冥。储祥降嘏莫可名。御端阙、盼号敷荣。泽翔施溥，茂祉均被含生。

降仙台　（宋词）

无名氏

高宗祀大礼鼓吹歌曲五首之五

升烟既罢，良夜示晓，天步下神丘。锵锵鸣玉佩，炜炜照金莲，杳霭云裘。彩仗初转，回龙驭、旌旆悠悠。星影疏动与天流。漏尽五更筹。　　大明升，东海头。杲杲灵曜，倒影射旗旒。辇路具修。葱郁瑞光浮。归来双阙看御楼。有仙鹤、衔书赦囚。万方喜气，均祉福，播歌讴。

降仙台　（宋词）

无名氏

宁宗郊祀大礼四首之四

星芒收采，云容放晓，羲驭渐扬明。舻坛竣事，斋风袭、衮衣轻。銮路尘清。甘泉卤簿，祲威肃、回轸旋衡。千官导从粲缨。钧奏间韶英。　　瞻龙闱，近凤城。都人云会。芬莿夹道欢迎。宸极尊荣。厄玉庆熙成。琼楼天上起和声。布春泽，洪畅寰瀛。嵩呼万岁，鳌三抃、颂升平。

37. 降中央　　（金元词）　　（2首）

降中央　（金元词）

王吉昌

　　盗天地冲和，一气造化丹基。玄牝辅弼枢机。四象三奇。消息盈虚否泰，铅汞抽添坎离。进退循环，玉关风透九霄吹。　　云行雨施，遍浇溉、黄芽雪肌。五彩腾辉低廕，二八香姿。六阳鼎沸，运火候、周天数随。引养形全，雾收云敛入无为。

38. 结带巾　　（宋词）　　　　（1首）

结带巾　（宋词）

无名氏

头巾带。谁理会。三千贯赏钱，新行条例。不得向后长垂。与胡服相类。　　法甚严，人尽畏。便缝阔大带，向前面系。和我太学先辈，被人呼保义。

39.金殿乐慢 （宋词） （1首）

金殿乐慢 （宋词）

无名氏

踏歌唱

驾紫鸾軿。乘凤缥缈游仙。红霓醮影，近瑶池、鹤戏芝田。　　临蕙圃、饮琼泉。上萧台、遥瞻九天。对真人蕊书亲授，已向南宫住长年。

40. 金花叶　　（金元词）　　　　（2首）

金花叶　（金元词）

马　钰

赠徐安神

欲要灵明莹彻。向心上、速宜解结。便莫受、家缘火燎。弃妻男产业。　　逞俊宁如养拙。引龙虎、休教急切。自然悟、神仙妙诀。本来真难灭。

41. 金鸡叫　（金元词）　　　　（13首）

金鸡叫　（金元词）

马　钰（似《定风波》，唯仄韵。）

化李仲达

撞着鲸鲵须索钓。抛香饵、时时引调。洋洋不顾迷波淼。休要相趁，与你如胶鳔。　　掷下金钩常搅扰。如回首、牵归玄妙。将来决定成仙了。朝拜三清，出自我、金鸡叫。

金鸡叫　（金元词）

马　钰

日日朝朝常报晓。谁知道、人人错了。孳孳为利贪虚矫。性命俱忘，财色心奸狡。　　恶业无涯阴德少。将来事、一场不小。无常限满酆都召。鬼使挐拏嗔，不悟我、金鸡叫。

金鸡叫　（金元词）

马　钰

日日朝朝常报晓。徒人省、搜玄搜妙。孳孳为善回光照。勘破浮生，便把家缘掉。　　九曲明珠安九窍。丝连蚁、火光频燎。往来穿透功夫了。得赴蓬瀛，出自我、金鸡叫。

金鸡叫 （金元词）

王 哲

警刘公

占得虚空呈俊俏。玄中玄，妙中绝妙。自然五彩通灵照。一颗明珠，万道霞光罩。　　净净清清，泠泠晓晓。昏昏默默，冥冥窈窈。森罗万象辉辉耀。月里蟾鸣，日里金鸡叫。

金鸡叫 （金元词）

王 哲

宁海军结金莲社

社结金莲都不晓。金盘献、七珠明了。金陵河里知多少。要现金光，须得金匙搅。　　牵过般密妙。金风内，好香笼罩。金枝玉叶同成俏。唤出金翁，便做金鸡叫。

金鸡叫 （金元词）

王 哲

警刘公

识得希夷方见妙。自然是、无烦无恼。妻男孙女长缭绕。爱狱恩山，把身躯紧缚抓。　苦要玲珑於已俏。把慧刀、快磨频挑。万斤铁索都碎了。奉报刘公，省悟我、金鸡叫。

42. 金盏儿　　（金元词）　　　　（6首）

金盏儿　（金元词）

刘志渊（北曲）

放心闲。乐林泉。山檀瓦鼎龙涎暖。寒罇兴，冷茶烟。情湛湛，腹便便。陪游鹿，伴啼猿。　　净灵源。火生莲。清凉照见诸尘遣。明五眼，证重玄。珠莹海，月沉渊。圆明相，应无边。

43.菊花天　　（金元词）　　　　（8首）

菊花天　（金元词）

王　哲

此药神功别有欢。专医生命完全。名唤紫金丹。服之一粒，永保康安。　　宝结三田搬运过，明珠透出泥丸。五彩九霞光共，并攒并攒。捧入仙坛。

44. 俊蛾儿　　（金元词）　　　　（1首）

俊蛾儿　（金元词）

王　哲

劝吏人

　　见个惺惺真脱洒，堪比大丈夫字儿。莫睎灯下俊蛾儿。坏了命儿。　　早早回头搜密妙，营养姹女婴儿。道袍换了皂衫儿。与太上做儿。

45. 老君吟　　（金元词）　　　　（3首）

老君吟　（金元词）

王吉昌

三千功

清神夺凤髓，止息收乌血。六阳飞宇宙，五气通关节。云雷风电，击向三天降冰雪。瑶山海峤喷红雾，赫赫如晴，昼性光明彻。　　两情结。禅天齐物变，意写成欢悦。阳魂全造化，号真功功妙绝。三千数合无圆缺。神超归物外，永离生灭。

46. 林钟商小品　（宋词）　　　　（2首）

林钟商小品　（宋词）

无名氏

正天气凄凉，鸣幽砌，向枕畔、偏恼愁心，尽夜苦吟。

林钟商小品　（宋词）

无名氏

戴花燡酒，酒泛金樽，花枝满帽。笑歌醉拍手，戴花燡酒。

47. 柳青娘 　　（唐五代词）　　　　　（2首）

柳青娘 　（敦煌曲子词）

青丝髻绾脸边芳。淡红衫子掩素胸。出门斜捻同心弄，意恂惶。故使横波认玉郎。　　叵耐不知何处去，交人几度挂罗裳。待得归来须共语，情转伤。断却妆楼伴小娘。

（斯一四四一卷）

48. 缕缕金　　（宋词）　　　　（2首）

缕缕金　（宋词）

无名氏（元明小说话本中依托宋人词）

几回见你帘儿下。佯不采、把人斜抹。问着他、插地推聋哑。到学三郎改话。不也。不和我巧时休，和我巧时、都不怕。

缕缕金　（宋词）

无名氏（元明小说话本中依托宋人词）

这几日、言语夹犵。只推道、娘的抾把。常言道、官不容针，又何况、私同车马。不也。不和我巧时休，和我巧时、都不怕。

49. 明月照高楼慢 （宋词） （1首）

明月照高楼慢 （宋词）

万俟咏

中秋应制

平分素商。四垂翠幕，斜界银潢。颢气通建章。正烟澄练色，露洗水光。明映波融太液，影随帘挂披香。楼观壮丽，附霁云、耀绀碧相望。　　宫妆。三千从赭黄。万年世代，一部笙簧。夜宴花漏长。乍莺歌断续，燕舞回翔。玉座频燃绛蜡，素娥重按霓裳。还是共唱御制词，送御觞。

50. 浦湘曲　　（宋词）　　　　（1首）

浦湘曲　（宋词）

蔡士裕

为金坛教谕干寿道考满怅词

　　功名早。步武青云缭绕。斯文近有成效。绛纱拍拍春风满，香动一池芹藻。　　瓜期到。便勇撤皋比，此去应光耀。立登枢要。向红药阶前紫薇阁，管不负年少。

51. 七宝玲珑 （金元词） （2首）

七宝玲珑 （金元词）

马　钰

继重阳韵

至愚至鲁，怎晓妙中玄。便再拜、告风仙。口诀金身长丈六，二十八宿会圣贤。此理方知合自然。　　坎虎离龙，蟠绕五方莲。渐渐得、好因缘。火里木人能采药，海底泥牛会种田。迸出灵光入洞天。

52. 七骑子　　　（金元词）　　　　（2首）

七骑子　　（金元词）

王　哲

真个重阳子，得个好因缘。因缘。待做神仙。神仙。惺惺诚了了，了了金丹一粒圆。圆圆。祥云送上天。　　上天。明师更与白花莲。花莲莹，最新鲜。新鲜。辉辉清洒洒，清香馥郁妙玄玄。玄上长生玉帝前。

七骑子　　（金元词）

王　哲

纵步闲闲，游玩出郊西。见骷髅，卧沙堤。问你因缘由恁，似为恋、儿孙女与妻。致得如今受苦恓。　　眼内生莎，口里更填泥。气应难吐，吐虹霓。雨洒风吹浑可可，大抵孩童任蹈跻。悔不生前善事稽。

（重阳全真集卷之十一）

53. 千金意　　（宋词）　　　　（1首）

千金意　（宋词）

琴精（宋人依托神仙鬼怪词）

音音音，音音你负心。你真负心。孤负我到如今。记得年时，低低唱、浅浅斟。一曲值千金。　　如今寂寞古墙阴。秋风荒草白云深。断桥流水何处寻。凄凄切切，冷冷清清，教奴怎禁。

54. 清心月　　（金元词）　　　　（1首）

清心月　（金元词）

马　钰（似《唐多令》）

起念破清斋。贪爱必为灾。灵明何事别三台。窃蟠桃、非止两三次，因谪降，出蓬莱。　　岂比栋樑材。仙质肯尘埋。大罗天上好安排。炼金丹、九转功成日，重去也，免投胎。

55. 倾杯序　　（宋词）　　　　（1首）

倾杯序　（宋词）

无名氏

　　昔有王生，冠世文章，尝随旧游江渚。偶尔停舟寓目，遥望江祠，依依陌上闲步。恭诣殿砌，稽首瞻仰，返回归路。遇老叟，坐于矶石，貌纯古。因语□，子非王勃是致，生惊询之，片饷方悟。子有清才，幸对滕王高阁，可作当年词赋。汝但上舟，休虑。迢迢仗清风去。到筵中、下笔华丽，如神助。　　会俊侣。面如玉。大夫久坐觉生怒。报云落霞并飞孤鹜。秋水长天，一色澄素。阎公竦然，复坐华筵，次诗引序。道鸣鸾佩玉，锵锵罢歌舞。　　栋云飞过南浦。暮帘卷向西山雨。闲云潭影，淡淡悠悠，物换星移，几度寒暑。阁中帝子，悄悄垂名，在于何处。算长江、俨然自东去。

56.庆寿光　　（宋词）　　　　　（1首）

庆寿光　（宋词）

晁端礼

叔祖母黄氏，年九十一岁。其长子尝齿仕籍。大观赦恩，例许叙封。事在可疑，有司难之。次子论列于朝，特封寿光县太君。诰词有蕴仁积善之褒，因采纶言以名所居之堂曰"积善"，日与亲旧歌酒为寿于其间，命族孙端礼作庆寿光曲，以纪一时之美。其词曰：

丹宸疏恩，庆闱受命，圣朝广孝非常。大邑高封，名兼寿考辉光。间巷相传盛事，焕丝五色成章。崇新栋，天语荣夸，共瞻积善华堂。　　　灵龟荐祉，紫鸾称寿，千钟泛酒，百和焚香。况有新教歌舞，妙选丝篁。馀庆从今沓至，看儿孙、朱紫成行。闻说道，贤德阴功，姓名仍在仙乡。

57. 软翻鞋　　（金元词）　　　　（2首）

软翻鞋　（金元词）

王丹桂

本名软翻鞋赠玄真观单姑等献履鞋

　　幸遇教风开。和气洽吾怀。玄真清众总仙才。志谦和、恭顺垂慈惠，殷勤献，步云鞋。　　妙手巧剜裁。珠宝砌双腮。一回朝礼蹑坛台。待他年、真行真功满，超尘世，赴蓬莱。

58. 瑞庭花引　　（宋词）　　　　　（1首）

瑞庭花引　（宋词）

莫　蒙

对画帘卷，正钩挂虾须细锦幄。展凤屏，开朱户。初启宝兽，香飘龙麝，袅袅烟成穗。神仙宴满座，瑞色笼金翠。　　□□□窈窕，秦娥唱，行云散，梁□坠。花满帽，酒盈樽，长富长贵。唯愿如松似□，永保千秋岁。红日晚笙歌，拥入瑶池醉。

59.撒金钱　　（宋词）　　　　（1首）

撒金钱　（宋词）

袁　绹

　　频瞻礼。喜升平、又逢元宵佳致。鳌山高耸翠。对端门、珠玑交制。似嫦娥降仙宫，乍临凡世。　　恩露匀施，凭御栏、圣颜垂视。撒金钱，乱抛坠。万姓推抢没理会。告官里。这失仪、且与免罪。

60. 山坡羊 （宋词） （4首）

山坡羊 （宋词）

葛长庚

默坐寒灰清静。会向时中一定。金城贼返，报乐流星奔。用将须分左右军。出师交征定主宾。　　排的是天文地理，九宫八卦天魂阵。捉住金精也，送黄庭土釜封。神通。战罢方能见圣人。英雄。不时干戈定太平。

山坡羊 （宋词）

葛长庚

不刻时阴阳交并。古盆一声号令。九宫八卦，排列下拿龙阵。领金乌左右军。夺乾坤始媾精。　　三回九转，交战在西南境。得胜回朝也，河车不曾暂停。辛勤。曲枕昼夜行。专精。铁打方梁磨绣针。

山坡羊 （宋词）

葛长庚

独坐无为宫殿。息息绵绵不断。我把生身父母，要使他重相见。青头郎天外玄。白衣妇海底眠。　　婴儿姹女，阻隔在天涯远。全仗着黄婆也，黄婆在两下缠。团圆。打破都关共一天。托延。赏罢蟾辉斗柄偏。

山坡羊　　（宋词）

葛长庚

　　圆觉金丹太极。这造化谁人知味。傍门小径，正理全然昧。学三峰九鼎奇。习休粮与闭饥。　　吃斋入定，到底成何济。耽阁了浮生也，道无缘福不齐。思知。不识阴阳莫乱为。修持。莫信愚徒妄指迷。

61. 上丹霄　　（金元词）　　　（3首）

上丹霄　　（金元词）

长筌子

叹人生如掣电，似浮沤。更何消苦苦贪求。荣枯得失，宿缘分定岂须忧。我今悟此养天倪，晦迹林丘。　　箪瓢乐，琴书味，闲中过，静中休。有恬淡真趣相酬。花朝月夜，大开口、笑展眉头。玄珠收得默然归，方外优游。

上丹霄　　（金元词）

刘志渊

正阳生，归癸地，气沉沉。产阴阳、偃月中心。化形龙虎，应时交媾不须擒。共成三体，长黄芽、香满乾□。　　性如珠，心如月，怀如玉，体如金。显九阳、绝尽纤阴。本来实相，应机隐显鬼神钦。太虚同量，莹无尘、跨古腾金。

上丹霄 （金元词）

马 钰

次重阳韵

遇风仙，心开悟，骋颠狂。黜妻屏子便迎祥。逍遥坦荡，恣情吟咏谩成章。就中行化觅知友，同共闻香。　　烹丹鼎，下丹结，中丹热，大丹凉。不须炼白更烧黄。自然玉性，万般霞彩射人光。上丹霄，去住蓬岛，永永圆方。

62. 神仙会　　（金元词）　　　　（2首）

神仙会　（金元词）

长筌子

　　堪嗟世上人，个个蚕成茧。不肯回头，抵孔火坑贫恋。千辛万苦，甘受无辞叹。置家计，虑妻男，恐不办。　　　一朝业满，看你如何免。眼光落地，别改一般头面。披毛戴角，悉时难分辩。早下手，出迷津，应仙选。

神仙会　（金元词）

长筌子

　　韶华似激箭，暗把朱颜换。我今识破，浑若梦中惊散。囚枷脱下，信任胡歌诞。尽人言，一乖慵，害风汉。　　　大开口笑，世欲无拘管，落落魄魄，信脚水山游玩。天涯海角，自有清闲伴。细算来，这些儿，最长便。

63. 圣葫芦　　（金元词）　　　　（1首）

圣葫芦　（金元词）

王　哲（北曲）

这一葫芦儿有神灵。会会做惺惺。占得逍遥真自在，头边口里，长是诵仙经。　　把善因缘，却腹中盛。净净转清清。玉杖挑将何处去，紧随师父，云水是前程。

64. 十二时　　（唐五代词）　　　（278首）

十二时　敦煌作品

禅门十二时其一（十二首）

夜半子。夜半子。众生重重萦俗事。不能惮定自观心，何日得悟真如理。　　豪强富贵暂时间，究竟终归不免死。非论我辈是凡夫，自古君王亦如此。

（斯四二七卷）

十二时　敦煌作品

其八（十二首）

日入酉。世谛荣华应不久。但拯无明不染心，则与诸佛为心首。

（斯二六七九卷）

十二时　敦煌作品

其二（十二首）

　　鸡鸣丑。鸡鸣丑。宝积发心中夜后。启问如来不独行，五百之中为上首。　　天将曙，命无垢。与君今为不请友。言谈恐未成宝经，所以相印传金口。

（斯六六三一卷）

十二时　敦煌作品

释智严

普劝四众依教修行其一（一百三十四首）

　　鸡鸣丑。鸡鸣丑。曙色才能分户牖。富者高眠醉梦中，贫人已向尘埃走。

（伯二五〇四卷）

十二时　敦煌作品

圣教十二时其一（十二首）

夜半子。摩耶夫人诞太子。步步足下生莲花，九龙齐吐温和水。

（伯二七三四卷）

十二时　敦煌作品

学道十二时其一（十二首）

夜半子。阴中真如止。观心超有无，寂然俱空理。

（伯二九四三卷）

十二时　敦煌作品

其四（十二首）

　　隅中巳。有子须交识文字。共人两递定英雄，把笔思惟获道理。　　远近称传到姓名，遥闻谈说人皆美。世人不敢苦欺陵，都为文章有纲纪。

（伯二九五二卷）

十二时　敦煌作品

法体十二时其一（十二首）

　　平旦寅。洗足烧香礼世尊。胡跪虔诚齐发愿，努力修取未来因。

（伯三一一三卷）

65. 十六贤　　(宋词)　　(1首)

十六贤　(宋词)

曹　勋

闲暇

拱皇图，御宝历，上圣垂衣。旰食亲万机。海宇熙熙。登寿域，瑞霞彩云常捧日。花阴麦垅四民齐。宫卫仗肃，阆苑瑶池。台殿倚晴晖。　　当盛际。风俗美。寻胜事。人物总游嬉。太平何处，知不摇征旗摇酒旗。四方感格臻上瑞。官家闲暇宴芳菲。千万岁。嘉会明盛时。

66. 石州　　　（唐五代词）　　　（1首）

石州　　（五代词）

无名氏

自从君去远巡边。终日罗帏独自眠。看花情转切，揽涕泪如泉。　　一自离君后，啼多双眼穿。何时狂虏灭，免得更留连。

（明刻本《词品》卷一。平韵《菩萨蛮》也）

67. 四块玉　　（金元词）　　　　（2首）

四块玉　（金元词）

侯善渊

一点皎然冰玉洁。浩劫无生灭。跨古腾今无暂歇。遍极目，真空摄。　　此法方知通妙诀。玄理人难别。两路曹溪分关节。映水照，天空月。

68.四块玉慢　（金元词）　　　　（1首）

四块玉慢　（金元词）

无名氏

光景如梭，劝早早回头寻活计。莫被利役名牵，酒色昏迷。是非人我，空惹闲气。铅枯汞竭，恁藏休悔，谩尔伤悲。便做从今，下手理会，宁早莫稽迟。　　呆痴。自落便宜。纵养家千口成何济。枉使身心劳碌，昼夜无眠，老却朱颜，教君憔悴。何须自苦，怎不回首，自家推算，无常有谁能替。

（鸣鹤余音卷之一）

69. 四时乐　　（宋词）　　　　（4首）

四时乐　（宋词）

李公麟（误题撰人姓名词）

春

桃李花开春雨晴。声声布谷迎村鸣。家家场头酾酒觥。
为告庄主东作兴。黄犊先破东南村。

（七言五句，除皆用平韵外，平仄不拘。）

70. 送征衣　　（唐五代词）　　　（1首）

送征衣　（敦煌曲子词）

今世共你如鱼水，是前世因缘。两情准拟过千年。转转计较难。交汝独自孤眠。　　每见庭前双飞燕，他家如自然。□□□□到君边。心穿石也穿。愁甚不团圆。

（斯五六四卷）

71. 蜀葵花　　（金元词）　　（1首）

蜀葵花　（金元词）

王　哲

上仙传秘诀。只要尘情灭。意马与心猿，牢锁闭，莫放劣。戒悭贪是非，人我无明断绝。把巧辩聪明都守拙。　　紫殿元君歇。宝鼎丹砂结。也休问龙虎，铅汞絮繁说。向迷云堆里，捧出一轮皎月。方表信，希夷门户列。

（鸣鹤馀音卷五）

72. 耍蛾儿 　　（金元词）　　　　（2首）

耍蛾儿　（金元词）

王　哲

　　不会修行空养肚。肾肺心肝脾祖。五团臭肉怎为主。先把黄婆咄去。　　赶退青龙兼白虎。不用婴儿姹女。诸公要觅长生路。别有一般门户。

73. 耍三台　　（金元词）　　　　（1首）

玩瑶台　（金元词）

长筌子

本名耍三台

直指玄元路。叹苦海、迷人不悟。在目前、平平稳稳，又无些、险难相阻。把万缘、一齐放下，他自然有圣贤提举。似断云野鹤飞腾，向物外、青霄信步。　　庆会神仙语。渴时饮、蟠桃酿醋。出入在、星楼月殿，笑人间、死生今古。跨彩凤祥鸾玩太虚，归来卧、碧霞深处。这逍遥活计谁传，分付与、蓬莱伴侣。

74. 水云游　　（金元词）　　　　（4首）

水云游　（金元词）

王　哲

思算思算。四假凡躯，干甚厮玩。元来是、走骨行尸，更夸张体段。　　明灵慧性真灿烂。这骨骸须换。害风子、不藉人身，与神仙结伴。

75.太平令　　（金元词）　　　（1首）

太平令　（金元词）

侯善渊

芝堂无事启丹经。香烟袅，慧灯明。声和流玉音清。云收绝雾敛，眄平一色瑶池净。　　洞天玄照瑞光凝。分明见，豁然惺。回眸返入道圆成。便忘形羽化，虚皇付我天符令。

76. 特地新　　（金元词）　　　　（2首）

特地新　（金元词）

王　哲

　　天地人生，同来相遇。应将甚、昭彰显务。道门开，释门阐，儒门堪步。识元初，习元本，睹元辰，元阳自固。　　日月星辰，齐旋躔度。唯临莅、虚空照布。精关扃，气关达，神关超露。禀三才，立三教，得三光，三丹宝聚。

特地新　（金元词）

王　哲

劝世

　　骋俏多能，身呈体段。把衣衫、频频脱换。穿茶坊，入酒店，总夸好汉。蓦然遇天高，这精神、早减了一半。　　奉劝风流，惺惺早断。保元阳、休教紊乱。稍回头，开道眼，金莲长看。玉花放，异香来，吐光明，满宽炳焕。

77.酴醿香　　（金元词）　　　　（2首）

酴醿香　（金元词）

王　哲

自在随缘，信脚而无思没算。召清飚，邀皓月，同为侣伴。步长路，成欢乐，唇歌舌弹。忽经过洞府嘉山，堪一玩。正逢著、祥瑞频赞。　　异果名花滋味美，馨香撒散。对良辰，虽好景，难为惹绊。任水云，前程至，天涯海畔。便遭遇、清净神舟，超彼岸。这回做、真害风汉。

酴醿香　（金元词）

无名氏

自小孤云，身外无萦系。披一片，搭一片，逍遥快活计。破葫瓢，腰间挂，别无行李。是人笑我没操持。尽教傍人点指。　　古庙祠堂，且共泥神作戏。破砂盆，泼瓦罐，折匙无筋。破纸被，糊包定，弯跧打睡。只等待、行满功成，朝玉帝。方表男儿有志。

78. 瓦盆歌　　（金元词）　　　（1首）

瓦盆歌　（金元词）

王　哲

你敲著得恁响声大。无祥瑞，没灾祸。元谁知得那。外唇有口能发课。内虚有腹成因果。贵贱贤愚，细思量、人人放一个。　　这风狂悟斯，不肯争人我。除烦恼，灭心火。日日随缘过。逍遥自在任行坐。功成行满携云朵。带壳升腾，恁时节、方知不打破。

79.梧桐树 　　(金元词) 　　　　(17首)

梧桐树 　(金元词)

牧常晁

世间人，须觉悟。难得人身休辜负。莫把时虚度。不离方寸蓬莱岛。多少时人行不到。劝君早觅长生路。

梧桐树 　(金元词)

牧常晁

早修行，听劝谕。绿鬓朱颜易变故。光景流如注。妻儿金宝暂相遇。到了何曾将得去。不用萦怀虑。

80. 五更出舍郎 （金元词）　　（7首）

五更出舍郎　（金元词）

王　哲

反会做他出舍郎。便风狂。成功行，到蓬庄。
奉报那人如惺悟，好商量。五更里，细消详。

81. 五更令　　（金元词）　　　　（5首）

五更令　（金元词）

王　哲

一更初，鼓声傻。槌槌要，敲著心猿意马。细细而、击动铮铮，使俱齐擒下。　　万象森罗空里挂。泼焰焰神辉，惺惺洒洒。明光射入宝瓶宫，早儿娇女姹。

82. 五更转 　　（唐五代词）　　　　（69首）

五更转　敦煌作品

维摩五更转其一（此体《潇湘神》也）

　　一更初。一更初。医王设教有多途。维摩权疾徙方丈，
莲花宝相坐街衢。

（斯二四五四卷）

五更转　敦煌作品

无相其一（此体《樱桃歌》也）

　　一更浅。众要诸缘何所遣。但依政观且□□，念念真如
方可显。

（斯六○七七卷）

五更转　敦煌作品

太子五更转其一

一更初。太子欲发坐寻思。奈知耶娘防守到，何时度得雪山川。

（伯二四八三卷）

五更转　敦煌作品

其一

一更初夜坐调琴。欲奏相思伤妾心。每恨狂夫薄行迹，一过抛人年月深。

（伯二六四七卷）

五更转　敦煌作品

荷泽和尚五更转其一

一更初。涅槃城里见真如。妄想是空非有实，不言为有不言无。　非垢净，离空虚。莫作意，入无余。了性即知当解脱，何劳端坐作功夫。

（斯六一〇三卷）

五更转　敦煌作品

南宗赞其一

一更长。一更长。如来智惠化中藏。不知自身本是佛，无明障蔽自慌忙。　了五蕴，体皆亡。灭六识，不相当。行住坐卧常注意，则知四大是佛堂。

（伯二九六三卷）

五更转　敦煌作品

太子入山修道赞其一

一更夜月凉。东宫见道场。幡花伞盖日争光。烧宝香。

（伯三〇六五卷）

五更转　敦煌作品

其一

一更初。少年光景暂时无。一世之间何足度，谁知四大是空虚。人皆恒作千年调，谓将不死镇安居。有钱不解修功德，沽酒买肉事凶粗。终日贪生不觉老，鬓边白发实难除。面上红颜千道皱，腰疼脊曲项筋□。　　眼暗耳聋见不辨，头风脑转手专遇。口中牙齿并落尽，皮肉瘦损□身枯。出门入户着弱杖，坐卧欲起觅人扶。村舍追随不能去，亲情故旧往还疏。丈夫一朝身如此，与死无别有何殊。

（伯二九七六卷）

83. 五灵妙仙　（金元词）　　　　（5首）

五灵妙仙　（金元词）

马　钰

借柳词韵

马风宁海，遇重阳十八。憨憨地、就中奸黠。六尘绝。纵逍遥自在，开怀豁畅，云游水历，琼瑶路如冰滑。　　□□补天缺。下功收五彩，经营活雪。调龙虎、撞关冲节。得真悦。见晴空莹净，圆圆正正，光辉晃朗，元来自家心月。

84. 望远行曲　　（金元词）　　　　　（3首）

望远行曲　　（金元词）

侯善渊

太玄妙诀。悟来不须言说。心地豁然开觉。清凉内通彻。透五蕴山头，现出霜天皓月。照千古分明、无圆缺。赤子琳宫歇。敏把丹枝折。　　玩长春景界洞鉴、离生灭。向无阴、树下独坐，逍遥静绝。听无弦曲调，於中别。

望远行曲　　（金元词）

刘处玄

令子根苗裔，云水爱行步。顿觉了，希夷微妙明千古。去尘寰历遍，香来都无伴侣。世人爱不爱、高真许。达道完性命，永免轮回苦。　　隐福地松峰霞洞、自在处。待养就、金铅玉汞，真无浊虑。六铢挂，始应过，三清举。

望远行曲 （金元词）

丘处机

因旱，赠渭南王坦公醮上诸道友

九夏疲天旱，万物伤时热。算都为，人心分外生枝节。斗衣鲜马壮，社火班行引拽。小兄弟虚耗、村村结。下士无邪正，上帝分优劣。　　□咱心不同彼志、胡漂撇。启虔诚、修斋念善，因循岁月。望贤圣空里，相提挈。

85. 献忠心　　（唐五代词）　　（1首）

献忠心　（敦煌曲子词）

自从黄巢作乱，直到今年。倾动迁移每惊天。京华飘□因此荒。空有心长思恋明皇。　　愿圣明主。久居宫宇。臣等默始有望常殊。弓剑更抛涯计会。将銮驾步步却西回。

（斯二六〇七卷）

86. 香山会　　（宋、金元词）　　（3首）

香山会　（宋词）

无名氏

　　向神前发愿，烧香做咒。断了去、娼家吃酒。果子钱早是遭他毒手。更一个、瓶儿渗漏。　　才斟两盏三盏，早斟不勾。又添和、薄漓半斗。奴哥有我，奴哥道有。有我时、当面烫酒。

香山会　（金元词）

马　钰

次重阳韵

　　木金交，天地活，真真渐好。澄清淇寂深通奥。祥光瑞气，把丹砂覆焘。方知得、人能弘道。　　仙承妙号。定是受、金书诰。玄中妙。净中来到。心通意晓。这天机大道。当行教、荐赴蓬岛。

香山会　（金元词）

王　哲

白光生，青艳至，红辉总好。腾玄耀。妙黄深奥。般般彩色，把明珠覆焘。晴空外、来往仙道。　　封成永号。便受玉皇宣诰。云霞里、上真惟到。香山会聚，发琼言阐道。同归去、长住三岛。

87. 逍遥乐令　　（金元词）　　　　（1首）

逍遥乐令　　（金元词）

无名氏

天边月，初似弓。庚地又无踪。龙寻虎，虎寻龙。两相逢。结一朵、金花弄风。　　天边月，似偃炉。铅汞鼎中居。须凭火，炼流珠。一葫芦。三百八十有四铢。

88. 小梁州　　　（宋词）　　　　（1首）

小梁州　　（宋词）

申　纯（元明小说话本中依托宋人词）

惜花长是替花愁。每日到西楼。如今何况，抛离去也，关山千里，目断三秋。谩回头。　　殷勤分付东园柳。好为管长条。只恐重来，绿成阴也，青梅如豆。辜负凉州。恨悠悠。

89. 谢师恩 　　（金元词）　　　　（13首）

谢师恩 　（金元词）

王处一

谢师提挈沉沦外。生死难交代。不堕轮回超法界。诸天运度，化生无相，一点圆明在。　　荡摇浮世常安泰。闲把琼芝采。护法□君威力大。流铃掷火，扫尘千里，屏尽诸魔害。

谢师恩 　（金元词）

王处一

前后带喝马一声

就中偏许同音耗。一例谁能晓。有个人人灵复俏。攒星步斗，暗符颠倒。金书报。升降朝元道。　　碧虚仙眷重迁号。方喜圆明了。皓月堂前天风扫。晴空来往，我从玄教。仙无老。超越蓬莱岛。

90.谢新恩词　　（唐五代词）　　　（2首）

谢新恩词　　（五代词）

李　煜

　　冉冉秋光留不住。满阶红叶暮。又是过重阳，台榭登临处。　　茱萸香坠紫，菊气飘庭户。□□□□□，晚烟笼细雨。雝雝新雁咽寒声，愁恨年年长相似。

（为区分《谢新恩》别谱，易名《谢新恩词》。见吕远刻本《南唐二主词》。）

91.新水令　　（宋词）　　　（1首）

新水令　（宋词）

无名氏

　　冒风连骑出金城，闻孤猿韵切，怀念亲眷。为笑徐都尉，循夸彩绘，写出盈盈娇面。振旅阗阗。讶睹阆苑神仙。越公深骤万马，侵凌转盼。感先锋，容放镜，收鸾鉴一半。　　归前阵，惨怛切，同陪元帅恣欢恋。二岁偶尔，将军沉醉连绵，私令婢捧菱花，都市寻遍。新官听说邀郎宴。因令赋悲欢。孰敢。做人甚难。梅妆复照，傅粉重见。

92. 绣薄眉　　（金元词）　　（1首）

绣薄眉　（金元词）

孙不二

劝人悟。修行脱免三涂苦。明放着跳出门户，谭马丘刘，孙王郝太古。法海慈航，寰中普度。

（鸣鹤馀音卷之六）

93.莺穿柳　　（金元词）　　　　（2首）

莺穿柳 （金元词）

长筌子

乘桴默契。便休休倦役，结茅归里。一任貔貅威镇，虎韬熊略，旌麾争起。赳赳成何济。只赢得、玉颜先弊。覆手一场空，过眼繁华虚矣。　　争似乐然从己。赏花浓上苑，鱼游春水。满泛红潮美。且郁陶襟怀，青门歌吹。醉卧东风里。看隋堤、柳摇金蕊。放适簪缨，乱铺苍翠。

莺穿柳 （金元词）

王吉昌

观天能尽，向三山四海，氤氲风趁。金木玄冥，云聚一时，六卦火记潜进。七返功宜紧，炼丹质、蕙兰香阵。到此鬼神钦，不许三尸亲近。　　尘情碎为残粉。泼无明恚火，翻作冷烬。智藏挥开神耀，占上清选院。名科精俊。实相峥嵘障、步虚际，烂霞光衬。体显九阳腾，出尘堪信。

94. 游月宫令 　（宋词）　　　　（1首）

游月宫令 　（宋词）

无名氏

　　当今圣主座龙楼，圣寿应天长，实钱喷香烟，玄宗游月宫。　　海晏河清，盛朝侍，群臣喜呼万岁，万人民，开乐业，愿吾皇、增福寿。

95. 虞神歌　　　（宋词）　　　　　　（3首）

虞神歌　（宋词）

范祖禹

虞主回京双调四曲之四

驾玉龙。设初虞祭终。前旌举，天回洛水，路转崧峰。瞻寥廓，烟霏冲融。旮无踪。震地鼓吹悲雄。谁何羽卫重。拂云旗帜眩青红。来渐东。清尘洒道，修职百神恭。回首苍茫，雾雨吹风。　　掩泉宫。寰畿入，山川改容。鼓钟临近次，千官望拜，涕泪衡从。人如堵，晨光葱茏。阙穹隆。驰道禁水相通。当年游幸空。皇仪事毕泣重瞳。哀未穷。巍巍馀烈；辉映简编中。亿万斯年，覆载同功。

虞神歌　（宋词）

无名氏

虞主回京四首之四

复士初。明旌下储胥。回虚仗，箫筘互奏，旌旆随驱。岂知飙御在蓬壶。道萦纡。风日惨、六马踌躇。留恨满山隅。不堪回首，翠柏已扶疏。帝城渐迩，愁雾锁天衢。公卿百辟，鳞集云敷。　　迓龙舆。端门辟，金碧凌虚。此时还帝都。严清□庙，入空时升，文物灿烂极嘉娱。配三宗，号称神，古所无。帝德协庙虞。九歌毕奏斐然殊。会轩朱。神具燕喜，锡福集皇居。更千万祀，佑启邦图。

96. 玉抱肚近　　（金元词）　　　　（1首）

玉抱肚近　　（金元词）

无名氏

若论玄妙，听周风一诀。把婴儿姹女，木金间隔。从头分别。先擒六贼三尸灭。后捉玉兔饮乌血。仗剑锋，麾魔障，荡袄邪。全凭志猛烈。那些个手段最奇绝。龙奔虎走，来往放乖劣。　　两兽擒来吾怎舍。炉烹鼎炼无暂歇。乾坤至宝，阴阳造化，斡运龟蛇。东鸡叫出西江月。会入黄庭赏白雪。上丹温，中丹暖，下丹热。三田宝结。众仙举我赴金阙。寥阳胜境，教我怎生说。

97. 玉交梭 （金元词） （1首）

玉交梭 （金元词）

无名氏

我已叮咛劝。展手心休倦。后巷前街，茶坊酒肆且遍。绕巡门，散喏好降心，与修行方便。　　一志休回转。趁了今生愿。神气冲和，阴阳升降，虎龙争斗，迸金灿烂。绕丹田，看真人出现。

98.玉连环近　　（宋词）　　　　（1首）

玉连环近　（宋词）

曹　勋

天申寿词

庆云开霁，清华明昼，殿阁风度薰弦。电虹敷瑞，应炎运当千。端景命、符圣德，三阶正、万国归化，远胜文思睿藻，问寝格中天。　　深严。邃启芳筵。正花拥绛宸，瑶殿神仙。缓闻钧韶奏下，歌舞云边。宫闱馨和气，浃南山。罩翠霭、上寿烟。祝无疆御历万万年。

99. 玉笼璁 （金元词） （1首）

玉笼璁 （金元词）

侯善渊

守清净，凭志恳，绝尽荒淫。持内境，月透双林。玉童戏，遥指处，碧潭波心。捞摅取起，水中金。　　灵宝灿，慧灯明，神光相任。对面有，没人推寻。君还省，明了了，灾祸不侵。龙虎伏，鬼神钦。

100. 玉液泉　　（金元词）　　　（1首）

玉液泉　（金元词）

无名氏

这消息，几人知，独我全真好。大悟来，心地清凉，便分晓。本来面目常照。最玄妙。金关开，玉户闭，来往通关窍。遍三田，觉上下和冲，降银雪，黄芽遍生芝草。　　姹婴舞跳。透引动龙吟虎啸。搬运在，斡旋中，坎离颠倒。龟蛇战斗，水火抽添，炉内烧丹，结就明珠晃耀。玉皇深恩宣诏。祥云攒罩。恁时稳跨青鸾，归蓬岛。

101. 遇仙亭 　　（金元词）　　　　（2首）

遇仙亭 　（金元词）

馬　鈺

继重阳韵

喜喜蓬头。达达根由。永永誓不贪求。渐渐归于正觉，申申燕处优游。万万尘缘识破，专专志做持修。　　遇遇风仙传口诀，疑疑涤尽更何搜。灿灿不昏幽。玉玉金光结，心心愿做渡人舟。累累功成行满，真真去访瀛洲。

102. 棹棹楫 　　（金元词） 　　（2首）

棹棹楫 　（金元词）

侯善渊

锐出玄精终宵末。阳焰瑛华祛妖恶。宝梵晶空通照过。丹风秀，万灵无不可。 　　自然妙用无为作。结角罗纹勿差错。朋俦那里全无个。说与呵。清风明月我。

103. 真欢乐 　　（金元词）　　　　（2首）

真欢乐 　（金元词）

王 哲

便把户门安锁钥。内更蕴、最奇略。安炉灶、锻炼金精，养元神、修完丹药。二粒圆成光灼灼。虚空外、往来盘礴。五彩总扶持。也无施无作。　　冥冥杳杳非投托。占盈盈，赴盟约。蓬莱路、永结前期，定长春、瑶芳琼萼。等接清凉光偏烁。放馨香、自然雯作。里面礼明师，现真欢真乐。

104.竹枝子　　（唐五代词）　　　（2首）

竹枝子　（敦煌曲子词）

罗幌尘生，斿帏悄悄，笙簧无绪理，恨小郎游荡经年。不施红粉镜台前。　　只是焚香祷祝天。垂珠泪滴，点点滴成班。待伊来敬共伊言。须改往来段却颠。

（斯一四四一卷）

竹枝子　（敦煌曲子词）

高卷朱帘垂玉牖。公子王孙女。颜容二八小娘。满头珠翠影争光。百步惟闻兰麝香。　　口含红豆相思语。几度遥相许。修书传与萧娘。倘若有意嫁潘郎。休遣潘郎争断肠。

（斯一四四一卷）

105. 驻马听词　（宋词）　　　（1首）

驻马听词　（宋词）

沈　瀛

人都道四者难并。也由在人心。烦恼欢喜元无定。奸峭底自能称停。你待前面怎那，且随任咱分。　　自家有后自未奔。枉劳人方寸。眼前推辞怎。那知他人也心闷。

106.转调采桂枝 （金元词） （1首）

转调采桂枝 （金元词）

侯善渊

分明相外归宗祖，道眼俱全。出入绵绵。升降浮沉任往还。最幽玄。　　日精月髓安炉内，一焏烹煎。丹就凝然。皎皎光明滚上天。化飞仙。

107. 啄木儿　　（金元词）　　　　（6首）

啄木儿　（金元词）

王　哲

观浮世。为人贵。舍荣华、全神气。保养丹田绝滋味。便将来、免不讳。　　自谙自讳。修取长生计。自誓自誓。今朝说子细。且通边际。开灵慧。酒色财气一齐制。做深根、永固蒂。　　怎生得、虎龙交位。如何令、姹婴同睡。把尘劳事。俱捐弃。二道合和归本类。想玄玄、寻密秘。

108.醉瑶池 　　(宋词) 　　　　(1首)

醉瑶池 　(宋词)

无名氏

寿妇人

柳捻金丝花吐绣。蝶拍莺歌，来献天人寿。一点红黄眉上秀。玻璃满泛长生酒。　　丁祝遐龄天样久。年年岁岁笙歌奏。早晚郎君纡紫绶。归来色共斑衣鬥。

109. 醉中归 （金元词） （1首）

醉中归 （金元词）

长筌子

过隙时光促。人身似风烛。谁信神明，暗里报人灾福。观二曜如转毂。昼夜翻腾荣辱。群情苦，攒攒簇簇，贪迷嗜欲。　　独我回头，归来隐山谷。水钓云耕，雅种数枝松菊。闲来后，歌一曲。不羡权门红绿。养愚鲁，清贫自在，平生愿足。

（同一词谱体例相同者一般仅举一例。）

组词

1. 薄媚　　　（宋词）　　　　　（1组）[组词]

薄　媚　十首

董　颖

西子词

入破第一

窣湘裙，摇汉佩。步步香风起。
●○○；○●▼　●●○○▼

敛双蛾，论时事。兰心巧会君意。
●○○；●○○▼　○○●○○▼

殊珍异宝，犹自朝臣未与。
○○●●；○○●○○●▼

妾何人，被此隆恩，虽令效死。奉严旨。
●○○、●●○○；○○●▼　●○▼

隐约龙姿忻悦。重把甘言说。
●●○○○○▼　○○●○○▼

辞俊雅，质娉婷，天教汝、众美兼备。
○●●；●○○；○○●、●●○▼

闻吴重色，凭汝和亲，应为靖边陲。
○○●●；○○○○；○●●○△

将别金门，俄挥粉泪。靓妆洗。
○○○○；○○●▼　●○▼

第二虚催

飞云驶。香车故国难回睇。
○ ○ ▼　　○ ○ ● ○ ○ ▼

芳心渐摇，迤逦吴都繁丽。
○ ○ ● ○；○ ● ○ ○ ▼

忠臣子胥，预知道，为邦祟。
○ ○ ● ○；● ○ ●；○ ○ ▼

谏言先启。愿勿容其至。
● ○ ○ ▼　　● ● ○ ○ ▼

周亡褒姒。商倾妲己。吴王却嫌胥逆耳。
○ ○ ○ ▼　　○ ○ ● ▼　　○ ○ ● ● ○ ● ▼

才经眼、便深恩爱。东风暗绽娇蕊。彩鸾翻妒伊。
○ ○ ● 、● ● ○ ○；○ ○ ● ● ○ ▼　　● ○ ○ ● △

得取次、于飞共戏。金屋看承，他宫尽废。
● ● ● 、○ ○ ○ ▼　　○ ○ ○ ○；○ ○ ● ▼

第三衮遍

华宴夕，灯摇醉。粉菡苕，笼蟾桂。
○●●；○○▼　●●●；○○▼

扬翠袖，含风舞，轻妙处，惊鸿态。
○●●；○○●；○●●；○○▼

分明是。瑶台琼榭，阆苑蓬壶，景尽移此地。
○○▼　○○○●；●○●●；●●○●▼

花绕仙步，莺随管吹。
○●○●；○○●▼

宝帐暖留春，百和馥郁融鸳被。
●●●○○；●●●●○○▼

银漏永，楚云浓，三竿日、犹褪霞衣。
○●●；●○○；○○●、○●○△

宿醒轻腕，嗅宫花，双带系。
●○○●；●○○；○●▼

合同心时。波下比目，深怜到底。
●○○△　○●●●；○○●▼

第四催拍

耳盈丝竹，眼摇珠翠。迷乐事。宫闱内。
●○○● ；●○○▽　○●▽　○○▽

争知。渐国势凌夷。
○△　●●●○△

奸臣献佞，转恣奢淫，天谴岁屡饥。从此万姓；离心解体。
○○●● ；●○○○ ；○●●△　○●●● ；○○●▽

越遣使。阴窥虚实，蚤夜营边备。
●●▽　○○○● ；●●○○▽

兵未动，子胥存，虽堪伐、尚畏忠义。
○●● ；●○○ ；○○● 、●●○▽

斯人既戮，又且严兵卷土，赴黄池观衅，种蠡方云可矣。
○○●● ；●●○○● ；○○○● ；●●○○●▽

第五衮遍

机有神，征鼙一鼓，万里襟喉地。
○●○；○柔●●；●●○○▼

庭喋血，诛留守，怜屈服，敛兵还，危如此。
○●●；○○●；怜●●；●兵○；○○▼

当除祸本，重结人心，争奈竟荒迷。
○○○●●；○●○○；○奈●●△

战骨方埋，灵旗又指。
●●○○；○○●▼

势连败。柔荑携泣。不忍相抛弃。
●○●；○○○●；●●○○▼

身在兮，心先死。宵奔兮，兵已前围。
○●○、○○▼　○○○；○●○△

谋穷计尽，唳鹤啼猿，闻处分外悲。
○○○●●；●●●○○；●●●●△

丹穴纵近，谁容再归。
○●●●；○○●△

第六歇拍

哀诚屡吐，甬东分赐。
○○●●；●○○▼

垂暮日，置荒隅，心知愧。宝锷红委。
○●●；●○○；○○▼　●○▼

鸾存凤去，辜负恩怜，情不似虞姬。
○○●●；○●○○；○○●○△

尚望论功，荣还故里。
●●●○；○○●▼

降令曰，吴亡赦汝，越与吴何异。
●●●；○○●●；●●○○▼

吴正怨，越方疑。从公论、合去妖类。
○●●；●○△　○○●、●●○▼

蛾眉宛转，竟殒鲛绡，香骨委尘泥。
○○●●；●○○○；○●●○△

渺渺姑苏，荒芜鹿戏。
●●○○；○○●▼

第七煞衮

王公子。青春更才美。风流慕连理。
○○▼　○○●▼　○○●▼

耶溪一日，悠悠回首凝思。
○○●●；○○○○△

云鬟烟鬓，玉珮霞裾，依约露妍姿。
○○○●；●●○●；○○●△

送目惊喜。俄迁玉趾。
●●○▼　○○●▼

同仙骑。洞府归去，帘栊窈窕戏鱼水。
○○▼　●●○●；○○●●●○▼

正一点犀通，遽别恨何已。
●●●○○；●●●○▼

媚魄千载，教人属意。况当时。金殿里。
●●○●；○○●▼　○○△　○●▼

排遍第八

怒潮卷雪，巍岫布云，越襟吴带如斯。
●○●●；○●●○；●○○●○△

有客经游，月伴风随。
●●○○；●●○△

值盛世。观此江山美。合放怀、何事却兴悲。
●●▼　○●○○▼　●●○、○●●○△

不为回头，旧谷天涯。为想前君事。
●●○○；●●○△　●●○○▼

越王嫁祸献西施。吴即中深机。
●○●●●○△　○○●○△

阖庐死。有遗誓。勾践必诛夷。
●○▼　●○▼　○●●○△

吴未干戈出境，仓卒越兵，投怒夫差。
○●○○●●；○●●○；○●○●○△

鼎沸鲸鲵。越遭劲敌，可怜无计脱重围。
●●○△　●○●●；○○○●●○△

归路茫然，城郭丘墟，飘泊稽山里。
○●○○；○●○○；○●○○▼

旅魂暗逐战尘飞。天日惨无辉。
●○●●●○△　○●●○△

排遍第九

自笑平生，英气凌云，凛然万里宣威。
●●○○；○●○●；●○○●○△

那知此际。熊虎涂穷，来伴麋鹿卑栖。
●○○▼　○●○○；○○●○△

既甘臣妾犹不许，何为计。
●○○●○●；○○▼

争若都燔宝器。尽诛吾妻子。
○●○○●▼　●○○○▼

径将死战决雄雌。天意恐怜之。
●○●●●○△　○●●○△

偶闻太宰正擅权，贪赂市恩私。
●○●●○○；○●●○△

因将宝玩献诚，虽脱霜戈，石室囚系。
○○●○●○；○●○○；●●○▼

忧嗟又经时。恨不如巢燕自由归。
○○●○△　●●○●○●○△

残月朦胧，寒雨萧萧，有血都成泪。
○●○○；○●○○；●●○○▼

备尝险厄返邦畿。冤愤刻肝脾。
●○○●●○△　○○●○△

第十撷

种陈谋谓。吴兵正炽。越勇难施。破吴策、唯妖姬。
● ○ ○ ▼　　○ ○ ● ▼　　● ● ○ △　　● ○ ● 、○ ○ △

有倾城妙丽。名称西子。岁方笄。
● ○ ○ ● ▼　　○ ○ ○ ▼　　● ○ △

算夫差惑此。须致颠危。
● ○ ○ ● ▼　　○ ○ ○ △

范蠡微行，珠贝为香饵。
○ ○ ○ ● ● ；○ ● ○ ○ ▼

苎萝不钓钓深闺。吞饵果殊姿。
● ○ ○ ● ○ ○ △　　○ ● ● ○ ○ △

素肌纤弱，不胜罗绮。
● ○ ○ ● ；● ○ ○ ▼

鸾镜畔、粉面淡匀，梨花一朵琼壶里。
○ ● ● 、● ● ● ○ ○ ；○ ○ ○ ● ○ ○ ▼

嫣然意态娇春，寸眸剪水。斜鬟松翠。
○ ○ ○ ● ○ ○ ；● ○ ● ▼　　○ ○ ○ ▼

人无双、宜名动君王，绣履容易。来登玉陛。
○ ○ ○ 、○ ○ ● ○ ○ ；● ● ○ ▼　　○ ○ ● ▼

2. 采莲　　（宋词）　　　　（1组）［组词］

采莲　（组词）（宋词）

史　浩

延遍

寿乡词

霞霄上，有寿乡广袤无际。东极沧海，缥缈虚无，蓬莱弱水。风生屋浪，鼓楫扬旌，不许凡人得至。甚幽邃。　　试右望金枢外。西母楼阁，玉阙瑶池。万顷琉璃。双成情巧，方朔诙谐。来往徜徉，霓裳飘摇宝砌。更希奇。

撷遍

南邻崿丹宫，赤伏显符记。朱陵曜绮绣，箕翼炯、瑞光腾起。每岁秋分老人见，表皇家、袭庆迎祺。　　天子当膺，无疆万岁。北窥玄冥，魁杓拥佳气。长拱极、终古无移。论南北东西。相直何啻千万里。信难计。

入破

　　璇穹层云上覆，光景如梭逝。惟此过隙缓征辔。垂象森列昭回。碧落卓然躔度，炳曜更腾辉。永永清光晔炜。绵四野、金璧为地。　　蕊珠馆，琼玖室，俱高峙。千种奇葩，松椿可比。暗香幽馥，岁岁长春，阳乌何曾西委。

衮遍

　　遍此境，人乐康，挟难老术，悟长生理。尽阿僧祇劫，赤松王令安期。彭篯盛矣。尚为婴稚。鹤算龟龄，绛老休夸甲子。　　鲐背耆、黄髪垂髻。更童颜，长鼓腹、同游戏。真是华胥。行有歌，坐有乐，献笑都是神仙，时见群翁启齿。

实催

　　露华霞液，云桨椒醑，恣玉斝金罍。交酬成雅会。拚沉醉。中山千日，未为长久，今此陶陶一饮，动经万祀。　　陈果蓏，皆是奇异。似瓜如斗尽备。三千岁。一熟珍味。钉坐中，莹似玉、爽口流涎，三偷不枉，西真指议。

衮

有珍馔，时时馈。滑甘丰腻。紫芝荧煌，嫩菊秀媚。贮玛瑙琥珀精器。延年益寿莫拟。人间烹饪徒费。休说龙肝凤髓。　动妙乐、仙音鼎沸。玉箫清，瑶瑟美。龙笛脆。杂遝飞鸾，花茵上、趁拍红牙，馀韵修扬，竟海变桑田未止。

歇拍

其间有洞天侣，思游尘世。珠葆摇曳。华表真人，清江使者，相从密议。此老遨嬉。我辈应须随侍。正举步、忽思同类。　十八公、方耸壑，宜邀致。夙驾星言，人争图绘。去曷来鄞山甬水。因此崇成，四明里第。

煞衮

吾皇喜。光宠无贰。玉带金鱼荣贵。或者疑之。岂识圣明，曾主斯乡，尝相与尽缱绻，胶漆何可相离。今日风云合契。此实天意。　吾皇圣寿无极，享晏粲千载相逢，我翁亦昌炽。永作升平上瑞。

3. 采莲舞 　　（宋词）　　　　　（1组）[组词]

采莲舞 　（组词）（宋词）

史　浩

五人一字对厅立，竹竿子勾念：伏以浓阴缓辔，化国之日舒以长；清奏当筵，治世之音安以乐。霞舒绛彩，玉照铅华。玲珑环佩之声，绰约神仙之伍。朝回金阙，宴集瑶池。将陈倚棹之歌，式侑回风之舞。宜邀胜伴，用合仙音。女伴相将，采莲入队。

　　勾念了，后行吹双头莲令，舞上，分作五方。竹竿子又勾念：伏以波涵碧玉，摇万顷之寒光；风动青蘋，听数声之幽韵。芝华杂遝，羽幰飘摇。疑紫府之群英，集绮筵之雅宴。更凭乐部，齐迓来音。

　　勾念了，后行吹采莲令，舞转作一直了，众唱采莲令：练光浮，烟敛澄波渺。燕脂湿、靓妆初了。绿云伞上露滚滚，的白乐真珠小。笼娇媚、轻盈伫眺。无言不见仙娥，凝望蓬岛。

　　玉阙葱葱，镇锁佳丽春难老。银潢急、星槎飞到。暂离金砌，为爱此、极目香红绕。倚兰棹。清歌缥缈。隔花初见，楚楚风流年少。

　　蕊沼清冷涓滴水。迢迢烟浪三千里。微孕青房包绣绮。薰风里。幽芳洗尽闲桃李。

　　羽氅飘萧尘外侣。相呼短棹轻偎倚。一片清歌天际起。声尤美。双双惊起鸳鸯睡。

翠盖参差森玉柄。迎风浥露香无定。不著尘沙真体净。芦花径。酒侵酥脸霞相映。

掉拨木兰烟水暝。月华如练秋空静。一曲悠扬沙鹭听。牵清兴。香红已满蒹葭艇。

草软沙平风掠岸。青蓑一钓烟江畔。荷叶为茵花作幔。知谁伴。醇醪只把鲈鱼换。

盘缕银丝杯自暖。筵窗醉著无人唤。逗得醒来横脆管。清歌缓。彩鸾飞去红云乱。

太华峰头冰玉沼。开花十丈干云杪。风散天香闻四表。知多少。亭亭碧叶何曾老。

试问霏烟登鸟道。丹崖步步祥光绕。折得一枝归月峤。蓬莱岛。霞裙侍女争言好。

珠露溥溥清玉宇。霞标绰约消烦暑。时驭清风之帝所。寻旧侣。三千仙仗临烟渚。

舴艋飘摇来复去。渔翁问我居何处。笑把红蕖呼鹤驭。回头语。壶中自有朝天路。

彤霞出水弄幽姿。娉婷玉面相宜。棹歌先得一枝枝。波上画鲸飞。

向此画堂高会，幽馥散、堪引瑶卮。幸然逢此太平时。不醉可无归。蕊宫阆苑。听钧天帝乐，知他几遍。争似人间，一曲采莲新传。柳腰轻，莺舌啭。

逍遥烟浪谁羁绊。无奈天阶，早已催班转。却驾彩鸾，芙蓉斜盼。愿年年，陪此宴。

4. 番禺调笑 　　（宋词）　　　　　　（1组）［组词］

【调笑令】《番禺调笑》（组词）（宋词）（12首）

洪　适

句队

　　盖闻五岭分疆，说番禺之大府；一尊属客，见南伯之高情，撫遗事于前闻，度新词而屡舞。宫商递奏，调笑入场。

羊仙

　　黄木湾头声哄然。碧云深处起非烟。骑羊执穗衣分锦，快睹浮空五列仙。　　腾空昔日持铜虎。嘉瑞能名灼前古。羽人叱石会重来，治行于今最南土。　　南土。贤铜虎。黄木湾头腾好语。骑羊执穗神仙五。拭目摩肩争睹。无双治行今犹古。嘉瑞流传乐府。

药洲

　　传闻南汉学飞仙。炼药名洲雉堞边。炉寒灶毁无踪迹，古木闲花不计年。　　惟馀九曜巉岩石。寸寸沦漪湛天碧。画桥彩舫列歌亭，长与邦人作寒食。　　寒食。人如织。藉草临流罗饮席。阳春有脚森双戟。和气欢声洋溢。洲边药灶成陈迹。九曜摩挲奇石。

海山楼

　　高楼百尺迩严城。披舞雄风□袂清。云气笼山朝雨急，海涛侵岸暮潮生。　　楼前箫鼓声相和。戢戢归墙排几柁。须信官廉蚌蛤回，望中山积皆奇货。　　奇货。归帆过。击鼓吹箫相应和。楼前高浪风掀簸。渔唱一声山左。胡床邀月轻云破。玉麈飞谈惊座。

素馨巷

　　南国英华赋众芳。素馨声价独无双。未知蟾桂能相比，不是人间草木香。　　轻丝结蕊长盈穗。一片瑞云萦宝髻。水沉为骨麝为衣，剩馥三熏亦名世。　　名世。花无二。高压闍提倾末利。素丝缕缕联芳蕊。一片云生宝髻。屑沉碎麝香肌细。剩馥熏成心字。

朝汉台

　　尉佗怒臂帝番禺。远屈王人陆大夫。只用一言回倔强，遂令魋结换襟裾。　　使归已实千金橐。朝汉心倾比葵藿。高台突兀切星辰，后代登临奏音乐。　　音乐。传佳作。盖海旌幢开观阁。绮霞飞渡青油幕。好是登临行乐。当时朝汉心倾藿。望断长安城郭。

浴日亭

扶胥之口控南溟。谁凿山尖筑此亭。俯窥贝阙蛟龙跃，远见扶桑朝日升。　蜃楼缥缈擎天际。鹏翼缤翻借风势。蓬莱可望不可亲，安得轻舟凌弱水。　弱水。天无际。相去扶胥知几里。高亭东望阳乌起。杲杲晨光初洗。蓬莱欲往宁无计。一展弥天鹏翅。

蒲涧

古涧清泉不歇声。昌蒲多节四时青。安期驾鹤丹霄去，万古相传此化城。　依然丹灶留岩穴。桃竹连山仙境别。年年正月扫松关，飞盖倾城赏佳节。　佳节。初春月。飞盖倾城尊俎列。安期驾鹤朝金阙。丹灶分留岩穴。山中花笑秦皇拙。祠殿荒凉虚设。

贪泉

桄榔色暗芭蕉繁。中有贪泉涌石门。一杯便使人心改，属意金珠万事昏。　晋时贤牧夷齐比。酌水题诗心转厉。只今方伯擅真清，日日取泉供饮器。　饮器。贪泉水。山乳涓涓甘似醴。怀金嗜宝随人意。枉受恶名难洗。真清方伯端无比。未使吴君专美。

沉香浦

炎区万国侈奇香。稇载归来有巨航。谁人不作芳馨观，巾箧宁无一片藏。　　饮泉太守回瓜戍。搜索越装舟未去。薏苡何从起谤言，沉香不惜投深浦。　　深浦。停舟处。只恐越装相染污。奇香一见如泥土。投著水中归去。令公早晚回朝著。无物迟留鸣橹。

清远峡

腰支尺六代难双。雾鬓风鬟巧作妆。人间不似山间乐，身在帝乡思故乡。　　南来万里舟初歇。三峡重过惊久别。玉环留著缀相思，归向青山啸明月。　　明月。舟初歇。三峡重过惊久别。玉环留与人间说。诗罢离肠千结。相思朝暮流泉咽。雾锁青山愁绝。

破子

南海。繁华最。城郭山川雄岭外。遗踪嘉话垂千载。竹帛班班俱在。元戎好古新声改。调笑花前分队。　　高会。尊罍对。笑眼茸茸回盼睐。蹋筵低唱眉弯黛。翔凤惊鸾多态。清风不用一钱买。醉客何妨倒载。

遣队

十眉争艳眼波横。霓袖回风曲已成。绛蜡飘花香卷穗，月林乌鹊两三声。歌舞既终，相将好去。

句降黄龙舞

伏以玳席接欢，杯滟东西之玉；锦茵唤舞，钗横十二之金。咸驻目于垂螺，将应声而曳茧。岂无本事，愿吐妍辞。

答

眄流席上，发水调于歌唇；色授裾边，属河东之才子。未满飞鹣之愿，已成别鹄之悲。折荷柄而愁缕无穷，剪鲛绡而泪珠难贯。因成绝唱，少相清欢。

遣

情随杯酒滴郎心。不忍重开翡翠衾。封却软绡看锦水，水痕不似泪痕深。歌罢舞停，相将好去。

句南吕薄媚舞

羽觞棋布，洽主礼于良辰；翠袖弓弯，奏女妖之妍唱。游丝可倩，本事愿闻。

答

踏软尘之陌，倾一见于月肤；会采蘋之洲，迷千娇于雨梦。且蛾眉有伐性之戒，而狐媚无伤人之心。既吐艳于幽闺，能齐芳于节妇。果六尺之躯不庇其伉俪，非三寸之舌可脱于艰难。尚播遗声，得尘高会。

遣

兽质人心冰雪肤。名齐节妇古来无。纤罗不蜕西州路，争得人知是艳狐。歌舞既阑，相将好去。

5. 归去来兮引　（宋词）　　　　　（1组）[组词]

归去来兮引　（组词）（宋词）

杨万里

侬家贫甚诉长饥。幼稚满庭闱。正坐瓶无储粟，漫求为吏东西。偶然彭泽近邻圻。公秫滑流匙。葛巾劝我求为酒，黄菊怨、冷落东篱。五斗折腰，谁能许事，归去来兮。

老圃半榛茨。山田欲蒺藜。念心为形役又奚悲。独惆怅前迷。不谏后方追。觉今来是了，觉昨来非。

扁舟轻飏破朝霏。风细漫吹衣。试问征夫前路，晨光小，恨熹微。乃瞻衡宇戴奔驰。迎候满荆扉。已荒三径存松菊，喜诸幼、入室相携。有酒盈尊，引触自酌，庭树遣颜怡。

容膝易安栖。南窗寄傲睨。更小园日涉趣尤奇。尽虽设柴门，长是闭斜晖。纵遐观矫首，短策扶持。

浮云出岫岂心思。鸟倦亦归飞。翳翳流光将入，孤松抚处凄其。息交绝友堑山溪。世与我相违。驾言复出何求者，旷千载、今欲从谁。亲戚笑谈，琴书触咏，莫遣俗人知。

邂逅又春熙。农人欲载菑。告西畴有事要耘籽。容老子舟车，取意任委蛇。历崎岖窈窕，丘壑随宜。

欣欣花木向荣滋。泉水始流澌。万物得时如许，此生休笑吾衰。寓形宇内几何时。岂问去留为。委心任运无多虑，顾皇皇、将欲何之。大化中间，乘流归尽，喜惧莫随伊。

富贵本危机。云乡不可期。趁良辰、孤往恣游嬉。独临水登山，舒啸更哦诗。除乐天知命，了复奚疑。

6.花舞　　　（宋词）　　　　　　（1组）[组词]

花舞　（组词）（宋词）

史　浩

两人对厅立，自勾，念：伏以骚赋九章，灵草喻如君子；诗人十咏，奇花命以佳名，因其有香，尊之为客。欲知标格，请观一字之褒；爱藉品题，遂作群英之冠。适当丽景，用集仙姿。玉质轻盈，共庆一时之会；金尊潋滟，式均四坐之欢。女伴相将，折花入队。

念了，后行吹折花三台。舞，取花瓶。又舞上，对客放瓶，念牡丹花诗：花是牡丹推上首。天家侍宴为宾友。料应雨露久承恩，贵客之名从此有。

念了，舞，唱蝶恋花，侍女持酒果上，劝客饮酒。

贵客之名从此有。多谢风流，飞驭陪尊酒。持此一卮同劝后。愿花长在人长寿。

嘉客之名从此有。多谢风流，飞驭陪尊酒。持此一卮同劝后。愿花长在人长寿。

素客之名从此有。多谢风流，飞驭陪尊酒。持此一卮同劝后。愿花长在人长寿。

幽客之名从此有。多谢风流，飞驭陪尊酒。持此一卮同劝后。愿花长在人长寿。

野客之名从此有。多谢风流，飞驭陪尊酒。持此一卮同劝后。愿花长在人长寿。

雅客之名从此有。多谢风流，飞驭陪尊酒。持此一卮同劝后。愿花长在人长寿。

净客之名从此有。多谢风流，飞驭陪尊酒。持此一卮同劝后。愿花长在人长寿。

仙客之名从此有。多谢风流，飞驭陪尊酒。持此一卮同劝后。愿花长在人长寿。

寿客之名从此有。多谢风流，飞驭陪尊酒。持此一卮同劝后。愿花长在人长寿。

清客之名从此有。多谢风流，飞驭陪尊酒。持此一卮同劝后。愿花长在人长寿。

近客之名从此有。多谢风流，飞驭陪尊酒。持此一卮同劝后。愿花长在人长寿。

算仙家，真巧数，能使众芳长绣组。羽軿芝葆，曾到世间，谁共凡花为伍。

桃李漫夸艳阳，百卉又无香可取。岁岁年年长是春，何用芳菲分四序。

对芳辰，成良聚，珠服龙妆环宴俎。我御清风，来此纵观，还须折枝归去。

归去蕊珠绕头，一一是东君为主。隐隐青冥怯路遥，且向台中寻伴侣。

叹尘寰，乌兔走，花谢花开能几许。十分春色，一半遣愁，那堪飘零风雨。

争似此花自然，悄不待、根生下土。花既无凋春又长，好带花枝倾寿醑。

是非场，名利海，得丧炎凉徒自苦。至乐陶陶，唯有醉乡，谁向此间知趣。

花下一杯一杯，且莫把、光阴虚度。八极神游长寿仙，蜾赢螟蠕休更觑。

7. 剑舞　　（宋词）　　　　（1组）[组词]

剑舞　（组词）（宋词）

史　浩

二舞者对厅立茵上。竹竿子勾，念：伏以玳席欢浓，金尊兴逸。听歌声之融曳，思舞态之飘摇。爰有仙童，能开宝匣。佩干将莫邪之利器，擅龙泉秋水之嘉名。鼓三尺之莹莹，云间闪电；横七星之凉凉，掌上生风。宜到芳筵，同翻雅戏。

二舞者自念：伏以五行擢秀，百链呈功。炭炽红炉，光喷星日；硎新雪刃，气贯虹霓。斗牛间紫雾浮游，波涛里苍龙缔合。久因佩服，粗习回翔。兹闻阆苑之群仙，来会瑶池之重客。辄持薄技，上侑清欢。未敢自专，伏候处分。

竹竿子问：既有清歌妙舞，何不献呈。

二舞者答：旧乐何在。

竹竿子再问：一部俨然。

二舞者答：再韵前来。

乐部唱剑器曲破，作舞一段了，二舞者同唱霜天晓角：

荧荧巨阙。左右凝霜雪。且向玉阶掀舞，终当有、用时节。唱彻。人尽说。宝此制无折。内使奸雄落胆，外须遣、豺狼灭。

8. 乐语 　　(宋词) 　　　(1组) [组词]

乐语 　(组词) (宋词)

王义山

寿崇节致语

隆兴府万年介寿，星辰拱文母之尊；四海蒙恩，雨露宠周臣之宴。颂声交作，协气横流。与天同心，为民立命。以圣子承承继继，九州悉臣；奉太后怡怡愉愉，亿载永久。宝册加徽称于汉典，彩衣绚瑞色于舜庭。捧金炉香，胥庆寿崇之旦；□玉卮酒，永延长乐之春。

躬禀聪明，性纯爱敬。晋福介王母，三千年之桃晕新红；华封祝圣人，八九叶之蓂开并绿。耳凤韶之雅奏，身鱼藻之深仁。臣等幸圂明时，忻逢盛事。遥瞻禁卫，蔼播衢谣：东极承颜肃紫宸。恩醲湛露宴群臣。香传禁柳鸣球瑟，影颤宫花蔼缙绅。璀璨神光三殿晓，怡愉和气万年春。明朝又纪流虹瑞，更效封人祝圣人。

对厅致语

怡愉奉太后，称觞盛长乐之仪；普率皆王臣，会□接镐京之饮。欢浮鱼藻，光射斗牛。恭惟特进大观文大丞相国公四海儒宗，两朝元老。巨川舟楫，旱岁霖雨；不有其功，清时钟鼓，胜事园林，自乐以道。暂游洛社，更筑沙堤。宫使端明相公吟遍玉堂，来寻绿野。听星辰履，久联紫殿之清；依日月光，已觉黄扉之近。宫使阁学尚书为国喉舌，同姓腹心。寄兴西山，虽喜林泉萧散；召还北阙，要推社稷经纶。观使提刑户部曾策驹骊，肯盟鸥鹭。入直天上，尚记青藜；趣起山中，便持紫橐。提刑诏使提刑部洒人寒露，厉古清风。衡岳云开，会见郎官列宿；甘泉地近，即依天子九重。观使提刑判府监丞玉节犹香，幅巾自适。胸中宇宙，素存开济之心；足下风云，直峻清华之武。观使判府刑部老成器局，光霁襟怀。赞白云之司，早培朝望；翔紫霄之表，简在帝心。众位判府郎卿金石春鸣，琳琅映照。吟万柳阴中之句，香入诏芝；接五花影里之班，望高玉笋。及梓里满前之材俊，皆兰台向上之镃基。我知府、运使、华文、国史、秘监、侍郎，渠观联辉，节麾叠组。不知昼锦为邦家之光、闾里之荣；但喜阳春在天庭之间、湖山之外。嘉兴十一郡黎献之众，载歌万亿载慈祥之诗。寿崇方庆于坤闱，既醉共分于天禄。合星垣之宾佐，偕月乘之儒流。蓉府材能，柳营韬略。客坐联杏坛之秀，男邦蔼花县之英。笾豆肆陈，笙簧迭奏。福介于王母，幸永瞻慈极之尊；河清生圣人，更同效华对之祝。□等敷陈俚词，扬厉休期。

八叶莫香夏气清。坤闱有庆佛同生。枫宸称寿云霄迥，苹野沾恩雨露深。

祚永万年齐晋福，孝濡九有乐升平。电枢又报祥光绕，虎拜扬休天子明。

唱

金阙深深，正夏日初长禁柳青。祥烟纷簇，红云一朵，飞度彤庭。千妃随步处，觉薰风、微拂觚棱。天颜喜，向东朝长乐，献九霞觥。　　分明。西崑王母，来从光碧驾飞軿。为言今日，金仙新浴，共庆长生。捧桃上寿，天一笑、赐宴蓬瀛。沸欢声。道明朝前殿，又祝椿龄。

勾问队心

妾闻舜殿重华，薰风初奏；唐宫兴庆，寿日新逢。远方称赞效微诚，女队蹁跹呈妙舞。腰翻翠柳，步趁金莲。岂无皓齿之歌，可表丹心之祝。相携纤手，共蹑华茵。

唱柘枝令

西山元是神仙境，瑞气郁森森。彩鸾飞下五云深。急管递繁音。　　碧鬟□斜花欲颤，轻盈莲步移金。柴檀催拍莫沉吟。传入柘枝心。

花心唱

慈元宫殿五云开。寿献九霞杯。步随王母共徘徊。仙子下瑶台。　　红袖引翻鸾镜媚，婆娑雪□风回。繁弦脆管莫相催。齐唱柘枝来。

四角唱

风吹仙袂飘飘举，底事下蓬莱。东朝遥祝万年杯。玉液泻金罍。　　天上蟠桃又熟，晕酡颜、红染芳腮。年年摘取献天阶。齐舞柘枝来。

遣队

铜壶漏转，屡惊花影之移；桂棹风轻，已觉蓬莱之近。覆茵已蹩，雪鼓重催。歌舞既周，好去好去。

勾队

瞻寿星于南极，瑞启东朝；移仙驭于西山，望倾北阙。式歌且舞，共祝无疆。

吴仙诗

一曲清歌艳彩鸾。金炉香拥气如兰。西山高与南山接，剩有当时却老丹。

唱

千年紫极锁烟萝。艳质含羞敛翠蛾。远睇慈元称寿处，不妨连臂，大家重与，楚舞更吴歌。

谌仙诗

冉冉飞霜缀绮裳。遥知谌母下丹阳。黄金炼就三山药，来采蒲花献寿觞。

唱

秘传玉诀自灵修。家在仙山最上头。更有仙茅香馥郁，年年今日，薰风时候，掇取献龙楼。

鹤山诗

饮马池边号浴仙。仙姿化鹤古今传。金经尤有延年诀，未数庄椿寿八千。

唱

自在云间白鹤飞。晴川浴罢不胜衣。旋裁五色冰蚕锦，千花覆处，三呼声里，惹得御香归。

龙仙诗

楚尾吴头风乍薰。沧波深拥小龙君。愿朝帝母龙楼晚，来曳霞裾驾五云。

唱

闲云潭影日悠悠。暮倚朱帘更少留。龙寿本齐箕与翼，□从今日，一年一度，东极庆千秋。

柏仙诗

古柏林间小剑仙。云鬟低绾鲜轻蝉。愿持天上长生箓，来祝东朝亿万年。

唱

新吴曾遇许旌阳。宝气横空一剑长。愿祝慈闱长不老，天长地久，有如此柏，万古镇苍苍。

遣队

花朝日转，睹妙舞之初停；莲步云生，学飞仙之难驻。遥瞻翠阆，已启金扃。待拟重来，不妨好去。

王母祝语

　　长乐宫中，永壶天之日月；蓬莱岛上，曳洞府之烟霞。不辞弱水之遥，来祝南山之寿。恭惟体坤至静，与佛同生。德比周任，知文王之所以圣；尊为太后，喜唐帝之孝于亲。和蔼一堂，庆流万宇。崑圃五城宅，幸居至治之朝；云璈九霞觞，因献长生之箓。恭惟丕丞慈训，克绍洪休。八九叶蕡开，接虹流于华渚；三千年桃熟，侑宴饮于瑶池。薰风迭奏于虞弦，湛露载沾于周泽。臣口喜游化国，适际昌辰。密依天阙之光，好诵仙家之句。

　　壶峤天低乐圣时。南薰初试度兰池。影飞霞佩朝金殿，曲奏云和献玉卮。　　稽首万年尧历永，承颜五色舜衣垂。仙家更有蟠桃在，明日重来谒帝墀。

唱

　　龙楼日永，鹤禁风薰，拂晓寿星光现。无限霞裾，欣传帝母，与佛同生华旦。佳气慈闱，看龙颜欢动，玉卮亲劝。捧祝殷勤，对萱草青松，菖蒲翠软。奇香喷，阶前芍药，频繁红深紫浅。　　遥望千官鹭序，晓仗初齐，趋觐慈元宫殿。更喜明朝，虹流佳节，同听嵩山呼万。湛露重重，燕庆两宫，盛事如今亲见。齐祝愿、西崑凝碧，南山增绿，与天齐算。身长好，年年拜舞宫花颤。

勾队

　　万岁山前，三呼祝寿；千花海里，一□□□。从来无日不春，况是薰风初夏。蔷薇□□，芍药翻阶。葵欲向阳，榴将喷火。正好共寻奇卉，来献芳筵。对仙李之盘根，今朝一转；庆蟠桃之结实，明日重来。上侑清欢，千花入队。

万年枝诗

　　百子池边景最奇。无人识是万年枝。细花密叶青青子，常得披香雨露滋。　　东风向晚薰风早。禁路飞花沾寿草。年年圣主寿慈闱，先献此花名字好。

唱

先献此花名字好。密叶长青，翠羽摇仙葆。紫禁风薰惊夏到。花飞细□香堪扫。　　拂晓宫娃争报道。无限琼妃，缥缈来蓬岛。来向慈闱勤颂祷。万年枝□同难老。

长春花诗

东风不与世情同。多付春光向此中。叶里尽藏云外绿，枝头剩带日边红。　　百花能占春多少。何似春颜长自好。清和时候卷红绡，端的长春春不老。

唱

端的长春春不老。玉颊微红，酒晕精神好。多谢天工相懊恼。花间不问春迟早。　　风外新篁摇翠葆。长乐宫边，绿荫笼驰道。此际称觞非草草。绛仙亲下蓬莱岛。

菖蒲花诗

昔年有母见花轮。富贵长年不记春。今报紫茸依碧节，献来慈极寿庄椿。　　汉家天子嵩山路。又见蒲仙相与语。而今帝母两怡愉，莫忘九疑山上侣。

唱

莫忘九疑山上侣。住在山中，白石清泉处。好与长年沾雨露。灵根下遣蟠虬护。　　青青九节长如许。早晚成花，教见薰风度。十二节添须记取。千年一节从头数。

萱草花诗

当年子建可诗章。绿叶丹花有晔光。为道宜男仍永世，福齐太姒炽而昌。　　犹记夏侯曾与赋。灼灼朱华人嘉句。紫微右极是慈闱，岁岁丹霞天近处。

唱

岁岁丹霞天近处。借问殷勤，何以逢兰杜。碧砌玉阑春不去。清香长逐薰风度。　　况是恩光新雨露。绿叶青青，葱翠长如许。端的萱花仙伴侣。年年今日阶前舞。

石榴花诗

待阙南风欲上场。阴阴稚绿绕丹墙。石榴已著乾红蕾，无尽春光尽更强。　　不因博望来西域。安得名花出安石。朝元阁上旧风光，犹是太真亲手植。

唱

犹是太真亲手植。猩染鲜葩，岁岁如曾拭。绛节青旌光耀日。分明是个神仙匹。　　引领金扉红的的。下有仙妃，纤手轻轻摘。为道朱颜常似得。今朝摘取呈慈极。

栀子花诗

当年曾记晋华林。望气红黄栀子深。有敕诸官勤守护，花开如玉子如金。　　此花端的名薝蔔。千佛林中清更洁。从知帝母佛同生，移向慈元供寿佛。

唱

移向慈元供寿佛。压倒群花，端的成清绝。青萼玉包全未拆。薰风微处留香雪。　　未拆香包香已冽。沉水龙涎，不用金炉爇。花露轻轻和玉屑。金仙付与长生诀。

蔷薇花诗

碎翦红绡间绿丛。风流疑在列仙宫。朝真更欲薰香去，争掷霓衣上宝笼。　　忽惊锦浪洗春色。又似宫娃逞妆饰。会当一遣移花根，还比蒲桃天上植。

唱

还比蒲桃天上植。稚柳阴中，蜀锦开如织。万岁藤边娇五色。宜春馆里香寻觅。　　七十二行鲜的的。岁岁如今，早趁薰风摘。金掌露浓堪爱惜。龙涎华润凝光碧。

芍药花诗

倚竹佳人翠袖长。阿姨天上舞霓裳。娇红凝脸西施醉，青玉阑干说叠香。　　晚春早夏扬州路。浓妆初试鹅红妒。何如御伞掖垣中，日日传宣金掌露。

唱

日日传宣金掌露。当殿芳菲，似约春长驻。微紫深红浑谩与。淡妆偏趁泥金缕。　　拂早薰风花里度。吹送香尘，东殿称觞处。歌罢花仙归洞府。采鸾驾雾来南浦。

宫柳花诗

御墙侧畔绿垂垂。接夏连春花点衣。好似雪茵胡旋舞，楼台帘幕燕初飞。　　薰风日永龙墀晓。宫妃簇仗呈千巧。就中妙舞最工奇，戏衮玉球添一笑。

唱

戏衮玉球添一笑。笑道轻狂，似恁人间少。偏倚龙池依凤沼。随风得得低回绕。　　掠面点衣夸百巧。似雪飞花，点束梁园好。惹住金虬香篆袅。上林不放春光老。

蟠桃花诗

蕊珠仙子驾红云。来说瑶池□□春。道是当年和露种，三千花实又从新。　　红云元透西崑路。青鸟衔枝花□□。薰风初动子成初，消息一年传一度。

唱

消息一年传一度。万岁枝香，总是留春处。曾倚东风娇不语。玉阶霞袂飘飘举。　　蓬莱清浅红云路。结子新成，要荐金盘去。一实三千须记取。东朝宴罢回青羽。

众唱

十样仙葩天也爱。留住春光，一一娇相赛。万里莺花开世界。园林点检随时采。　　□□□眉仙体态。天与司花，舞彻歌还再。献与千官头上戴。年年万岁声中拜。

9.太清舞 　　（宋词）　　　　　（1组）[组词]

太清舞 　（组词）（宋词）

史　浩

后行吹道引曲子，迎五人上，对厅一直立。

乐住，竹竿子勾念：

洞天门阙锁烟萝。琼室瑶台瑞气多。欲识仙凡光景异，欢谣须听太平歌。

花心念：伏以兽炉缥缈喷祥烟，玳席荧煌开邃幄。谛视人间之景物，何殊洞府之风光。恭惟衮绣主人，簪缨贵客。或碧瞳漆发，或绿鬓童颜。雄辩风生，英姿玉立。曾向蕊宫贝阙，为逍遥游：俱膺丹篆玉书，作神仙伴。故今此会，式契前踪。但儿等偶到尘寰，欣逢雅宴；欲陈末艺，上助清欢。未敢自专，伏候处分。

竹竿问，念：既有清歌妙舞，何不献呈。

花心答，念：旧乐何在。

竹竿子问，念：一部俨然。

花心答，念：再韵前来。

念了，后行吹太清，众舞讫，众唱：

武陵自古神仙府。有渔人迷路。洞户逆寒泉，泛桃花容与。

寻花迤逦见灵光，舍扁舟、飘然入去。注目渺红霞，有人家无数。

须臾却有人相顾。把肴浆来聚。礼数既雍容,更衣冠淳古。

渔人方问此何乡,众颦眉、皆能深诉。元是避嬴秦,共携家来住。

当时脱得长城苦。但熙熙朝暮。上帝锡长生,任跳丸乌兔。

种桃千万已成阴,望家乡、杳然何处。从此与凡人,隔云霄烟雨。

渔舟之子来何所。尽相猜相语。夜宿玉堂空,见火轮飞舞。

凡心有虑尚依然,复归指、维舟沙浦。回首已茫茫,叹愚迷不悟。

我今来访烟霞侣。沸华堂箫鼓。疑是奏钧天,宴瑶池金母。

却将桃种散阶除,俾华实、须看三度。方记古人言,信有缘相遇。

云輧羽幰仙风举。指丹霄烟雾。行作玉京朝,趁两班鹓鹭。

玲珑环佩拥霓裳,却自有、箫韶随步。含笑嘱芳筵,后会须来赴。

游尘世、到仙乡。喜君王。跻治虞唐。文德格遐荒。四裔尽来王。干戈偃息岁丰穰。三万里农桑。归去告穹苍。锡圣寿无疆。

10. 野庵曲　　　（宋词）　　　　　　（1组）［组词］

野庵曲　（组词）（宋词）

沈　瀛

（套曲）

野叟最昏迷。叹世间、光阴奔走如驰。逢这闲时。忽寻忖、一生里事都非。从头到尾。都改了、重立根基。枕上披衣。浑无寐。时时摩挲行气。

才睡起。避户扉。爇一炷清香，烟气霏霏。膜拜更归依。冥心坐、看经念佛行持。消除秽恶，光洒洒、禅律威仪。佛力慈悲。愿今世。永没冤债相随。

食将惭愧。才饭了、一枕茶香美。迟迟日长，觅伴相对围棋。安排势子。相望相窥。闭心机。输赢成败，却似人居世。跳脱去、唤方帽杖藜。为伴侣、小桥那面一庵儿。登高望远输情思。叹物荣物枯，节换时移。

春到园中，见寒梅同春雪乱飞。冷艳冰肌。须臾李杏开偏，一日芳菲。和风骀荡，两岸细柳捻金丝。清明时候，景物尤韵媚。

春事退。叹万红狼籍飞满堤。水平池。风到卷涟漪。荷花一望如霞绮。对好些景物，敌去炎威。

秋景凄凄。长空明月正扬辉。蒹葭岸、浮云侧畔坐钓矶。正桂花香喷鼻。黄花满眼，风劲霜坠。做寒来天气。秋光老、草木一齐似洗。独修篁径，青松路，残岁方知。

日将斜，园里缓行归。听流水。明窗净几。调数徽。到妙处、古曲幽闲韵渐稀。徐徐弹了融心意。忽然惊起。外时闻车履。故人来相对。

瓮浮蚁。草草杯盘灯正辉。漏声迟。浮骉飞觞，言渐嘻嘻。轩渠一笑，高歌野庵新唱、劝些儿。人听村歌，一霎时、好娱戏。休笑颠狂，也是大奇。能赶气闷忧悲。自然沉醉。

客都去后，睡齁齁地。一枕华胥惊又起。晓鸡啼。重起着衣。心火烧脐。龙行虎驰。依前啰啰哩哩。

从头到尾今如此。若唱此曲没休时。保取长年到期颐。

11.柘枝舞　　(宋词)　　　　(1组)〔组词〕

柘枝舞　(组词) (宋词)

史　浩

　　五人对厅一直立，竹竿子勾念：伏以瑞日重光，清风应候。金石丝竹，闲六律以皆调；僸佅兜离，贺四夷之率伏。请翻妙舞，来奉多欢。鼓吹连催，柘枝入队。念了，后行吹引子半段入场，连吹柘枝令，分作五方舞。舞了，竹竿子又念：适见金铃错落，锦帽蹁跹。芳年玉貌之英童，翠袂红红绡之丽服。雅擅西戎之舞，似非中国之人。宜到阶前，分明祗对。

　　念了，花心出，念：但儿等名参乐府，幼习舞容。当芳宴以宏开，属雅音而合奏。敢呈末技，用赞清歌。未敢自专，伏候处分。

　　念了，竹竿子问，念：既有清歌妙舞，何不献呈。

　　花心答，念：旧乐何在。

　　竹竿问，念：一部俨然。

　　花心答，念：再韵前来。

　　念了，后行吹三台一遍，五人舞拜，起舞，后行再吹射雕遍连歌头。舞了，众唱歌头：

□人奉圣□□朝□□□□主□□□□□留伊。得荷云戏、幸遇文明、尧阶上、太平时。□□□□何不罢岁□征舞柘枝。

我是柘枝娇女。□□多风措。□□□、□住深□，妙学得柘枝舞。□□头戴凤冠□，□□纤腰束素。□□遍体锦衣装，来献呈歌舞。

回头却望尘寰去。喧画堂箫鼓。整云鬟、摇曳青绡，爱一曲柘枝舞。好趁华封盛祝笑，共指南山烟雾。蟠桃仙酒醉升平，望凤楼归路。

（共 120 谱，其中组词 11 谱。收录例词 226 首、组。）

七言词谱

1. 阿那曲　　(唐五代词)　　(现存 10 首)

阿那曲　(唐词)

柳宗元

渔翁夜傍西岩宿。晓汲清湘燃楚竹。
○○●●○○▲　●●○○○●▲

日高烟暖不见人，欸乃一声山水绿。
●○○●●●○：●●●○○●▲

（明刻本《古今词统》卷一。以上所标注首数，系指现存词数量，下同。）

2. 欸乃曲　　　（唐五代词）　　　（现存5首）

单调二十八字，四句三平韵

元　结

千里枫林烟雨深。无朝无暮有猿吟。
〇●〇〇〇●△　〇〇〇●●〇△

停桡静听曲中意，好似云山韶濩音。
〇〇●●●〇●；●●〇〇〇●△

（明刻本《唐词纪》卷七。《欸乃曲》五首，平仄不拘。）

3. 八拍蛮 　　（唐五代、宋词）　　　（现存4首）

单调二十八字，四句三平韵

孙光宪

孔雀尾拖金线长。怕人飞起入丁香。
⊙●●○○●△　⊙○○●●○△

越女沙头争拾翠，相呼归去背斜阳。
⊙●⊙○○●●；○○⊙●●○△

4. 遍地锦令　　（金元词）　　（现存8首）

遍地锦令　（金元词）

无名氏

吾本当初水竹村。甘河镇上便狂风。
⊙●○○●●△　⊙○○●●○△

七朵金莲朵朵新。丘刘谭马郝王孙。
⊙●⊙○●●△　○○⊙●●○△

（第四句可作：⊙●⊙○⊙●△。一、二句平仄可互换，或一、二句及三、四句平仄皆互换。）

5. 步虚词　　　（唐五代词）　　　（现存 9 首）

步虚词　　（唐词）

李德裕

仙女侍，董双成。桂殿夜寒吹玉笙。
○●●；●○△　●●●○○●△

曲终却从仙官去，万户千门空月明。
●○○○○○●；●●○○○●△

河汉女，玉炼颜。云軿往往到人间。
○●●；●●△　○○●●●○△

九霄有路去无迹，袅袅天风吹佩环。
●○●●●○●；○●○○○●△

（百川本《许彦周诗话》）

步虚词　　（唐词）

陈　羽

汉武清斋读鼎书。内官扶上紫云车。
●●○○●●△　●○○●○○△

坛上月明宫殿闭，仰看星斗礼空虚。
○●●○○●●；●○○●●○△

（明刻本《唐词纪》卷一五）

6. 采莲子　　　　（唐五代词）　　　　（现存8首）

单调二十八字，四句三平韵

皇甫松

菡萏香连十里陂（举棹）。
●●○○●●△

小姑贪戏采莲迟（年少）。
●○○●●○△

晚来弄水船头湿（举棹），
●○●●○○●；

更脱红裙裹鸭儿（年少）。
●●○○●●△

（晁本《花间集》。举棹、举棹，皆和声也。）

采莲子　　（唐词）

王昌龄

吴姬越艳楚王妃。　争弄莲舟水湿衣。
○○●●●○△　○●○○●●△

来时浦口花迎入，　采罢江头月送归。
○○●●○○●；●●○○●●△

（明刻本《唐词记》卷五。此体一、二句平仄互换，且不用和声。）

7. 大官乐 （金元词） （现存 4 首）

大官乐 （金元词）

长筌子

春

踏青放适游人悦。江山明媚阳和节。
◉ ● ◉ ● ◉ ○ ○ ▲　◉ ○ ○ ● ○ ○ ▲

出谷新莺声软怯。柳绵零落如飞雪。
◉ ● ○ ○ ○ ● ▲　◉ ○ ○ ● ● ○ ▲

8. 得道阳　　　（金元词）　　　（现存14首）

得道阳　　（金元词）

王　哲

得道阳来得道阳。自然碧洞□云房。
⊙●●○○●●△　　⊙○○●●●○△

玉诀灵符清气爽，金丹大药胜衣装。
⊙●⊙○○○●；○○○●●○△

岂似人间轻薄郎。徒夸黄白满箱筐。
⊙●○○○⊙●△　　⊙○○●●○△

我宝三田常运转，吾家一性没惊惶。
⊙●⊙○○●●；⊙○⊙●●●○△

9. 度清霄　　　（宋词）　　　（现存 6 首）

度清霄　（宋词）

张继先

其一（六首）

一更一点一更初。城门半掩行人疏。
⊙○⊙●⊙○△　　○○⊙●⊙○△

茅庵潇洒一事无。孤灯相对光清虚。
⊙○⊙●⊙⊙△　　○○⊙●⊙○△

蒲团安稳身不拘。跏趺大坐心如如。
⊙○○●⊙⊙△　　○○●●○○△

月轮微出天东隅。空中露出无名珠。
●○⊙●○⊙△　　⊙○●●○○△

（上下阕第三句可作：○●●●○○●△，下阕第三句有：
●○●○○●△。下结有作：●●○○○●△。）

10. 泛龙舟词　　（唐五代词）　　（现存1首）

泛龙舟词　敦煌作品（泛龙舟，游江乐）

春风细雨沾衣湿，何时恍忽忆扬州。
○○●●○●●；○○●●●○△

南至柳城新造口，北对兰陵孤驿楼。
○●●○○○●；●●○○○○△

回望东西二湖水，复见长江万里流。
○○●○○●●；●●●○○○△

白鹤双飞出溪壑，无数江鸥水上游。
●●○○○●●；○●○○●○△

（斯六五三七卷）

11. 甘州歌　　（唐五代词）　　（现存 1 首）

甘州歌　（唐词）

符　载

月里嫦娥不画眉。只将云雾作罗衣。
●●○○●●△　　●○○○●●○△

不知梦逐青鸾去，犹把花枝盖面归。
●○●●○○●；○○●○○●●△

（康熙本《古今词话·词话》上卷引《乐府衍义》）

12. 何满子词 　　（唐五代词）　　　　（现存 4 首）

何满子词　　（敦煌曲子词）

第一

平夜秋风凛凛高。长城侠客逞雄豪。
○●○○●●△　　○○●●●○△

手执刚刀利如雪，腰间恒垂可吹毛。
●●○○●○●；○○○○●○△

（斯六五三七卷。原名《何满子》，为区别于六言体，改用今名。平仄不拘，句遵近体为要。）

13. 胡渭州　　　（唐五代词）　　　（现存1首）

胡渭州　　（唐词）

张仲素

亭亭孤月照行舟。寂寂长江万里流。
○○○○●●○△　●●○○○●△

乡国不知何处是，云山漫漫使人愁。
○●●○○●●；○○●●●○△

（康熙本《古今词话··词话》上卷引《乐府衍义》）

14. 皇帝感　　（唐五代词）　　　（现存 27 首）

皇帝感　敦煌作品

新集孝经十八章其一

新歌旧曲遍州乡。未闻典籍入歌场。
〇〇●●●〇△　●〇●●●〇△

新合孝经皇帝感，聊谈圣德奉贤良。
〇●●〇〇●●；〇〇●●●〇△

（伯二七二一卷。平仄不拘。）

15. 鸡叫子　　(唐五代、宋词)　　(现存 2 首)

鸡叫子　(宋词)

张　耒

荷花

平池碧玉秋波莹。绿云拥扇青摇柄。
○○●●○○▲　●○○●●○○▲

水宫仙子鬥红妆，轻步凌波踏明镜。
●○○●●○○；　○●○○●○▲

(别体，前三句改用仄起律句，末一句改平起律句。)

16. 江南春曲 （唐五代词） （现存 2 首）

江南春曲 （唐词）

王 建

良人早朝夜半起。樱桃如珠露如水。
○○●○●◉▲ ○○○◉◉○▲

下堂把火送郎归，移枕重眠晓窗里。
◉○●●●◉○○；◉●○○○◉▲

江南春曲 （唐词）

白居易

青门柳枝软无力。东风吹作黄金色。
○○●○●◉▲ ○○○○◉○▲

街前酒薄醉易醒，满眼春愁消不得。
◉○●●●◉○○；◉●○○○◉▲

（康熙本《古今词话．词话》上卷）

17. 金缕曲　　（唐五代词）　　（现存 1 首）

金缕曲 　（唐词）

无名氏（杜秋娘）

劝君莫惜金缕衣。劝君惜取少年时。
●○●●○●△　　●○●●●○△

有花堪折君须折，莫待无花空折枝。
●○○●○○●；●●○○○●△

（嘉庆本《词林纪事》卷一）

18. 浪淘沙令　　（唐五代、金元词）　（现存 20 首）

浪淘沙令　　（唐词）

刘禹锡

九曲黄河万里沙。浪淘风簸自天涯。
⊙●○○○●△　　⊙○○●●○△

如今直上银河去，同到牵牛织女家。
⊙○○●○○●；⊙●○○⊙●△

（白居易、皇甫松词，平仄有调换。）

浪淘沙令　　（唐词）

刘禹锡

日照澄洲江雾开。淘金女伴满江隈。美人首饰侯王印，
尽是沙中浪底来。

浪淘沙令　　（唐词）

刘禹锡

八月涛声吼地来。头高数丈触山回。须臾却入海门去，
卷起沙堆似雪堆。

浪淘沙令　（唐词）

刘禹锡

莫道谗言如浪深。莫言迁客似沙沈。千淘万漉虽辛苦，吹尽寒沙始到金。

浪淘沙令　（唐词）

白居易

借问江潮与海水，何似君情与妾心。相恨不如潮有信，相思始觉海非深。

浪淘沙令　（唐词）

皇甫松

滩头细草接疏林。浪恶罾舡半欲沉。宿鹭眠鸥飞旧浦。去年沙觜是江心。

19. 乐世词　　（唐五代词）　　（现存1首）

乐世词　敦煌作品

失群孤雁独连翩。半夜高飞在月边。
●○○●●●△　●●○○○●△

霜多雨湿飞难进，暂借荒田一宿眠。
○○●●●○○●；●●○○○●●△

（斯六五三七卷）

20. 离苦海　　（金元词）　　　　（现存 1 首）

离苦海　（金元词）

丘处机

赠西虢周道全

知君好事从来慕。争奈染浮华难去。
○○●●●○○▲　　○●●●○○○▲

虽然欲意学飘蓬，被系脚绳儿缚住。
○○○●●●○●；●●●○○●▲

匆匆顶上旋乌兔。切莫把光阴虚度。
○○●●○○▲　　●●●○○○▲

神仙咫尺道非遥，但只恐人心不悟。
○○●●○○；●●●○○●▲

21. 凉州歌 （唐五代词） （现存 4 首）

凉州歌 （唐词）

王之涣

黄河远上白云间。一片孤城万仞山。
⊙○⊙●●○△ ●●○○●●△

羌笛何须怨杨柳，春风不渡玉门关。
⊙●⊙○○●● ；○○⊙●●○△

（康熙本《古今词话·词话》上卷引《乐府衍义》。平起七绝也。无名氏别首为仄起七绝。）

22. 柳枝　　　（唐五代词）　　　（现存35首）

柳枝　　（唐词）

贺知章

碧玉装成一树高。万条垂下绿丝绦。
●●○○⊙●△　　⊙○○○●●△

不知细叶谁裁出，二月春风是剪刀。
⊙○○●●○○；⊙●○○●●△

（明刻本《古今词统》卷二）

柳枝　　（唐词）

罗　隐

灞岸晴来送别频。相偎相倚不胜春。自家飞絮犹无定，
争解垂丝绊路人。

23. 六州歌　　（唐五代词）　　　（现存1首）

六州歌　（唐词）

岑　参

西去轮台万里余。也知音信日应疏。
○●○○●●△　　●○○●●○△

陇山鹦鹉能言语。为报家人数寄书。
●○○●○○▼　　○●○○●●△

（康熙本《古今词话·词话》上卷引《乐府衍义》）

2249

24. 楼上曲　　（宋词）　　　　（现存 2 首）

楼上曲　（宋词）

张元幹

楼外夕阳明远水。　楼中人倚东风里。
○ ● ◉ ○ ○ ● ▲　　○ ○ ◉ ● ○ ○ ▲

何事有情怨别离。　低鬟背立君应知。
○ ● ◉ ○ ● ● △　　○ ○ ● ● ○ ○ △

东望云山君去路。　断肠迢迢尽愁处。
○ ● ○ ○ ○ ● ◆　　● ○ ○ ◉ ◉ ○ ▲

明朝不忍见云山。　从今休傍曲阑干。
○ ○ ◉ ● ● ○ ◇　　○ ○ ○ ● ● ○ △

25. 楼心月　　　（宋词）　　　　（现存 3 首）

楼心月　　（宋词）

无名氏

柳下争拏画桨摇。水痕不觉透红绡。
⊙●○○●●△　　●○⊙●●○△

月明相顾羞归去，都坐池头合凤箫。
⊙○⊙●○○●；⊙●○○●●△

26. 啰唝曲　　（唐五代词）　　（现存1首）

啰唝曲　（唐词）

于　鹄

闲向江头采白蘋。常随女伴赛江神。
○●○○●●△　　○○●●○△

众中不敢分明语，暗掷金钱卜远人。
●○●●○○●；●●○○●●△

（内府本《词谱》卷一）

27. 清江曲　　（宋词）　　　　（现存 2 首）

清江曲　（宋词）

苏　庠

属玉双飞水满塘。菰蒲深处浴鸳鸯。
●●○○●●△　○○○●●○△

白蘋满棹旭来晚，秋著芦花一岸霜。
●○●●●●●；○●○●●○△

扁舟系岸依林樾。萧萧两鬓吹华髮。
○○●●●○▲　○●○●○○▲

万事不理醉复醒，长占烟波弄明月。
●●●●●复○；○○○●●○▲

（苏庠别首，对照之，平仄不拘。）

28. 清平调　　（唐五代、宋词）　　（现存6首）

清平调　（唐词）

李　白

云想衣裳花想容。春风拂槛露华浓。
⊙●●○○○●△　　⊙○○●●○△

若非群玉山头见，会向瑶台月下逢。
⊙○○●●○●；⊙○○●●○△

（朱本《尊前集》）

清平调　（唐词）

李　白

一枝红艳露凝香。云雨巫山枉断肠。
⊙○⊙●●○△　　○●○○●●△

借问汉宫谁得似，可怜飞燕倚新妆。
●●⊙○○●●；⊙○⊙●●○△

（李白、苏轼各三首一组，两体互用。）

29. 寿星明词 　　（宋词）　　　　（现存 1 首）

寿星明词　（宋词）

游稚仙

照寿筵中

庆门乐事正重重。
●○●●●○△

明日贾逮添戏彩，异时李汉看乘龙。
○●●○○●●；●○●●○○△

鱼轩玉轴定荣封。
○○●●●○△

30. 水调 　　（唐五代词）　　　（现存 13 首）

水调 　（唐词）

吴　融

凿河千里走黄沙。浮殿西来动日华。
●○○●●○△　　◉●○●◉●△

可道新声是亡国，且贪惆怅後庭花。
●●○○●○●；●○○●●○△

（宋本《乐府诗集》卷七九）

水调 　（五代词）

陈　陶

十首之四

惆怅江南早雁飞。年年辛苦寄寒衣。
◉●○○◉●△　　◉○○●○○△

征人岂不思乡国，只是皇恩未放归。
◉○○●●○●；◉●○○◉●△

（陈陶水调一组十首，多依此，亦有依吴融体者，唯第五首后两句折腰。）

水调　（五代词）

陈　陶

十首之七

长夜孤眠倦锦衾。秦楼霜月苦边心。征衣一倍装绵厚，犹虑交河雪冻深。

31. 水鼓子　　（唐五代词）　　　　（现存 39 首）

水鼓子　敦煌作品

其二

降诞宫中呼万岁，此时长庆退云飞。
◉●○○○●●；◉○○○●○△

银台门外多车马，尽是公卿进御衣。
◉○○◉●○○●；◉○○○○●△

（起句有用韵者：◉●○○●●△。）

水鼓子　敦煌作品

其八

寒更丝竹转泠泠。月过犹残色在庭。
◉○○●●○△　◉●○●○○△

坐上司天封状入，西方初见老人星。
◉●◉○○●●；◉○○●●○△

2258

水鼓子　敦煌作品

其三十七

不出闺闱三四年。卷帘唯见四时天。如今歌舞浑新去，争得君王唤眼前。

水鼓子　敦煌作品

其三十九

琵琶轮拨紫檀槽。弦管初张调鼓高。理曲遍来双腋弱，教人把筋喂樱桃。

32. 调笑词　　（宋词）　　　（现存1首）

调笑词　　（宋词）

邵伯温

翻翻绣袖上红茵。舞姬犹是旧精神。
○○●●●○△　●○○○●○△

坐中莫怪无欢意，我与将军是故人。
●○●●○○●；●●○○○●△

33. 万年春 （金元词） （现存 8 首）

万年春 （金元词）

马 钰

道人财色酒虽无。一点无明著甚除。
⊙○⊙●●○△　⊙●●○○⊙●△

恶念不生归莹素，触来勿竞证元初。
⊙●⊙○○●●；⊙○⊙●●○△

我人起处愁无极，烟火消时乐有馀。
⊙○⊙●⊙○●；⊙●○○⊙●△

欲学神仙须忍辱，莫交烧了那真如。
⊙●⊙○○●●；⊙○⊙●●○△

34. 渭城曲　　(唐五代、宋词)　　(现存4首)

渭城曲　(唐词)

王　维

渭城朝雨浥轻尘。客舍青青柳色新。
●○○●●○△　　⊙●○○●○△

劝君更尽一杯酒，西出阳关无故人。
●○●●○●；○●○○○●△

(明刻本《唐词纪》卷六)

渭城曲　(宋词)

苏　轼

李公择

济南春好雪初晴。才到龙山马足轻。使君莫忘雪溪女，
还作阳关肠断声。

35. 舞春风　　　（唐五代词）　　　（现存1首）

舞春风　（五代词）

冯延巳

严妆才罢怨春风。粉墙画壁宋家东。
○○○●●○△　　●●●○●○△

蕙兰有恨枝犹绿，桃李无言花自红。
●○●●○○●；○●○○○●△

燕燕巢时帘幕卷，莺莺啼处凤楼空。
●●○○○●●；○○●○○●△

少年薄幸知何处，每夜归来春梦中。
●○●●○●●；●●○○○●△

（四印斋本《阳春集》）

36. 惜花容　　(宋词)　　(现存1首)

惜花容　(宋词)

盼盼

少年看花双鬓绿。走马章台管弦逐。
●○○○○●▲　　●●○○●○▲

而今老更惜花深，终日看花看不足。
○○●●●○●；○●○○○●▲

坐中美女颜如玉。为我一歌金缕曲。
●○●●○●▲　　○○○●○●▲

归时压得帽檐攲，头上春风红簌簌。
○○●●●○○；○●○○○●▲

2264

37. 献仙桃　　（宋词）　　　（现存1首）

献仙桃　（宋词）

无名氏

献仙桃

元宵嘉会赏春光。盛事当年忆上阳。
○○○●●○△　●●○○●●△

尧颡喜瞻天北极，舜衣深拱殿中央。
○●●○○●；●○○●●○△

欢声浩荡连韶曲，和气氤氲带御香。
○○●●○○●；○●○○●●△

壮观太平何以报，蟠桃一朵献千祥。
●●●○○●●；○○○●●○△

38. 小秦王 　　(唐五代、宋词)　　　(现存4首)

小秦王　　(唐词)

张　祜

十指纤纤玉筍红。雁行轻度翠弦中。
● ● ○ ○ ● ● △　　◉ ○ ○ ● ● ○ △

分明自说长城苦，水阔云寒一夜风。
○ ○ ● ● ○ ○ ● ；　◉ ○ ○ ● ● ○ △

(明刻本《古今词统》卷一。仇远别首，第四句首两字皆用平声。)

小秦王　　(五代词)

无名氏

柳条金嫩不胜鸦。青粉墙头道韫家。
● ○ ○ ● ● ○ △　　○ ● ○ ○ ● ● △

燕子不来春寂寞，小窗和雨梦梨花。
● ● ● ○ ○ ● ；　● ○ ○ ● ● ○ △

(明刻本《词品》卷一。)

39. 杨柳枝 （唐五代词） （现存 137 首）

杨柳枝 （唐词）

刘禹锡

塞北梅花羌笛吹。淮南桂树小山词。
⊙●●⊙○●△　⊙○⊙●●○△

请君莫奏前朝曲，听唱新翻杨柳枝。
⊙○⊙●○○●；⊙●○○⊙●△

（朱本《尊前集》）

杨柳枝 （唐词）

刘禹锡

轻盈袅娜占年华。舞榭妆楼处处遮。
⊙○○●●○△　⊙●⊙○○●△

春尽絮飞留不得，随风好去落人家。
⊙●⊙○○●●；⊙○⊙●●○△

杨柳枝 　(唐词)

刘禹锡

炀帝行宫汴水滨。数株残柳不胜春。晚来风起花如雪，飞入宫墙不见人。

杨柳枝 　(唐词)

刘禹锡

御陌青门拂地垂。千条金缕万条丝。如今绾作同心结，将赠行人知不知。

杨柳枝 　(唐词)

司空图

撼晚梳空不自持。与君同折上楼时。春风还有常情处，系得人心免别离。

杨柳枝 　(唐词)

司空图

偶然楼上卷珠帘。往往长条拂枕函。恰值小娥初学舞，拟偷金缕押春衫。

杨柳枝　（唐词）

司空图

　　稻畦分影向江村。憔悴经霜只半存。昨日流莺今不见，乱萤飞出照黄昏。

杨柳枝　（唐词）

司空图

　　日暖津头絮已飞。看看还是送春归。莫言万绪牵愁思，缉取长绳系落晖。

杨柳枝　（唐词）

王贞白

　　枝枝交影锁长门。嫩色曾沾雨露恩。凤辇不来春欲暮，空留莺语到黄昏。

杨柳枝　（唐词）

孙 鲂

　　彭泽初栽五树时。只应闲看一枝枝。不知天意风流处，要与佳人学画眉。

杨柳枝 （唐词）

释齐己

凤楼高映绿阴阴。凝重多含雨露深。莫谓一枝柔软力，几曾牵破别离心。

杨柳枝 （唐词）

白居易

苏州杨柳任君夸。更有钱塘胜馆娃。若解多情寻小小，绿杨深处是苏家。

杨柳枝 （唐词）

白居易

叶含浓露如啼眼，枝袅轻风似舞腰。小树不禁攀折苦，乞君留取两三条。

杨柳枝 （唐词）

温庭筠

宜春苑外最长条。闲袅春风伴舞腰。正是玉人肠绝处，一渠春水赤栏桥。

杨柳枝　（唐词）

裴夷直

已作绿丝笼晓日，又成飞絮扑晴波。隋家不合栽杨柳，长遣行人春恨多。

40. 夜度娘　　（宋词）　　　　（现存 2 首）

夜度娘　（宋词）

寇　准

烟波渺渺一千里。白蘋香散东风起。
○○●●●○▲　　●○○●○○▲

日暮汀洲一望时。柔情不断如春水。
●●○○●●▽　　○○●●○▲

（无名氏别首平仄有异，作平起折腰体。）

41. 渔父引词　　（唐五代词）　　　（现存 2 首）

渔父引词　　（五代词）

李梦符

村寺钟声渡远滩。半轮残月落前山。
○ ● ○ ○ ● ● △　　⊙ ○ ⊙ ● ● ○ △

徐徐拨棹却归湾。浪叠朝霞锦绣翻。
○ ○ ● ● ● ○ △　　● ● ○ ○ ● ● △

（月窗本《诗话总龟》前集卷四四引《郡阁雅谈》。）

42. 竹枝 　　（唐五代词）　　　（现存 35 首）

竹枝 　（唐词）

袁　郊

身前身后事茫茫。欲话因缘恐断肠。
◉○◉●●●○△　●●●◉○◉●△

吴越山川游已遍，却回烟棹上瞿塘。
◉●◉○○◉●●；◉○○◉●●○△

竹枝 　（唐词）

李　涉

荆门滩急水潺潺。两岸猿啼烟满山。
◉○◉●◉○△　●●◉○◉○△

渡头年少应官去，月落西陵望不还。
◉○◉●○○●；◉●○◉●○△

竹枝 　（唐词）

李　涉

十二峰头月欲低。空澪滩上子规啼。
◉●○○◉●△　◉○◉●●○△

孤舟一夜东归客，泣向春风忆建溪。
◉○◉●●◉●；◉●●○◉●△

（刘禹锡词，平仄多不拘，不予校订。）

2274

竹枝 （唐词）

刘禹锡

瞿塘嘈嘈十二滩。此中道路古来难。长恨人心不如水，等闲平地起波澜。

竹枝 （五代词）

孙光宪

乱绳千结（竹枝）绊人深（女儿）。越罗万丈（竹枝）表长寻（女儿）。　　杨柳在身（竹枝）垂意绪（女儿），藕花落尽（竹枝）见莲心（女儿）。

（竹枝、女儿，和声也。）

43. 字字双 　　（唐五代词） 　　（现存 2 首）

字字双 　（唐词）

张　荐

床头锦衾斑复斑。架上朱衣殷复殷。
○○●●○○△　　●●●○○○●△

空庭明月闲复闲。夜长路远山复山。
○○○●●○●△　　●●○○○○●△

（明刻本《词品》卷二）

字字双 　（唐词）

王　建

宛宛转转胜上纱。红红绿绿苑中花。
○○●●●●○△　　○○●●●○△

纷纷泊泊夜飞鸦。寂寂寞寞离人家。
○○●●●○△　　●●●●○○△

（康熙本《古今词话．词辨》上卷）

五言词谱

1. 白鹤子　　　（金元词）　　　　（现存 2 首）

白观音　（金元词）

马　钰（北曲）

本名白鹤子赠吴知纲

谑号不勤勤。名为养拙人。
●●●○△　　○○●●△

穿衣慵举臂，吃饭懒抬唇。
⊙○○●●；●○●○△

面垢但寻水，头蓬倦裹巾。
●●⊙○●；○○●●△

尘劳不复梦，悟彻个中真。
⊙○○●●；●●●○△

（起句可不用韵：●●●○○●。）

2. 拜新月　　　（唐五代词）　　　（现存 1 首）

单调二十字，四句两仄韵

李　端

开帘见新月，便即下阶拜。
○○●○●；●●●○▲

细语人不闻，北风吹裙带。
●●○●○；●○○○▲

3. 采莲子令　　（唐五代词）　　　　（现存1首）

采莲子令　　（唐词）

崔国辅

玉溆花争发，金塘水乱流。
●●○○●；○○●●△

相逢畏相失，并着采莲舟。
○○●○●；●●●○△

（明刻本《唐词纪》卷五。原名《采莲子》，为别于同名七言词，改用此。下同。）

4. 长命女　　（唐五代词）　　（现存 1 首）

长命女　（唐词）

岑　参

雪送关西雨，风传渭北秋。
●●○○● ；○○●●△

孤灯然客梦，寒杵捣乡愁。
○○○●● ；○●●○△

（明刻本《唐词纪》卷七）

2280

5. 长相思令　　(唐五代词)　　　　(现存 3 首)

长相思令　　(唐词)

张　继

辽阳望河县。白首无由见。
〇〇●〇▲　●●〇〇▲

海上珊瑚枝，年年寄春燕。
●●〇〇〇；〇〇●〇▲

（《唐词纪》卷八。）

长相思令　　(唐词)

令狐楚

君行登陇上，妾梦在闺中。
〇〇〇●●；●●●〇△

玉箸千行落，银床一夕空。
●●〇〇●；〇〇●●△

（明刻本《唐词纪》卷一二。）

长相思令　（唐词）

令狐楚

绮席春眠觉，纱窗晓望迷。
●●○○●；○○●●△

朦胧残梦里，独自在辽西。
○○○●●；●●●○△

（明刻本《唐词纪》卷一二。一、二句与三、四句互换。）

6. 何满子令 　　（唐五代词）　　　（现存 1 首）

何满子令 　（唐词）

薛　逢

系马宫槐老，持杯店菊黄。
●●○○●；○○●●△

故交今不见，流恨满川光。
●○○●●；○●●○△

（鲍本《碧鸡漫志》卷四）

7. 纥那曲　　（唐五代词）　　　（现存 2 首）

纥那曲　（唐词）

刘禹锡

杨柳郁青青。竹枝无限情。
○ ● ● ○ △　　● ○ ○ ● △

同郎一回顾，听唱纥那声。
○ ○ ● ○ ● ；　○ ● ● ○ △

（朱本《尊前集》）

8. 剑器 　　（唐五代词）　　　（现存3首）

剑器　　（敦煌曲子词）

第一（三首）

皇帝持刀强，一一上秦王。
○●○○△　　●●●○△

闻贼勇勇勇，拟欲向前汤。
○●●●●；○●●○△

应手五三个，万人谁敢当。
○●●○●；●○○●△

从家缘业重，终日事三郎。
○○○●●；○●●○△

（斯六五三七卷。平仄不拘。）

9. 离别难曲　　（唐五代词）　　　　（现存1首）

离别难曲　　*（唐词）*

封特卿

佛许众生愿，心坚石也穿。
●●●○●；○○●●△

今朝虽送别，会却有明年。
○○○●●；●●●○△

（月窗本《诗话总龟》前集卷二三）

10. 陆州歌　　（唐五代词）　　（现存 7 首）

陆州歌　（五代词）

无名氏

第一（共七首）

分野中峰变，阴晴众壑殊。
⊙●●○●；○○○●●△

欲投人处宿，隔浦问樵夫。
⊙○○⊙●；⊙●●○△

11. 梦江南　　（唐五代词）　　　（现存1首）

梦江南　　（唐词）

张　祜

行吟洞庭句，不见洞庭人。
○○●○● ；●●●○△

尽日碧江梦，江南红树春。
●●●○● ；○○○●△

（明刻本《唐词纪》卷三）

12. 南歌子令 　　（唐五代词）　　　　（现存 3 首）

南歌子令 　（唐词）

裴　諴

不是厨中丣，争如炙里心。
● ● ○ ○ ● ；○ ○ ● ● △

井边银钏落，展转恨还深。
◉ ○ ○ ● ● ● ；◉ ● ● ● ○ △

（稗海本《云溪友议》卷一〇）

13. 三台令　　（唐五代词）　　（现存1首）

三台令　（唐词）

韦应物

不寐倦长更。披衣出户行。
●●●○△　　○○●●△

月寒秋竹冷，风切夜窗声。
●○○●●；○●●○△

（康熙本《古今词话·词话》上卷）

14. 望夫歌　　　(唐五代词)　　　(现存6首)

望夫歌　(唐词)

无名氏

不喜秦淮水，生憎江上船。
●●○○●；○○◉●△

载儿夫婿去，经岁又经年。
◉○○●●；◉●●○△

望夫歌　(唐词)

无名氏

那年离别日，只道往桐庐。
●○○●△　●●●○△

桐庐人不见，今得广州书。
◉○○○●；◉●●○△

望夫歌　(唐词)

无名氏

昨夜北风寒。牵船浦里安。
●●●○△　○○●●△

潮来打缆断，摇橹始知难。
◉○○●●；◉●●○△

(以上见万历本《花草粹编》卷一)

15. 乌夜啼令　　（唐五代词）　　（现存1首）

乌夜啼　　（唐词）

聂夷中

众鸟各归枝。乌乌尔不栖。
●○●○△　　●○○●△

还应知妾恨，故向绿窗啼。
○○○●●；●●●○△

（明刻本《唐词纪》卷一〇）

16. 一片子　　（唐五代词）　　　（现存 1 首）

一片子　（唐词）

王　维

柳色青山映，梨花雪鸟藏。
●●○○●；○○●●△

绿窗桃李下，闲坐叹春芳。
●○○●●；○●●○△

（万历本《花草粹编》卷一）

17.怨回纥　　（唐五代词）　　（现存2首）

怨回纥　　*（唐词）*

皇甫松

白首南朝女，愁听异域歌。
●●◉○●；○○●●△

收兵颉利国，饮马胡卢河。
◉○◉●●；◉●○○△

毳布腥膻久，穹庐岁月多。
◉●○○●；○○○●△

雕窠城上宿，吹笛泪滂沱。
◉○○●●；○●○○△

（朱本《尊前集》）

18. 醉公子令　　（唐五代、宋词）　　（现存7首）

醉公子令　　（五代词）

薛昭蕴

慢绾青丝发。光研吴绫袜。
⊙●○○▲　○●○○▲

床上小熏笼。韶州新退红。
⊙●●○△　⊙○⊙●△

匦耐无端处。捻得从头污。
●●○○◆　●●○○▲

恼得眼慵开。问人闲事来。
⊙●●○◇　⊙○○●△

（顾敻别首上阕第二句，下阕第一、第二句皆为：⊙○○●▲。尹鹗词
上下阕前两句皆作：⊙○○●▲。无名氏词用韵有变。）

五、七言组词

1. 凉州歌组词 < 五代词·无名氏 >

○第一

汉家宫里柳如丝。上苑桃花连碧池。圣寿已传千岁酒，天文更赏百僚诗。

○第二

朔风吹叶雁门秋，万里烟尘昏戍楼。征马长思青海北，胡笳夜听陇山头。

○第三

开箧泪沾濡。见君前日书。夜台空寂寞，犹是子云居。

○排遍第一

三秋陌上早霜飞。羽猎平田浅草齐。锦背苍鹰初出按，五花骢马喂来肥。

○第二

鸳鸯殿里笙歌起，翡翠楼前出舞人。唤上紫微三五夕，圣明方寿一千春。

（内府本《词谱·卷四○》）

2. 水调歌 ＜五代词·无名氏＞

○第一

平沙落日大荒西。陇上明星高复低。孤山几处看烽火，壮士连营候鼓鼙。

○第二

猛将关西意气多。能骑骏马弄珊戈。金鞍宝铰精神出，笛倚新翻水调歌。

○第三

王孙别上绿珠轮，不羡名公乐此身。户外碧潭春洗马，楼前红烛夜迎人。

○第四

陇头一段气长秋。举目萧条总是愁。只为征人多下泪，年年添作断肠流。

○第五

交带仍分影，同心巧结香。不应须换彩，意欲媚浓妆。

○入破第一

白草河边一雁飞。黄龙关里挂戎衣。为受明王恩宠渥。从事经年不复归。

○第二

满城丝管日纷纷。半入江枫半入云。此曲只应天上有，人间能得几回闻。

○第三

昨夜遥欢出建章，今朝缀赏度昭阳。传声莫闭黄金屋，为报先开白玉堂。

○第四

日晚筬声咽戍楼。陇云漫漫水东流。行人万里向西去，满目关山空恨愁。

○第五

十年一遇圣明朝。愿对君王舞细腰。乍可当熊任生死，谁能伴凤上云霄。

○第六

闺烛无人影，罗屏有梦魂。近来音耗绝，终日望君门。

（内府本《词谱》卷四〇）

3. 伊州歌 < 五代词 · 无名氏 >

○第一

秋风明月独离居。荡子从戎十载余。征人去日殷勤嘱，归雁来时数寄书。

○第二

彤闱晓辟万鞍回。玉辂春游薄晚开。渭北清光摇草树，州南嘉景入楼台。

○第三

闻道黄花戍，频年不解兵。可怜闺里月，偏照汉家营。

○第四

千里东归客，无心忆旧游。挂帆游白水，高枕到青州。

○第五

桂殿江乌对，雕屏海燕重。只应多酿酒，醉罢乐高钟。

○入破第一

千门今夜晓初晴。万里天河彻帝京。璨璨繁星驾秋色，棱棱霜气韵钟声。

○第二

长安二月柳依依。西出流沙路渐微。阏氏山上春光少，相府庭边驿使稀。

○第三

三秋大漠冷溪山。八月严霜变草颜。卷斾风行宵渡碛，衔枚电扫晓应还。

○第四

行乐三阳早，芳菲二月春。闺中红粉态，陌上看花人。

○第五

君住孤山下，烟深夜径长。辕门渡绿水，游苑绕垂杨。

（内府本《词谱》卷四〇）

附录（一）

词分谱划代统计表

说明：1. 同谱异名未汇加。

2. 明、清词待统计汇入。

3. 五七言谱前加＊以示区别。

词调通用名	唐五代	宋	金元	明	清	汇总
阿曹婆	3					3
＊阿那曲（七言）	9	1				10
欸乃词		1				1
＊欸乃曲（七言）	5					5
爱芦花			1			1
爱月夜眠迟		2				2
安公子		9				9
安平乐		1				1
安平乐慢		3				3
暗香		12	1			13
暗香疏影		2				2
八宝装		1				1
八犯玉交枝		2				2
八归		3	2			5
八节长欢		2				2
八六子	1	10				11
＊八拍蛮（七言）	3	1				4
八声甘州		123	24			147
八音谐		1				1

词调通用名	唐五代	宋	金元	明	清	汇总
芭蕉雨		1				1
白鹤子（五言）			2			2
白雪		1				1
白苎		3				3
百宝装		2	3			5
百媚娘		1				1
百岁令		1				1
百宜娇		1				1
拜新月	2					2
拜星月		5				5
宝鼎现		18				18
保寿乐		1				1
被花恼		1				1
碧牡丹		5				5
遍地花		3				3
*遍地锦（七言）			8			8
别仙子	1					1
别怨		1				1
鬓边华		1				1
并蒂芙蓉		1				1
拨棹子	2	2				4
薄媚		1组				1组
薄媚摘遍		1				1
薄命女	2					2
薄倖		6				6
卜算子	7	229	84			320
卜算子慢	1	3				4

词调通用名	唐五代	宋	金元	明	清	汇总
步步高			5			5
步步娇			10			10
步蟾宫		22				22
*步虚词（七言）	9					9
步虚子令		1				1
步月		2				2
采莲		1组				1组
采莲令		1				1
采莲曲	1					1
采莲舞		1组				1组
*采莲子（五、七言）	9					9
采明珠		1				1
采桑子	18	185	56			259
采桑子慢		9				9
彩凤飞		1				1
彩鸾归令		2				2
彩云归		1				1
苍梧谣		4	1			5
侧犯		8				8
茶瓶儿		4	1			5
*长命女（五言）	1					1
长生乐		2				2
长寿乐		3				3
长寿仙			1			1
长寿仙促拍		2				2
长亭怨		7	1			8
长相思	9	113	70			192

词调通用名	唐五代	宋	金元	明	清	汇总
*长相思（五言）	3					3
长相思慢		8				8
超彼岸			2			2
朝天子		3				3
朝玉阶		3				3
朝中措		268	49			317
成功了			2			2
城头月		3				3
#赤枣子	2	3				5
楚宫春慢		2				2
川拨棹			9			9
传花枝		1	1			2
传言玉女		12	1			13
垂丝钓		12				12
垂杨		1	1			2
春草碧			9			9
春草碧慢		1				1
春愁		1				1
春从天上来		3	25			28
春风袅娜		1				1
春光好	10	28				38
春归怨		1				1
春晴		1				1
春夏两相期		1				1
春晓曲		2				2
春雪间早梅		1				1
春云怨		1				1

词调通用名	唐五代	宋	金元	明	清	汇总
簇水		1				1
簇水近		1				1
翠楼吟		1				1
翠羽吟		1				1
大椿		1				1
*大官乐（七言）			4			4
大酺		15	1			16
大圣乐		7	1			8
大圣乐令		1				1
大有		2				2
丹凤吟		5				5
淡黄柳		3				3
导引		102	6			108
倒垂柳		2				2
倒犯		5				5
捣练子	13	35	58			106
*得道阳（七言）			14			14
登仙门			3			3
滴滴金		12	1			13
笛家弄		3				3
氐州第一		8	1			9
帝台春	1					1
点绛唇	1	387	139			527
钿带长中腔		1				1
吊严陵		1				1
蝶恋花	16	493	111			620
丁香结		5				5

词调通用名	唐五代	宋	金元	明	清	汇总
定风波	13	82	26			121
定风波慢		3	2			5
定西番	11	2				13
东风第一枝		15	7			22
东风齐着力		1				1
东坡引		11				11
洞天春		1				1
洞仙歌	3	149	32			184
斗鹌鹑			2			2
斗百草	4					4
斗百草慢		2				2
斗百花		7				7
斗百花近拍		1	1			2
斗鸡回		1				1
豆叶黄			1			1
杜韦娘		2				2
*度清霄（七言）		6				6
渡江云		17	3			20
端正好		7				7
多丽		31	21			52
夺锦标		1	5			6
二郎神		25	7			32
二色宫桃		2				2
二色莲		1				1
法驾导引		17				17
法曲第二		1				1
法曲献仙音		18	2			20

词调通用名	唐五代	宋	金元	明	清	汇总
番禺调笑		1组				1组
翻香令		2				2
蕃女怨	2					2
*泛龙舟词（七言）	1					1
泛兰舟		2				2
泛清波摘遍		1				1
泛清苕		1				1
芳草渡		2				2
放心闲			2			2
飞龙宴		1				1
飞雪满群山		3				3
粉蝶儿		7	5			12
粉蝶儿慢		1				1
风光好	1	1				2
风流子令	3					3
风流子		52	8			60
风马儿（令）			2			2
风入松		65	55			120
凤池吟		1				1
凤孤飞		1				1
凤归云词	4					4
凤归云		3				3
凤皇枝令		1				1
凤凰阁		6				6
凤凰台上忆吹箫		16	8			24
凤来朝		3	1			4
凤楼春	1					1

词调通用名	唐五代	宋	金元	明	清	汇总
凤鸾双舞		1				1
凤时春		1				1
凤衔杯		6				6
凤箫吟		5				5
奉禋歌		7				7
芙蓉月		1				1
拂霓裳		3				3
福寿千春		1				1
裀陵歌		2				2
甘草子		4	3			7
甘露滴乔松		1	1			2
甘露歌		3				3
甘州遍	2					2
*甘州歌（七言）	1					1
甘州令		1				1
甘州（曲）子	6					6
感恩多	2					2
感皇恩	4	110	62			176
感庭秋			3			3
高山流水		1				1
高阳台		30	5			35
*纥那曲（五言）	2					2
歌头	1					1
鬲溪梅令		1	1			2
隔帘花		1				1
隔帘听		1				1
隔浦莲（近拍）		20	2			22

词调通用名	唐五代	宋	金元	明	清	汇总
个侬		1				1
更漏子	25	59	8			92
更漏子慢		2				2
宫怨春	1					1
缑山月			1			1
孤馆深沉		1				1
孤鸾		6	2			8
孤鹰			1			1
古香慢		1				1
古阳关		1				1
鼓笛令		5				5
刮鼓社			4			4
挂金灯			2			2
挂金索			33			33
归朝欢		16	7			23
归国遥	6					6
归去来		2				2
归去来分引		1组				1组
归田乐		2				2
归田乐引		5				5
归自谣	3	5				8
桂殿秋		6				6
桂枝香		31	4			35
辊金丸			5			5
辊绣球		1				1
郭郎儿近拍		1				1
郭郎儿慢			2			2

词调通用名	唐五代	宋	金元	明	清	汇总
聒龙谣		4				4
国香		11				11
过涧歇近		3				3
过秦楼		1				1
海棠春		9	3			12
憨郭郎			4			4
汉宫春		78	12			90
撼庭秋		2				2
撼庭竹		2				2
好女儿		9				9
好时光	1					1
好事近		298	16			314
喝火令		1				1
合宫歌		4				4
合欢带		3				3
河传	20	19	12			51
河渎神	6	1				7
河满子	7	13				20
*何满子词（五、七言）	5					5
荷花媚	1					1
荷叶杯	14	1				15
荷叶铺水面		1				1
贺明朝	1	1				2
贺圣朝	1	16	15			32
贺圣朝慢		1				1
贺新郎		436	42			478
鹤冲天		4	1			5

词调通用名	唐五代	宋	金元	明	清	汇总
恨春迟		2				2
恨欢迟		2	5			7
红窗迥		5	93			98
红窗听		3				3
红窗怨		2				2
红林檎近		9	2			11
红楼慢		1				1
红罗袄		2				2
红芍药		1	2			3
红袖扶			1			1
后庭花	5	3				8
后庭花破子	1	2				3
后庭宴	1					1
胡捣练		6				6
*胡渭州（七言）	1					1
蝴蝶儿	1					1
花发沁园春		3				3
花发状元红慢		1				1
花犯		12	1			13
花非花	1					1
花酒令		1				1
花前饮		1				1
花上月令		1				1
花舞		1组				1组
花心动		35	10			45
华清引		1				1
华胥引		9				9

词调通用名	唐五代	宋	金元	明	清	汇总
画堂春		35	2			37
还宫乐		1				1
还京乐	1	6				7
寰海清		1				1
换遍歌头		1				1
换巢鸾凤		1				1
换骨骰			4			4
浣溪沙	72	802	187			1061
浣溪沙慢		2				2
*皇帝感（七言）	27					27
黄河清（慢）		2	4			6
黄鹤引		1				1
黄鹂绕碧树		2	1			3
黄莺儿		5	2			7
黄莺儿令			8			8
黄锺乐	1					1
蕙兰芳引		5	1			6
蕙清风		1				1
蕙香囊		1				1
击梧桐		4				4
*鸡叫子（七言）	1	1				2
极相思		10				10
集贤宾	1	1				2
集贤宾慢			1			1
芰荷香		7	1			8
祭天神		2				2
夹竹桃花		1				1

词调通用名	唐五代	宋	金元	明	清	汇总
佳人醉		2				2
家山好		1				1
减字采桑子			1			1
减字木兰花		448	154			602
剪牡丹		3				3
*剑器（五言）	3					3
剑器近		1				1
剑舞		1 组				1 组
江城梅花引		22	22			44
江城子	14	196	96			306
江城子慢		2	7			9
江楼令		1				1
江南春		1				1
*江南春曲（七言）	2					2
江南弄			4			4
江月晃重山		1	7			8
降仙台		4				4
降中央			2			2
绛都春		19	4			23
角招		2	2			4
结带巾		1				1
解蹀躞		9				9
解红	1					1
解红慢			5			5
解连环		32	2			34
解佩令		10	18			28
解仙佩		1				1

词调通用名	唐五代	宋	金元	明	清	汇总
解语花		13				13
金错刀	2					2
金殿乐慢		1				1
金凤钩		3				3
金浮图	1					1
金花叶			2			2
金鸡叫			13			13
金蕉叶		8	1			9
金菊对芙蓉		5	4			9
金莲绕凤楼		1				1
金陵	1					1
*金缕曲（七言）	1					1
金明池		5				5
金钱子		1				1
金人捧露盘		16	16			32
金童捧露盘		1	3			4
金盏倒垂莲		5				5
金盏儿			6			6
金盏子		9				9
金盏子令		1				1
锦缠道		3				3
锦瑟清商引		1				1
锦堂春		10	1			11
锦香囊		1				1
锦园春		6				6
锦帐春		4				4
九张机		20				20（2组）

词调通用名	唐五代	宋	金元	明	清	汇总
酒泉子	36	27	9			72
菊花天			8			8
菊花新		4	2			6
锯解令		1				1
倦寻芳		14	1			15
罥马索		1				1
俊蛾儿			1			1
看花回		2				2
看花回慢		8				8
酷相思		1				1
快活年近拍		1				1
腊梅香		3				3
兰陵王		34	6			40
浪淘沙	2	190	57			249
*浪淘沙令（七言）	19		1			20
浪淘沙慢		7				7
老君吟			3			3
*乐世词（七言）	1					1
乐语		1组				1组
离别难	1					1
离别难慢		1	2			3
*离别难曲（五言）	1					1
*离苦海			1			1
离亭燕（宴）		5				5
荔枝香		13				13
荔子丹		1				1
连理枝	1	8	2			11

词调通用名	唐五代	宋	金元	明	清	汇总
恋芳春慢		1				1
恋情深	2					2
恋香衾		1				1
恋绣衾		34	4			38
*凉州歌（七言）	4					4
*凉州歌（七言）	5					5（1组）
梁州令		7				7
两同心		12				12
林钟商小品		2				2
临江仙	36	482	177			695
临江仙慢		1				1
临江仙引		3				3
玲珑四犯		15	1			16
玲珑玉		1				1
留春令		6				6
留客住		2	3			5
柳初新		5				5
柳含烟	4					4
柳青娘	2					2
柳梢青		187	30			217
*柳枝（七言）	35					35
六丑		7				7
六国朝			2			2
六花飞		1				1
六桥行		2				2
六么令		18	3			21
#六州		27				27

词调通用名	唐五代	宋	金元	明	清	汇总
*六州歌（七言）	1					1
六州歌头		24	9			33
龙山会		4				4
*楼上曲（七言）		2				2
*楼心月（七言）		3				3
露华		4	2			6
*陆州歌（五言）	7					7（1组）
缕缕金		2				2
绿盖舞风轻		1				1
轮台子		1				1
轮台子慢		1				1
*啰唝曲（七言）	1					1
落梅花		2				2
落梅风		1				1
马家春慢		1				1
麦秀两岐	1					1
满朝欢		2				2
满宫花	4					4
满江红		542	178			720
满路花		29	23			52
满庭芳		338	330			668
慢卷䌷		2				2
茅山逢故人			1			1
眉妩		3	1			4
梅花曲		3				3
梅花引		11	13			24
梅弄影		1				1

词调通用名	唐五代	宋	金元	明	清	汇总
梅梢月			1			1
梅子黄时雨		2				2
孟家蝉		1				1
梦芙蓉		1				1
梦横塘		1				1
梦还京		1				1
＊梦江南（五言）	1					1
梦兰堂		1				1
梦仙乡		1				1
梦行云		1				1
梦扬州		1				1
梦玉人引		8				8
迷神引		4	1			5
迷仙引		1				1
迷仙引慢		1				1
明月照高楼慢		1				1
明月逐人来		3				3
鸣梭		1				1
摸鱼儿		141	95			236
陌上花			1			1
莫打鸭		1				1
蓦山溪		188	63			251
木兰花慢		167	198			365
暮花天		1				1
穆护砂			1			1
内家娇	2	1				3
南歌子	23	258	70			351

词调通用名	唐五代	宋	金元	明	清	汇总
＊南歌子（五言）	3					3
南浦		9	3			12
南浦送别		1				1
南乡一剪梅			1			1
南乡子	28	207	151			386
南州春色		1				1
霓裳中序第一		10	1			11
念奴娇		581	201			782
女冠子	22					22
女冠子慢		7	2			9
怕春归			1			1
抛球乐	17	2				19
抛球乐慢		1	3			4
琵琶仙		1				1
平湖乐			3			3（钦谱）
品令		35	3			38
品字令		1				1
婆罗门	4					4
婆罗门令		1				1
婆罗门引		16	43			59
破阵乐		2				2
破阵子	5	21	4			30
破字令		2				2
扑蝴蝶	1	7				8
菩萨蛮	85	614	69			768
浦湘曲		1				1
七宝玲珑			2			2

词调通用名	唐五代	宋	金元	明	清	汇总
七娘子		14				14
七骑子			2			2
凄凉犯		4				4
戚氏		2	2			4
期夜月		1				1
齐天乐		116	31			147
绮寮怨		7				7
绮罗香		12	3			16
千金意		1				1
千年调		5	2			7
千秋岁		71	11			82
千秋岁引		7				7
峭寒轻		1				1
且坐令		1				1
琴调相思引		19	1			20
沁园春		435	180			615
青房并蒂莲		1				1
青门引		3	1			4
青门饮		6	2			8
青门怨		2				2
青玉案	1	137	44			182
倾杯近		1				1
倾杯乐	2	15	2			19
倾杯令		2				2
倾杯序		1				1
清波引		2				2
清风八咏楼		1				1

词调通用名	唐五代	宋	金元	明	清	汇总
清风满桂楼		1				1
＊清江曲（七言）		2				2
＊清平调（七言）	3	3				6
清平乐	23	359	129			511
清平乐令		1				1
清平令破子		1				1
清商怨		18				18
清心月			1			1
清夜游		1				1
情久长		2				2
晴偏好		1				1
庆春宫		16				16
庆春时		2				2
庆春泽		2				2
庆金枝		3				3
庆千秋		1				1
庆清朝		18				18
庆寿光		1				1
秋风清	2	2				4
秋霁		10	1			11
秋蕊香		16				16
秋蕊香慢		5				5
秋蕊香引		1				1
秋思		1				1
秋宵吟		1				1
秋夜雨		11				11
秋夜月	1	1				2

词调通用名	唐五代	宋	金元	明	清	汇总
曲江秋		4	1			5
曲游春		3				3
曲玉管		1				1
劝金船		2				2
鹊桥仙		179	70			249
冉冉云		2				2
绕池游		1				1
绕池游慢		1				1
绕佛阁		5				5
人月圆		10	33			43
如此江山			1			1
如梦令	5	203	143			351
如鱼水		2				2
入塞		1				1
阮郎归	3	179	38			220
软翻鞋			2			2
蕊珠闲		1				1
瑞鹤仙		118	22			140
瑞龙吟		11	2			13
瑞庭花引		1				1
瑞云浓		1				1
瑞云浓慢		1				1
瑞鹧鸪		59	81			140
瑞鹧鸪近	1	4				5
瑞鹧鸪慢		2				2
睿恩新		2				2
撒金钱		1				1

词调通用名	唐五代	宋	金元	明	清	汇总
塞姑	1					1
塞孤		2	1			3
塞翁吟		12				12
塞垣春		7				7
三部乐		7	1			8
三登乐		9				9
三奠子			10			10
三姝媚		12				12
三台	27	7				34
三台词		1				1
*三台令（五言）	1					1
三台慢		1	2			3
三字令	1	2				3
散馀霞		1				1
扫（花）地游		22	4			26
扫寺舞		1				1
沙塞子		6				6
纱窗恨	2					2
山花子	25	49	2			76
山坡羊		4				4
山亭柳		2	6			8
山亭宴		2				2
伤春曲	1					1
伤春怨		1				1
赏南枝		1				1
赏松菊		1				1
上丹霄			3			3

词调通用名	唐五代	宋	金元	明	清	汇总
上林春		6				6
上林春令		2				2
上行杯	4					4
少年心		2				2
少年游		83	4			87
少年游慢		2				2
哨遍		17	1			18
神仙会			2			2
升平乐		1				1
生查子	22	182	10			214
声声慢		85	44			129
声声令		2				2
胜州令		1				1
圣葫芦			1			1
师师令		1				1
十二时	278					278
十二时慢		30				30
十六贤		1				1
十样花		7				7
石湖仙		1				1
石州	1					1
石州慢		13	14			27
拾翠羽		1				1
使牛子		1	1			2
侍香金童		5	2			7
思帝乡	5					5
思归乐		3				3

词调通用名	唐五代	宋	金元	明	清	汇总
思远人		1				1
思越人	7					7
四犯令		3				3
四槛花		1				1
四块玉			2			2
四块玉慢		1				1
四时乐		4				4
四园竹		4				4
松梢月		1				1
送入我门来		1				1
送征衣	1					1
送征衣慢		1				1
寿楼春		1				1
寿山曲	1					1
寿星明		2				2
*寿星明词（七言）		1				1
受恩深		1	1			2
苏幕遮	8	29	98			135
苏武令		1				1
诉衷情	12	152	36			200
诉衷情近		3				3
疏影		20	2			22
蜀葵花			1			1
蜀溪春		1				1
索酒		1				1
琐窗寒		21	1			22
耍蛾儿			2			2

词调通用名	唐五代	宋	金元	明	清	汇总
耍三台			1			1
双声子		1				1
双双燕		2	2			4
双头莲		4				4
双头莲令		1				1
双鸂鶒		1				1
双燕儿		1				1
双韵子		1				1
霜花腴		1				1
霜天晓角		98	11			109
霜叶飞		11	1			12
*水调（七言）	13					13
*水调歌（七言）	11					11（1组）
水调歌头		752	168			920
*水鼓子（七言）	39					39
水晶帘		1				1
水龙吟		309	166			475
水仙子		2				2
水云游			4			4
睡花阴令		1				1
舜韶新		2				2
踏歌		3				3
踏歌词	2					2
踏青游		6				6
踏莎行		235	153			388
踏莎行慢		1				1
太常引		21	114			135

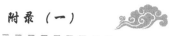

词调通用名	唐五代	宋	金元	明	清	汇总
太平令			1			1
太平年		1				1
太清舞 [组词]		1组				1组
摊破南乡子		4	10			14
探春令		34	7			41
探春慢		10	1			11
探芳信		12				12
唐多令		51	19			70
桃源忆故人		57	39			96
特地新			2			2
剔银灯		10	1			11
殢人娇		20	14			34
天净沙			2			2（钦谱）
天门谣		2				2
天下乐		1				1
天仙子	11	26	5			42
天香		22	5			27
添声杨柳枝	3	27	18			48
鞓红	1					1
亭（厅）前柳		6				6
调笑	1	60	4			65
*调笑词（七言）		1				1
调笑令《古调笑》	10	4	3			17
透碧霄		3				3
酴醿香			2			2
脱银袍		2				2
瓦盆歌			1			1

词调通用名	唐五代	宋	金元	明	清	汇总
万里春		1				1
*万年春（七言）			8			8
万年欢		26	2			28
望春回		1				1
*望夫歌（五言）	6					6
望海潮		37	17			54
望江东		1	2			3
望江怨	1					1
望梅花	1					1
望梅花词	1					1
望梅花令		2				2
望梅花慢			9			9
望明河		1				1
望南云慢		1				1
望仙门		3				3
望湘人		1				1
望远行	5	8	5			18
望云涯引		1				1
威仪辞			4			4
尾犯		12	1			13
尉迟杯		10				10
*渭城曲（七言）	1					1
握金钗		3				3
乌夜啼	1	33	6			40
*乌夜啼词（五言）	1					1
巫山一段云	8	7	87			102
无愁可解		1	5			6

词调通用名	唐五代	宋	金元	明	清	汇总
无闷		5				5
无月不登楼		1				1
吴音子		1	1			2
梧桐树			17			17
梧桐影		1				1
五彩结同心		2				2
五福降中天		1				1
五更出舍郎			7			7
五更令			5			5
五更转	69					69
五灵妙仙			5			5
武陵春		45	28			73
*舞春风（七言）	1	1				2
舞杨花		1				1
兀令		1				1
误桃源		1				1
西窗烛		1				1
西地锦		6				6
西河		15	1			16
西湖月		2				2
西江月	5	487	239			731
西江月慢		2				2
西平乐		3				3
西平乐慢		5				5
西施		3				3
西吴曲		1				1
西溪子	4					4

词调通用名	唐五代	宋	金元	明	清	汇总
西子妆慢		2				2
惜春郎		1				1
惜春令		2				2
惜分飞		33	2			35
惜寒梅		1				1
惜红衣		4				4
惜花春起早慢		1				1
*惜花容（七言）		1				1
惜黄花		4	12			16
惜黄花慢		5				5
惜奴娇		20	3			23
惜琼花		1				1
惜秋华		5				5
惜馀欢		1				1
惜馀妍		1				1
熙州慢		1				1
喜长新		1				1
喜朝天		3				3
喜迁莺令	10	21				31
喜迁莺		92	30			122
喜团圆		4				4
系裙腰	1	7	2			10
遐方怨	4					4
下水船		4				4
夏日燕黉堂		2				2
夏云峰		6	2			8
闲中好	6					6

2332

词调通用名	唐五代	宋	金元	明	清	汇总
献天寿		1				1
＊献仙桃（七言）		1				1
献忠心	1					1
献衷心	4					4
相见欢	4	45	9			58
相思儿令		6				6
相思引		3				3
香山会		1	2			3
湘春夜月		1				1
湘江静		2				2
湘灵瑟		2				2
向湖边		2				2
逍遥乐		1				1
逍遥乐令			1			1
潇湘神	1	10				11
潇湘忆故人慢		2				2
潇潇雨		1				1
小重山	6	114	29			149
小梁州		1				1
＊小秦王（七言）	2	2				4
小镇西犯		3				3
撷芳词		13	4			17
谢池春		8	4			12
谢池春慢		2	1			3
谢师恩			13			13
谢新恩	2					2
谢新恩词	1					1

词调通用名	唐五代	宋	金元	明	清	汇总
新荷叶		18				18
新水令		1				1
新雁过妆楼		12				12
行香子		63	103			166
行香子慢		1				1
杏花天		44	10			54
杏花天慢		1				1
杏园芳	1					1
绣薄眉			1			1
绣停针		1	3			4
宣清		1				1
选冠子		32	50			82
雪花飞		1				1
雪梅香		3	1			4
雪明鳷鹊夜慢		1				1
雪狮儿		2	2			4
雪夜渔舟		1				1
寻芳草		1				1
寻梅		2				2
盐角儿		3				3
檐前铁		1				1
眼儿媚		93	10			103
宴（燕）春台		11				11
宴清都		23	2			25
宴琼林		4				4
宴瑶池		1				1
宴瑶池慢		1				1

词调通用名	唐五代	宋	金元	明	清	汇总
雁侵云慢		1				1
燕归梁		31	11			42
燕归慢			1			1
燕山亭		8	1			9
厌金杯		1				1
扬州慢		7				7
阳春曲		2				2
阳关三叠		1				1
阳关引		2				2
阳台路		1				1
阳台梦令	1					1
阳台梦		1				1
阳台怨		1				1
妖木笪		1				1
*杨柳枝（七言）	137					137
遥天奉翠华引		1				1
瑶华		4	2			6
瑶阶草		1				1
瑶台第一层		6	7			13
瑶台月		5	6			11
幺凤			1			1
野庵曲［组词］		1组				1组
夜半乐		2				2
*夜度娘（七言）		2				2
夜飞鹊		9				9
夜合花		10				10
夜行船		46	6			52

词调通用名	唐五代	宋	金元	明	清	汇总
夜游宫		29	4			33
谒金门	17	230	36			283
一丛花		21				21
一寸金		8	2			10
一点春	1					1（隋）
一萼红		17	2			19
一斛珠	1	138	4			143
一剪梅		62	30			92
一井金		2	1			3
一落索		58	9			67
*一片子（五言）	1					1
一七令	4					4
一叶落	1					1
*伊州歌（七言）	10					10（1组）
伊州令		1				1
伊州曲		1				1
伊州三台令		2				2
宜男草		4				4
倚风娇近		1				1
倚阑人		1				1
*倚西楼（七言）		1				1
忆帝京		5				5
忆东坡		2				2
忆汉月		5				5
忆黄梅		1				1
忆江南	751	221	108			1080
忆江南近			2			2

词调通用名	唐五代	宋	金元	明	清	汇总
忆江南词（59 字体）	2					2
忆旧游		26	3			29
忆闷令		2				2
忆秦娥	3	141	62			206
忆少年		9	3			12
忆王孙	4	38	32			74
忆瑶姬		7				7
意难忘		13	2			15
饮马歌		1				1
引驾行		4				4
应景乐		1				1
应天长		21				21
应天长令	13	3				16
莺穿柳			2			2
莺声绕红楼		1				1
莺啼序		15	2			17
樱桃歌	2					2
鹦鹉曲			51			51
迎春乐		21	4			25
迎仙客		1	9			10
迎新春		1				1
映山红慢		1				1
永同欢		1				1
永遇乐		76	27			103
拥鼻吟《吴音子》		1				1
游月宫令		1				1
有有令		1				1

词调通用名	唐五代	宋	金元	明	清	汇总
于飞乐		9				9
鱼游春水	1	7	2			10
渔父词	1					1
渔父引		4				4
*渔父引词（七言）	2					2
渔歌子	82	88	45			215
渔家傲	1	268	119			388
虞美人	23	308	35			366
虞神歌		3				3
雨霖铃		7	7			14
雨中花近		1				1
雨中花令		17				17
雨中花慢		37	9			46
玉抱肚		1				1
玉抱肚近			1			1
玉簟凉		1				1
玉合	1					1
玉蝴蝶		28	8			36
玉蝴蝶令	2					2
玉交梭			1			1
玉京秋		1				1
玉京秋慢		1				1
玉京谣		1				1
玉连环		1				1
玉连环近		1				1
玉笼璁			1			1
玉楼春	24	335	48			407

词调通用名	唐五代	宋	金元	明	清	汇总
玉楼人		1				1
玉楼宴		1				1
玉漏迟		18	16			34
玉梅令		1				1
玉女摇仙佩		3	4			7
玉女迎春慢		1				1
玉人歌		1				1
玉山枕		1				1
玉堂春		3	8			11
玉团儿		5				5
玉叶重黄		1				1
玉液泉			1			1
玉烛新		10	1			11
御带花		1				1
御街行		30	3			33
遇仙亭			2			2
远朝归		2				2
怨春闺	1					1
怨春郎		1				1
*怨回纥（五言）	2					2
怨三三		2				2
月边娇		1				1
月当厅		1				1
月宫春	1	4	1			6
月华清		4	2			6
月上海棠		4	15			19
月上海棠慢		3				3

词调通用名	唐五代	宋	金元	明	清	汇总
月下笛		6	1			7
月中桂（仙）		1	13			14
越江吟		3				3
越溪春		1				1
云仙引		1				1
韵令		1	2			3
赞成功	1					1
赞浦（普）子	2					2
早梅芳		8				8
早梅芳慢		1				1
早梅香		3				3
澡兰香		1				1
皂罗特髻		1				1
摘得新	2					2
占春芳		1				1
章台柳	2					2
昭君怨		34	34			68
棹棹棹			2			2
折桂令		2	3			5
折红梅		5				5
柘枝舞［组词］		1组				1组
柘枝引	1					1
鹧鸪天	8	698	212			918
珍珠令		1				1
真欢乐			2			2
真珠髻		1				1
真珠帘		18	2			20

词调通用名	唐五代	宋	金元	明	清	汇总
枕屏儿（子）		1	1			2
征部乐		1				1
徵招		9				9
徵招调中腔		1				1
郑郎子	1					1
中兴乐	3					3
昼锦堂		9	1			10
昼夜乐		4	4			8
竹马子		3				3
竹香子		1				1
*竹枝（七言）	35					35
竹枝子	2					2
烛影摇红		47	20			67
驻马听		1				1
驻马听词		1				1
驻马听慢		1				1
祝英台近		82	3			85
爪茉莉		1				1
转调采桂枝			1			1
卓牌（儿）子慢		2				2
卓牌子近		1				1
卓牌子		1				1
啄木儿			6			6
子夜歌		1				1
紫萸香慢		1				1
紫玉箫		1				1
*字字双（七言）	2					2

词调通用名	唐五代	宋	金元	明	清	汇总
最高楼		43	15			58
醉垂鞭		3				3
醉春风		6				6
醉高歌		1				1
*醉公子（五言）	6	1				7
醉公子慢		1				1
醉红妆		1				1
醉花间	6					6
醉花阴		30				30
醉蓬莱		106	5			111
醉思仙		4				4
醉太平		14	1			15
醉亭楼		1				1
醉翁操		5				5
醉乡春		1				1
醉乡曲		1				1
醉瑶池		1				1
醉吟商小品		1				1
醉中归			1			1
醉妆词	1					1

附录（二）

词谱对照表

说明：1.词谱名系汇总《钦定词谱》《词律》《词榘》及"词调通用名"而得，并根据词谱的确切分类作了增删。

2.《词榘》缺三、四两卷，只列入谱，未计入体。

3.所谓《白香词谱》共百谱，每谱只收入一词。

词谱名	词律	词榘	白香词谱	钦定词谱	增定词谱
欸乃曲	1	1		1	
爱月夜眠迟慢		1		1	
安公子	5	1		6	5
安平乐慢		1		2	
暗香	1	1	1	2	2
暗香疏影		1		1	
八宝妆	2	1		2	
八归	1	1		2	
八节长欢	1	1		2	
八六子	5	1		6	6
八拍蛮	1	1		2	
八声甘州	3	1		7	6
八音谐		1		1	
芭蕉雨	1	1		1	
白雪	1	1		1	
白苎	2	1		2	
百媚娘	1	1		1	
百宜娇	1	1		1	

词谱名	词律	词椠	白香词谱	钦定词谱	增定词谱
拜新月				1	
拜星月慢	1	1		4	4
宝鼎现	3	1		8	8
保寿乐		1		1	
被花恼	1	1		1	
碧牡丹	2	1		2	2
遍地花（锦）	1	1		1	
别怨	1	1		1	
鬓边华		1		1	
并蒂芙蓉	1	1		1	
拨棹子	3	1		3	
薄媚				1组	
薄媚摘遍		1		1	
薄命女				1	
薄倖	1	1	1	3	3
卜算子	7		1	7	6
卜算子慢	2			2	
步蟾宫	4	1		5	5
步虚子令		1		1	
步月	2	1		2	
采莲令	1	1		1	
采莲子	1	1		1	
采绿吟		1		1	
采明珠	1	1		1	
采桑子	1		1	3	3
采桑子慢	1			5	5

词谱名	词律	词榘	白香词谱	钦定词谱	增定词谱
彩凤飞	1	1		1	
彩鸾归令	1			1	
彩云归	1	1		1	
苍梧谣	1	1		1	1
侧犯	1	1		4	4
茶瓶儿	3	1		3	
长命女	1			1	
长生乐	2	1		2	
长寿乐	1	1		2	
长寿仙		1		1	
长亭怨慢	1	1		4	4
长相思	4	1	1	5	5
长相思慢		1		4	
朝天子	1			1	
朝玉阶	2	1		1	
朝中措	2	1		4	4
城头月	1	1		1	
赤枣子	1	1		1	
楚宫春慢		1		2	
传言玉女	1	1		3	2
垂丝钓	1	1		4	3
垂杨	1	1		2	
春草碧	2	1		1	2
春从天上来	1	1		4	3
春风袅娜	1	1	1	1	1
春光好	6			8	8

词谱名	词律	词榘	白香词谱	钦定词谱	增定词谱
春声碎		1		1	
春夏两相期	1	1		1	
春晓曲	1	1		2	
春雪间早梅		1		1	
春云怨	1	1		1	
促拍采桑子	1			1	
簇水	1	1		1	
翠楼吟	1	1	1	1	1
翠羽吟	1	1		1	
大椿		1		1	
大酺	1	1		2	2
大圣乐	2	1		3	3
大有	1	1		1	
丹凤吟	1	1		3	
淡黄柳	1	1		3	1
导引		1		5	
倒垂柳	1	1		2	
倒犯	1	1		3	
捣练子	2	1	1	2	2
滴滴金	4	1		4	4
笛家	1	1		2	
氐州第一	1	1		2	1
帝台春	1	1		1	
点绛唇	1		1	3	3
钿带长中腔		1		1	
吊严陵		1		1	

词谱名	词律	词榘	白香词谱	钦定词谱	增定词谱
蝶恋花	2	1	1	3	2
丁香结	1	1		1	
定风波	6	1		8	8
定风波慢		1		4	
定西番	1	1		5	3
东风第一枝	1	1	1	4	3
东风齐着力	1	1		1	
东坡引	4	1		5	5
洞天春	1	1		1	
洞仙歌	10	1	1	40	34
斗百草	1	1		2	
斗百花	1	1		3	3
杜韦娘	1	1		2	
渡江云	1	1		3	2
端正好	1	1		2	
多丽	3	1	1	9	8
夺锦标	1	1	1	3	3
二郎神	4	1		9	9
二色宫桃		1		1	
二色莲		1		1	
法驾导引	1	11		1	1
法曲献仙音	2	1		6	6
番枪子	1	1		1	
翻香令	1	1		1	
蕃女怨	1	1		1	
泛兰舟		1		1	

词谱名	词律	词榘	白香词谱	钦定词谱	增定词谱
泛清波摘遍	1	1		1	
泛清苕		1		1	
芳草	1			5	
芳草渡	2	1		5	
飞龙宴		1		1	
飞雪满群山	2	1		2	
粉蝶儿	1	1		2	2
粉蝶儿慢	1	1		1	
风光好	1	1		1	
风流子	2	1		9	8
风入松	3	1	1	4	4
凤池吟	1	1		1	
凤孤飞	1	1		1	
凤归云	2	1		3	
凤凰阁	2	1		3	3
凤凰台上忆吹箫	3	1	1	6	6
凤来朝	1	1		1	
凤楼春	1	1		1	
凤鸾双舞		1		1	
凤衔杯	3	1		4	
奉禋歌		1			
芙蓉月				1	
拂霓裳	1	1		2	
福寿千春		1		1	
甘草子	1			2	
甘露滴乔松		1		1	

词谱名	词律	词榘	白香词谱	钦定词谱	增定词谱
甘露歌		1		1	
甘州曲（子）	2	1		2	
甘州遍	1	1		1	
甘州令	1	1		1	
感恩多	2			2	
感皇恩	3	1	1	7	7
高山流水	1	1		1	
高阳台		1		3	3
纥那曲	1			1	
歌头	1	1		1	
鬲溪梅令	1	1		1	
隔帘听	1			1	
隔浦莲（近拍）	1	1		5	5
个侬		1		1	
更漏子	5		1	8	6
缑山月		1		1	
孤馆深沉				1	
孤鸾	3	1		4	4
古调笑				1	
古香慢				1	
鼓笛令	2	1		1	
归朝欢	1	1		2	1
归国遥	1	1		3	
归去来	1	1		2	
归田乐	4	1		5	
归自谣	3			1	1

词谱名	词律	词榘	白香词谱	钦定词谱	增定词谱
桂殿秋	1	1		1	
桂枝香	1	1	1	6	6
辊绣球	1	1		1	
郭郎儿近拍	1	1		1	
聒龙谣		1		2	
国香	1	1		2	5
过涧歇	1	1		3	
过秦楼	2	1	1	1	1
海棠春	1	1		3	3
汉宫春	2	1		10	10
撼庭秋	1	1		1	
撼庭竹	2	1		2	
好女儿	1			3	2
好时光	1			1	
好事近	1		1	2	2
喝火令	1	1		1	
合宫歌 *		1			
合欢带	2	1		2	
河传	18	1	1	27	27
河渎神	2	1		2	2
河满子	3	1	1	5	5
荷华媚	1	1		1	
荷叶杯	3	1		3	3
荷叶铺水面		1		1	
贺明朝				2	
贺圣朝	5	1	1	11	10

词谱名	词律	词槑	白香词谱	钦定词谱	增定词谱
贺熙朝		1		2	
贺新郎	2	1	1	11	11
鹤冲天	3	1		3	3
恨春迟		1		1	
恨来迟		1		2	
红窗迥	1	1		2	2
红窗听	1	1		1	
红林檎近		1		1	1
红罗袄	1	1		1	
红芍药		1		1	
后庭花	3			4	
后庭花破子				2	
后庭宴	1	1		1	
胡捣练	2	1		3	
蝴蝶儿	1			1	
花发沁园春	1	1		2	
花发状元红慢		1		1	
花犯	1	1		4	4
花非花	1	1		1	
花前饮				1	
花上月令	1	1		1	
花心动	1	1		9	9
华清引	1			1	
华胥引	1	1		1	2
画眉序		1			
画堂春	3		1	5	5

词谱名	词律	词榘	白香词谱	钦定词谱	增定词谱
还京乐	1	1		6	
寰海清		1		1	
换巢鸾凤	1	1	1	1	1
浣溪沙	2			5	5
浣溪沙慢	1			1	
黄河清慢		1		1	
黄鹤引	1	1		1	
黄鹂绕碧树	1	1		1	
黄莺儿	1	1		3	
黄锺乐 *	1	1		1	
回波乐	2	1		2	
蕙兰芳引	1	1		1	1
鸡叫子	1	1			
击梧桐	2	1		3	
极相思	1			1	1
集（接）贤宾	2	1		2	
芰荷香	1	1		2	2
祭天神	2	1		2	
系裙腰	2	1		3	5
佳人醉	1	1		1	
家山好		1		1	
减字木兰花	1	1	1	1	1
剪牡丹	1			2	
剑器近		1		1	
江城梅花引	4	1		8	8
江城子	5	1		5	5

词谱名	词律	词榘	白香词谱	钦定词谱	增定词谱
江城子慢	1	1		2	
江南春	1	1		3	
江月晃重山	1	1		1	
降仙台		1			
绛都春	2	1		8	8
角招	1	1		1	
解蹀躞	2	1		6	6
解红慢	1	1		1	
解连环	1	1		3	3
解佩令	3	1	1	5	5
解语花	2	1	1	3	3
金错刀		1		3	
金凤钩	1	1		2	
金浮图	1	1		1	
金蕉叶	2			4	4
金菊对芙蓉	1	1		1	1
金莲绕凤楼		1		1	
金明池	1	1		2	
金人捧露盘	1	1		5	5
金盏倒垂莲	1	1		3	
金盏子	1			5	5
金盏子令				1	
锦缠道	1	1	1	3	3
锦堂春慢	2	1		5	5
锦园春				1	1
锦帐春	2	1		4	4

词谱名	词律	词榘	白香词谱	钦定词谱	增定词谱
九张机	2	1		2	2
酒泉子	20			22	22
菊花新		1		2	
锯解令	1	1		1	
倦寻芳	2	1		2	4
罥马索		1		1	
看花回	5	1		8	
酷相思	1	1		1	
快活年近拍		1		1	
腊梅香		1		2	
兰陵王	1	1		5	5
浪淘沙	3	1	1	1	
浪淘沙令	1			6	6
浪淘沙慢	3	1		4	4
离别难	2	1		2	
离亭宴	2	1	1	2	2
荔枝香	1			10	10
荔子丹				1	
连理枝	2	1		2	2
恋芳春慢		1		1	
恋情深	1			2	
恋香衾	1	1		1	
恋绣衾	1	1		5	5
凉州歌				1组5首	
梁州令	5	1		4	4
两同心	4	1		6	6

词谱名	词律	词榘	白香词谱	钦定词谱	增定词谱
临江仙	14	1	1	11	11
临江仙慢		1		1	
临江仙引		1		2	
玲珑四犯	4	1		7	7
玲珑玉	1	1		1	
留春令	3	1		4	1
留客住	2	1		2	
柳初新	1	1		2	
柳含烟	1			1	
柳梢青	2	1	1	8	5
柳摇金		1		1	
六丑	1	1		3	3
六花飞		1		1	
六么令	1	1		3	2
六州歌头	3	1		9	9
龙山会	1	1		2	
楼上曲	1	1		1	
露华	1	1		2	2
陆州歌				1	
绿盖舞风轻	1	1		1	
轮台子	1	1		2	
啰唝曲	1	1		3	
落梅		1		2	
落梅风				1	
马家春慢		1		1	
麦秀两岐	1	1		1	

词谱名	词律	词榘	白香词谱	钦定词谱	增定词谱
满朝欢	1	1		2	
满宫花	3	1		2	
满江红	6	1	1	14	14
满路花	6	1		11	12
满庭芳	3	1	1	7	7
慢卷紬	1	1		2	
茅山逢故人				1	
眉妩	1	1		3	
梅花曲		1		1	
梅花引	3	1		4	4
梅弄影				1	
梅香慢		1		1	
梅子黄时雨	1	1		1	
梦芙蓉		1		1	
梦横塘	1	1		1	
梦还京	1	1		1	
梦仙乡		1		1	
梦行云	1	1		1	
梦扬州	1	1		1	
梦玉人引	1	1		5	5
迷神引	1	1		2	
迷仙引	1	1		1	
迷仙引慢				1	
明月逐人来	1	1		1	
摸鱼儿	2	1	1	9	7
陌上花	1	1	1	1	1

词谱名	词律	词榘	白香词谱	钦定词谱	增定词谱
蓦山溪	2	1	1	13	13
木兰花令	5	1		4	
木兰花慢	2	1		12	12
穆护砂	1	1		1	
内家娇		1		1	
南歌子	4	1	1	7	7
南浦	2	1	1	5	5
南乡子	4	1	1	9	9
南乡一剪梅				1	
南州春色				1	
霓裳中序第一	3	1		3	3
念奴娇	3	1	1	12	12
女冠子	1			1	1
女冠子慢	4			6	6
抛球乐	3	1		4	4
琵琶仙	1	1		1	
平湖乐				3	
品令	7	1		12	12
婆罗门令	1	1		1	
婆罗门引	1	1		4	4
破阵乐	1	1		2	
破阵子	1	1		1	1
破字令				1	
扑蝴蝶	2	1		4	4
菩萨蛮	1		1	3	2
七娘子	2	1		3	3

词谱名	词律	词榘	白香词谱	钦定词谱	增定词谱
凄凉犯	2	1		3	
戚氏	2	1		3	3
期夜月		1		1	
齐天乐	2	1	1	8	8
绮寮怨	1	1		3	3
绮罗香	1	1	1	3	3
千年调	1	1		2	
千秋岁	3	1	1	8	8
千秋岁引	1	1		4	4
且坐令	1	1		1	
琴调相思引	1			3	1
沁园春	2	1	1	7	8
青门引	1	1		1	
青门饮				3	4
青玉案	7	1	1	13	13
倾杯近		1		1	
倾杯乐	8	1		10	10
倾杯令	1	1		1	
清波引	1	1		2	
清风八咏楼		1		1	
清风满桂楼		1		1	
清江曲		1		1	
情久长	1	1		1	
清平调	1	1		1	
清平乐	1	1	1	3	3
清平乐令	1		1	1	1

词谱名	词律	词榘	白香词谱	钦定词谱	增定词谱
清商怨				3	3
晴偏好		1		1	
庆春宫	2	1		2	2
庆春时	1	1		1	
庆春泽	2	1	1	3	
庆金枝		1		3	
庆千秋				1	
庆清朝	2	1		4	4
秋霁	1	1		4	4
秋兰香		1		1	
秋蕊香	1	1		3	1
秋蕊香引		1		1	
秋色横空				1	
秋思耗	1	1		1	
秋宵吟	1	1		1	
秋夜雨	1	1		1	1
秋夜月	2	1		2	
曲江秋	2	1		2	
曲游春	1	1		3	
曲玉管	1	1		1	
劝金船	1	1		2	
鹊桥仙	2	1	1	7	6
冉冉云	1	1		2	
绕池游		1		1	
绕池游慢		1		1	
绕佛阁	1			1	

词谱名	词律	词綮	白香词谱	钦定词谱	增定词谱
人月圆	3	1	1	3	3
如梦令	2	1	1	6	5
如鱼水	1	1		1	
入塞	1	1		1	
阮郎归	1	1	1	2	1
蕊珠闲	1	1		1	
瑞鹤仙	4	1	1	15	15
瑞龙吟	1	1		4	4
瑞云浓	1	1		1	
瑞云浓慢	1	1		1	
瑞鹧鸪	3	1		6	4
睿恩新	1	1		1	
塞孤	1	1		2	
塞姑	1	1		1	
塞翁吟	1	1		1	1
塞垣春	2	1		4	5
三部乐	3	1		4	3
三登乐		1		2	1
三奠子	1	1		1	
三姝媚	2	1		3	3
三台	2	1		3	2
三字令	2	1		2	
散天花？？	1	1		1	
散馀霞	1			1	
扫地舞（扫寺舞）		1		1	
扫花游	1	1		3	3

词谱名	词律	词榘	白香词谱	钦定词谱	增定词谱
沙塞子	3	1		4	4
纱窗恨	2			2	
山花子	1		1	1	1
山亭柳	2	1		2	
山亭宴	1	1		1	
山外云		1			
伤春怨	1			1	
赏南枝		1		1	
赏松菊		1		1	
上林春	2			1	
上林春慢	1			2	
上行杯	3	1		3	
少年心	1	1		1	
少年游	10	1		15	15
少年游慢		1		1	
哨遍	1	1		9	7
升平乐		1		1	
生查子	4		1	5	6
声声慢	5	1	1	14	14
胜胜令	1	1		2	
胜州令		1		1	
师师令	1	1		1	
十二时（慢）	1	1		4	
十样花		1		1	
十月桃	1	1		3	
石湖仙	1	1		1	

词谱名	词律	词榘	白香词谱	钦定词谱	增定词谱
石州引（慢）	1	1		6	6
拾翠羽		1		1	
使牛子				1	
市桥柳	1	1		1	
侍香金童	2	1		3	3
寿楼春	1	1		1	
寿山曲		1		1	
寿延长破字令				1	
受恩深		1		1	
疏影	1	1	1	5	4
蜀溪春		1		1	
双声子	1	1		1	
双双燕	2	1	1	2	2
双头莲	2	1		4	
双头莲令	1	1		1	
双鸂鶒	1	1		1	
双雁儿	1	1		1	
双韵子		1		1	
霜花腴	1	1		1	
霜天晓角	6			9	9
霜叶飞	1	1		7	6
水调歌				1组11首	
水调歌头	1	1	1	8	8
水晶帘		1		1	
水龙吟	3	1	1	25	24
舜韶新		1		1	

词谱名	词律	词榘	白香词谱	钦定词谱	增定词谱
思帝乡	3	1		3	
思归乐	1	1		1	2
思远人	1	1		1	
思越人	3	1		1	
四犯剪梅花	2	1		3	
四犯令	1	1		1	
四槛花		1		1	
四园竹	1	1		3	
松梢月				1	
送入我门来	1	1		1	
送征衣	1	1		1	
苏幕遮	1	1	1	1	1
诉衷情	8	1	1	8	7
诉衷情令				3	
索酒		1		1	
琐窗寒	1	1	1	5	5
踏歌		1		2	
踏歌词	1	1		1	
踏青游	1	1		4	
踏莎行	3	1	1	3	3
踏阳春		1			
太常引	2	1		2	2
太平年				1	
摊破采桑子	1			1	
摊破南乡子				2	2
探春令	7	1		13	15

词谱名	词律	词榘	白香词谱	钦定词谱	增定词谱
探春慢	2	1		5	3
探芳新	1	1		1	
探芳信	2	1		4	4
唐多令	1	1		3	3
桃源忆故人	1	1	1	2	2
剔银灯	3	1		5	5
㬱人娇	2	1		5	5
天净沙				2	
天门谣	1			1	
天下乐	1	1		1	
天仙子	4	1	1	5	4
天香	2	1		8	8
添声杨柳枝	1			3	3
添字小重山		1			
调笑				1	1
调笑令	2	1	1	3	1
厅前柳	1	1		3	
鞓红	1	1		1	
偷声木兰花	1	1		1	
透碧霄	1	1		3	
万里春	1			1	
万年欢	2	1		11	11
望春回		1		1	
望海潮	2	1	1	3	3
望江东	1	1		1	
望江怨	1	1		1	

词谱名	词律	词綮	白香词谱	钦定词谱	增定词谱
望梅花	2	1		5	
望明河		1		1	
望南云慢		1		1	
望仙门	1			1	
望湘人	1	1		1	
望远行	5	1		7	3
望云间		1		1	
望云涯引	1	1		1	
尾犯	5	1		5	5
尉迟杯	3			7	7
握金钗	1	1		2	
乌夜啼	1			3	3
巫山一段云	2			3	2
无愁可解	1	1		2	
无闷	2	1		1	2
梧桐影	1	1		1	
五彩结同心	1	1		2	
五福降中天		1		1	
武陵春	2	1		3	3
舞马词	1	1		2	
舞杨花		1		1	
兀令		1		1	
误桃源		1		1	
西地锦	3			3	3
西河	3	1		6	6
西湖月	1	1		2	

词谱名	词律	词榘	白香词谱	钦定词谱	增定词谱
西江月	3	1	1	5	5
西江月慢	1	1		2	4
西平乐	2	1		7	
西施	2	1		2	
西吴曲		1		1	
西溪子	2	1		2	
西子妆慢	1	1		1	
惜春郎		1		1	
惜春令	1	1		2	
惜分飞	1	1	1	5	5
惜寒梅		1		1	
惜红衣	1	1		4	
惜花春起早慢		1		1	
惜黄花	1	1		2	2
惜黄花慢	2	1		3	
惜奴娇	2	1		5	4
惜琼花	1	1		1	
惜秋华	2	1		5	
惜馀欢	1	1		1	
熙州慢		1		1	
喜长新				1	
喜朝天	1	1		2	
喜春来				4	
喜迁莺令	2			6	5
喜迁莺	5		1	11	11
喜团圆	1	1		2	

词谱名	词律	词榘	白香词谱	钦定词谱	增定词谱
系裙腰	2	1		3	
遐方怨	2	1		2	
下水船	3	1		4	
夏日燕黉堂		1		2	
夏云峰	1	1		5	5
闲中好	2	1		2	
献天寿				1	
献天寿令				1	
献衷心	2	1		2	
相见欢	1	1	1	5	4
相思儿令	1			1	
湘春夜月	1	1		1	
湘江静	1	1		2	
向湖边	1	1		1	
逍遥乐	1	1		1	
潇湘神	1	1		1	1
潇湘忆故人慢*	1	1		2	
小圣乐		1		1	
小镇西犯	1	1		3	
小重山	2	1		4	4
撷芳词	2	1		5	5
谢池春	1	1		3	3
谢池春慢	1	1		1	
新荷叶	1	1		4	4
新雁过妆楼	1	1	1	4	4
行香子	6	1		8	8

词谱名	词律	词榘	白香词谱	钦定词谱	增定词谱
行香子慢		1		1	
杏花天	3	1		3	4
杏花天慢		1		1	
杏花天影		1			
杏园芳	1			1	
绣停针	1	1		1	
宣清	1	1		1	
选冠子	3	1		16	16
雪花飞	1			1	
雪梅香	1	1		2	
雪明鳷鹊夜慢		1		1	
雪狮儿	2	1		2	
雪夜渔舟		1		1	
寻芳草	1	1		1	
寻梅		1		2	
盐角儿	1	1		1	
檐前铁		1		1	
眼儿媚	1	1	1	3	1
厌金杯		1		11	
宴清都	1	1		9	9
宴琼林		1		2	
燕春台	1	1		4	4
燕归梁	6	1		4	4
燕山亭	1	1		1	2
扬州慢	1	1		3	3
阳春	1	1		2	

词谱名	词律	词榘	白香词谱	钦定词谱	增定词谱
阳关曲	1	1		1	
阳关引	1	1		1	
阳台路	1	1		1	
阳台梦	1	1		2	
杨柳枝	3	1		1	
遥天奉翠华引 *	1	1		1	
瑶华	1	1		2	2
瑶阶草	1	1		1	
瑶台第一层	1	1		3	3
瑶台月		1		3	3
幺凤					1
夜半乐	2	1		2	
夜飞鹊	1	1		2	2
夜合花	2	1		5	5
夜行船		1		11	7
夜游宫		1		2	1
谒金门	1		1	4	3
一丛花	1	1		1	1
一寸金	1	1		5	5
一点春	1	1			
一萼红	1	1		4	4
一斛珠	4	1	1	3	2
一剪梅	5	1	1	7	6
一落索	6			8	8
一七令				4	
一叶落	1	1		1	

词谱名	词律	词榘	白香词谱	钦定词谱	增定词谱
一枝春	1	1		2	
伊州歌				1组10首	
伊州令	1			1	
伊州三台	1	1		1	
宜男草		1		2	
倚阑人		1		1	
倚西楼		1		1	
忆帝京	2	1		2	
忆东坡		1		1	
忆汉月	2	1		4	
忆黄梅		1		1	
忆江南	3	1	1	3	2
忆旧游	1	1		6	6
忆闷令	1			1	
忆秦娥	6		1	11	9
忆少年	2			2	2
忆王孙	2	1	1	3	1
忆瑶姬	2	1		4	3
意难忘	1	1		1	1
引驾行	3	1		4	
饮马歌		1		1	
应景乐		1		1	
应天长令	2	1		4	4
应天长	5	1		8	6
莺声绕红楼		1			
莺啼序	1	1		5	5

词谱名	词律	词榘	白香词谱	钦定词谱	增定词谱
鹦鹉曲				1	
迎春乐	5	1		7	6
迎新春	1	1		1	
映山红慢		1		1	
永遇乐	2	1	1	7	7
有有令	1	1		1	
于飞乐	3	1		3	4
鱼游春水	1	1		2	2
渔父引				1	
渔歌子	2	1		6	4
渔家傲	2	1	1	4	3
虞美人	2	1	1	7	2
雨霖铃	1	1	1	3	4
雨中花令	6	1		12	10
雨中花慢	5	1		13	13
玉抱肚	1	1		1	
玉簟凉	1	1		1	
玉壶春		1			
玉蝴蝶	4			7	5
玉京秋	1	1		1	
玉京谣	1	1		1	
玉阑干	1	1		1	
玉连环		1		1	
玉楼春		1		4	3
玉楼人		1		1	
玉漏迟	1	1	1	7	7

词谱名	词律	词榘	白香词谱	钦定词谱	增定词谱
玉梅令	1	1		1	
玉梅香慢		1		1	
玉女摇仙佩	1	1		2	3
玉女迎春慢	1	1		1	
玉人歌				1	
玉山枕	1	1		1	
玉堂春	1	1		1	
玉团儿	1	1		1	
玉烛新	1	1		2	1
御带花	1	1		1	
御街行	4	1	1	6	6
水仙子				2	
远朝归	1	1		1	
怨回纥	1			2	
怨三三	1	1		1	
月边娇	1	1		1	
月当厅	1	1		1	
月宫春	1	1		2	2
月华清	2	1		1	1
月上海棠	1	1		3	3
月上海棠慢	1	1		2	2
月下笛	4	1		5	5
月中桂	1	1		3	
越江吟	1	1		2	
越溪春	1	1		1	
云仙引	1	1		1	

词谱名	词律	词榘	白香词谱	钦定词谱	增定词谱
韵令		1		1	
赞成功	1	1		1	
赞普子	1			1	
早梅芳	2	1		3	3
早梅芳慢				1	
早梅香		1		1	
澡兰香	1	1		1	
皂罗特髻	1	1		1	
招隐操		1			
摘得新	1	1		1	
占春芳	1			1	
章台柳	1	1		2	
昭君怨	1		1	3	3
折丹桂				1	
折桂令				4	
折红梅	1	1		2	2
折花令				1	
柘枝引		1		1	
鹧鸪天	1	1	1	1	1
珍珠令		1		1	
真珠髻		1		1	
真珠帘	3	1		4	4
枕屏儿		1		1	
征部乐	1			1	
徵招	1	1		3	2
徵招调中腔	1	1		1	

词谱名	词律	词榘	白香词谱	钦定词谱	增定词谱
中兴乐	3			3	
昼锦堂	1	1		5	5
昼夜乐	1	1	1	2	1
竹马儿	1	1		2	
竹香子	1	1		1	
竹枝	3	1		3	
珠帘卷	1			1	
烛影摇红	3	1	1	3	3
驻马听	1	1		1	
祝英台近	1	1	1	8	2
爪茉莉	1	1		1	
卓牌子	2	1		3	
卓牌子近		1		1	
子夜歌	1	1		1	
紫萸香慢	1	1		1	
紫玉箫	1	1		1	
字字双	1	1		1	
最高楼	2	1		11	11
醉垂鞭	1			1	
醉春风	1	1		1	1
醉公子	3			4	
醉红妆	1	1		1	
醉花间	3			3	
醉花阴	1	1	1	1	1
醉蓬莱	1	1		2	2
醉思仙	1	1		4	

词谱名	词律	词槃	白香词谱	钦定词谱	增定词谱
醉太平	2		1	3	3
醉翁操	1	1		1	
醉乡春	1	1		1	
醉吟商		1		1	
醉妆词	1	1		1	

附录（三）

词谱溯源

（本文依《钦定词谱》编纂、修订、增补。增补词谱或不止一首，仅选其代表作者或出处标之。谱名前加 *，表示此谱为五言或七言；谱名前加 #，表示此谱为元曲。）

【阿曹婆】　见敦煌曲子词。词仅用七字句和三字句。

【阿那曲】　见杨太真词。系仄韵七绝，平仄不拘。

【欸乃词】　见蒲寿宬词。仿七言《欸乃曲》，唯起句减一字耳。

【欸乃曲】　见元结词。本唐七言绝句，平仄不拘。江南棹船之棹歌每歌一句，群和一声如"欸乃"。

【爱芦花】　见王吉昌词。

【爱月夜眠迟】　调见《高丽史·乐志》无名氏词。赋本意也。亦有名《爱月夜眠迟慢》。

【安公子】　唐教坊曲名。见柳永词。

【安平乐】　见宋·无名氏词。词中有"方今永永太平"、"笙歌乐"，其谱名意也。

【安平乐慢】　调见万俟咏《大声集》。

【暗　香】　宋姜夔自度仙吕宫曲咏梅花作也。张炎以此调咏荷花，更名《红情》。

【暗香疏影】　张肩自度曲，以《暗香》调上阕、《疏影》调下阕合而为一。自注夹钟宫。

【八宝装】　见张先词。

【八犯玉交枝】　见仇远词。又名《八宝妆》。

【八　归】　此调仄调者见《白石词》，姜夔自度平钟商曲；平韵者见《竹屋痴语》，高观国自度曲。

【八节长欢】　调见《东堂词》毛滂词。

【八六子】　见杜牧词。秦观词有"黄鹂又啼数声"句，又名《感黄鹂》。

【八拍蛮】　唐教坊曲名。七言四句。孙光宪词所咏俱越中事，或即八拍之蛮歌也。

【八声甘州】　《碧鸡漫志·甘州》：仙吕调，有曲破，有八声，有慢，有令。按，此调上下阕八韵，故名《八声》，乃慢词也，与《甘州遍》之曲破，《甘州子》之令词不同。见柳永词。周密词名《甘州》；张炎词因柳词有"对萧萧暮雨洒江天"句，更名《萧萧雨》；白朴词，名《宴瑶池》。

【八音谐】　调见曹勋《松隐集》。自注以八曲声合成，故名。

【芭蕉雨】　调见程垓《书舟词》。写雨后之情景。

【白　雪】　调见《逃禅集》，杨无咎自制曲。题本赋雪，故以《白雪》名之。

【白鹤子】　五言八句，见马钰词。

【白　苎】　见蒋捷词。词下结："白苎春衫薄。"《古乐府》有《白苎》曲。

【百宝装】　见晁端礼词。《钦定词谱》混于《新雁过妆楼》，两者炯别。

【百媚娘】　调见张先词集。取词中"百媚算应天乞与"句意为名。

【百岁令】　见朱涣词。原寿词也。

【百宜娇】　调见吕渭老《圣求词》。与《眉妩》词别名《百宜娇》者不同。

【拜新月】　唐教坊曲名。见敦煌曲子词。词中有："万家向月下，祝告深深跪。"

【拜新月】　五言四句。见唐·李端词。起两句"开帘见新月，便即下阶拜"，
　　　　　　谱名意也。

【拜星月】　唐教坊曲名。见周邦彦词。《宋史·乐志》：般涉调。一作《拜新月》。

【宝鼎现】　调见康与之《顺庵乐府》。李弥逊词名《三段子》；陈合词名《宝鼎儿》。

【保寿乐】　见《松隐集》曹勋词。寿词也。

【被花恼】　杨缵自度曲。词中有"被花恼"句，取以为名。

【碧牡丹】　见晏几道词。《金词》注：中吕调。

【遍地花】　调见《东堂词》、《花草粹编》毛滂词，孙守席上咏牡丹花作也。
　　　　　　又名《遍地锦》。

【遍地锦】　七言四句。见金元·无名氏词。

【别仙子】　见敦煌曲子词。与佳人分别之作。

【别　怨】　调见《惜香乐府》赵长卿词。词有"翻成别怨不胜悲"句，取以为名。

【鼚边华】　调见《梅苑》无名氏词。词中有"映青鼚、开人醉眼"句，故名。

【并蒂芙蓉】　见晁端礼词。《能改斋漫录》：政和癸巳，大晟乐成，蔡京以晁
　　　　　　　端礼荐，诏乘驿赴阙。端礼至都，会禁中嘉莲生，遂属词以进，
　　　　　　　名《并蒂芙蓉》。词中亦有"更结双双新莲子"句。

【拨棹子】　唐教坊曲名。见尹鹗词。

【薄　媚】　调见《宋史·乐志》董颖词，凡一组十首。唐教坊大曲名。

【薄媚摘遍】　沈括《梦溪笔谈》：所谓大遍者，凡数十解，每解有数叠，裁截用之，
　　　　　　　则谓之摘遍。

【薄命女】　唐教坊曲名。见和凝词。冯延巳词下阕起句："一愿郎君千岁，二
　　　　　　愿妾身长健。"又名《长命女》。

【薄　幸】　调见《东山乐府》贺铸词。

【卜算子】　见苏轼词。《词律》云，骆宾王诗以数目名，称作"卜算子"。苏轼词，

有"缺月挂疏桐"句，名《缺月挂疏桐》；秦湛词，有"极目烟中百尺楼"句，名《百尺楼》；僧皎词，有"目断楚天遥"句，名《楚天遥》；无名氏词，有"蹙破眉峰碧"句，名《眉峰碧》。

【卜算子慢】 见柳永词。《乐章集》注：歇指调。

【步步高】 见金元·无名氏词。

【步步娇】 见《鸣鹤余音》范真人词。

【步蟾宫】 见黄庭坚词。韩淲词名《钓台词》；刘擬词名《折丹桂》。

【步虚词】 七言四句。见陈羽词。

【步虚子令】 调见《高丽史·乐志》无名氏词。此宋赐高丽乐中，五羊仙舞队曲也。

【步 月】 平韵者见史达祖《梅溪词》，写踏月之情景；仄韵者见施岳《梅川词》。

【采 莲】 （组词）见史浩词。

【采莲令】 《宋史·乐志》：曲宴游幸，教坊所奏十八调曲，九日双调《采莲》。见柳永《乐章集》。

【采莲曲】 见李康成词。词首句即"采莲去"。

【采莲舞】 （组词） 见史浩词。

【采莲子】 唐教坊曲名。七言绝句。皇甫松词中"举棹"、"年少"，乃歌时相和之声。

【采莲子令】 唐教坊曲名。五言绝句。见明刻本《唐词纪》卷五崔国辅词。其结句"并着采莲舟"。原名《采莲子》，为别于七言，加一"令"字。

【采明珠】 曹植《洛神赋》："或采明珠"，调名取此。见杜安世词。

【采桑子】 唐教坊曲，有《杨下采桑》，调名本此。见和凝词。李煜词名《丑奴儿令》，冯延巳词名《罗敷媚歌》，贺铸词名《丑奴儿》，陈师道词名《罗敷媚》。朱希真词名《促拍采桑子》。赵长卿词名《摊破采桑子》。

【采桑子慢】 见吴礼之词。一名《丑奴儿慢》。潘元质词，有"愁春未醒"句，亦名《愁春未醒》；辛弃疾词名《丑奴儿近》；《花草粹编》无名氏词名《叠青钱》。

【彩凤飞】 见陈亮《龙川词》。一作《彩凤舞》。

【彩鸾归令】 见张元幹词。袁去华词，名《青山远》。

【彩云归】 见柳永词。《宋史·乐志》：仙吕调；《乐章集》注：中吕调。词写思归之意。

【苍梧谣】 见蔡伸词。张孝祥词三首，首字"归"，名《归字谣》。周玉晨词名《十六字令》。

【侧 犯】 姜夔词注云：唐人《乐书》，以宫犯羽者为侧犯。此调创自周邦彦。

【茶瓶儿】　调见《花庵词选》，始自北宋李元膺。

【长命女】　五言四句，见岑参词。

【长生乐】　调见《珠玉集》晏殊词。词结句"祝千岁长生"，故名。

【长寿乐】　见《乐章集》柳永词。《宋史·乐志》：仙吕调；《乐章集》注：平调。

【长寿仙】　调见《松雪集》赵孟𫖯词。词结句："祝吾皇、寿与天地齐年。"调名用其意也。

【长寿仙促拍】　见曹勋词。寿词也。

【长亭怨】　姜夔自度中吕宫曲。或名《长亭怨慢》。词中有"谁得似、长亭树"。

【长相思令】　五言四句，见张继词。原名《长相思》，为区别之，加一"令"字。

【长相思】　唐教坊曲名。白居易词："思悠悠，恨悠悠。"其名源也。林逋词有"吴山青"句，名《吴山青》；张辑词有"江南山渐青"句，名《山渐青》；王行词名《青山相送迎》；《乐府雅词》无名氏词名《长相思令》，又名《相思令》。

【长相思慢】　见柳永词。《乐章集》注：商调。

【超彼岸】　见马钰词。

【朝天子】　唐教坊曲名。见晁补之词。《阳春集》名《思越人》。

【朝玉阶】　见杜安世《寿域词》。

【朝中措】　见欧阳修词。李祁词有"初见照江梅"句，名《照江梅》；韩淲词名《芙蓉曲》，又有"香动梅梢圆月"句，名《梅月圆》。

【成功了】　见长筌子词。

【城头月】　调见李昴英《文溪词》。马天骥词起句："城头月色明如昼"，故名。

【楚宫春慢】　调见《宝月词》僧挥词。

【川拨棹】　见王哲词。

【传花枝】　见柳永词。

【传言玉女】　见晁冲之词。高拭词注：黄钟宫。

【垂丝钓】　见周邦彦词。《中原音韵》注：商角调；《太平乐府》注：商调。

【垂杨】　调见陈允平《日湖渔唱》，本咏垂柳，即以为名。

【春草碧】　调见宋·韩玉《东浦词》，原名《番枪子》。李献能因此词结句有"春草碧"句，更名《春草碧》。

【春草碧慢】　调见《大声集》万俟咏词，题咏春草，故名。为区分金元同名词，加一"慢"字。

【春愁】　见贺铸词。写春情也，副题"定情曲"。

【春从天上来】　调见《中州乐府》吴激词。词中有："坠露飞萤，梦里天上。"

【春风袅娜】　调见《云月词》，冯艾子自度腔，注黄钟羽，即般涉调。

【春光好】 唐教坊曲名。《碧鸡漫志·羯鼓录》云，唐玄宗时定此调。见《花间集》和凝词。

【春归怨】 见周端臣词。词首："问春为谁来、为谁去，匆匆太速。"题意也。

【春 晴】 见晁端礼词。写暮春之思绪。

【春夏两相期】 调见《竹山词》蒋捷词。

【春晓曲】 见《花草粹编》朱敦儒词。朱敦儒词有"西楼月落鸡声急"句，又名《西楼月》。

【春雪间早梅】 调见《梅苑》无名氏词。其隐括韩愈《春雪间早梅》长律诗，即以题为调名。

【春云怨】 调见冯艾子《云月词》。自注：黄钟商。

【簌 水】 调见《惜香乐府》赵长卿词。

【簌水近】 见贺铸词。上阕近《簌水》，下阕差异过多。

【翠楼吟】 姜夔自度夹钟商曲。

【翠羽吟】 调见蒋捷《竹山词》。自序云："王君本示予越调《小梅花引》，俾以飞仙步虚之意为其辞。余谓泛泛言仙，似乎寡味，越调之曲，与梅花宜，罗浮梅花，真仙事也。演以成章，名《翠羽吟》。"词中亦有句"翠羽双吟"。

【大 椿】 调见曹勋《松隐集》。应制寿词也，取《庄子》大椿句为名。

【大官乐】 见长筌子咏四季七言四句词四首。

【大 酺】 调见《清真乐府》周邦彦词。唐教坊曲、《羯鼓录》俱有《大酺乐》，宋词借旧曲名自制新声也。

【大圣乐】 平韵体见康与之《顺斋乐府》，仄韵体见张炎《茞洲渔笛谱》。

【大圣乐令】 见仲并词。其副题为"赠小妓"。

【大 有】 见《片玉集》潘希白词。调始创于周邦彦。

【丹凤吟】 调见《清真乐府》周邦彦词。又名《丹凤引》。

【淡黄柳】 姜夔自度曲。《白石集》注：正平调。

【导 引】 宋鼓吹四曲，悉用教坊新声，车驾出入奏《导引》。有五十字、一百字（加一叠）两体。

【倒垂柳】 唐教坊曲名。见《逃禅集》杨无咎词。

【倒 犯】 调始《清真乐府》周邦彦词。一名《吉了犯》。

【捣练子】 《梅苑》无名氏词八首，其一首起句"捣练子"，或以名也。《太和正音谱》注：双调。一名《捣练子令》。冯延巳词有"深院静"、"数声和月到帘栊"句，更名"深院月"。又名《赤枣子》。

【得道阳】 见王哲七言八句词十四首。

【登仙门】　见马钰词。

【滴滴金】　见李遵勖词。

【笛家弄】　见柳永词。一名《笛家弄慢》，柳永《乐章集》注：仙吕宫。词有"岂知秦楼，玉箫声断"句。

【氐州第一】　调始《清真乐府》周邦彦词。一名《熙州摘遍》。

【帝台春】　唐教坊曲名。《宋史·乐志》：琵琶曲有《帝台春》，属无射宫。见李甲词。

【点绛唇】　元《太平乐府》注：仙吕宫。见冯延巳词。梁·江淹诗有"明珠点绛唇"句。

【钿带长中腔】　调见《大声集》万俟咏词。咏钿带香囊本意。词起句即为"钿带长"。

【殿前欢】　见张可久《小山乐府》，其中衬字不拘。一名《凤将雏》。

【吊严陵】　调见《乐府雅词》李甲词。词有"严光钓址空遗迹"及"离觞吊古寓目"句，取以为名。又，结句有"回首暮云千古碧"句。名《暮云碧》。

【蝶恋花】　唐教坊曲，本名《鹊踏枝》，宋晏殊词改今名。

【丁香结】　调见《清真集》周邦彦词。古诗有"丁香结恨新"，调名本此。

【定风波】　唐教坊曲名欧阳炯词。李珣词名《定风流》，张先词名《定风波令》。

【定风波慢】　见柳永词。有一百字、一百零五字两体，注夹钟商。为区别于令词，加一"慢"字。

【定西番】　唐教坊曲名。见温庭筠、韦庄词。

【东风第一枝】　见史达祖词。高观国词有"一枝天地早"句。蒋氏九宫谱注：大石调。

【东风齐著力】　调见《草堂诗余》胡浩然除夕词。盼春归词也。

【东坡引】　见曹冠词。

【洞天春】　调见欧阳修《六一词》，赋院落之春景如洞天也。

【洞仙歌】　唐教坊曲名。见苏轼词。此调有令词，有慢词。康与之词，名《洞仙歌令》；潘牥词，名《羽仙歌》；袁易词，名《洞仙词》；《宋史·乐志》，名《洞中仙》。

【斗鹌鹑】　见王哲词。

【斗百草】　见敦煌曲子词。词四首皆有"喜去喜去觅草"句。

【斗百草慢】　调见《琴趣外篇》晁补之词。

【斗百花】　见柳永词。《乐章集》注：正宫。晁补之词，一名《夏州》。

【斗百花近拍】　见仲殊词。马钰词名《斗修行》。

【斗鸡回】　见杜龙沙词。其上阕结句"鬥鸡寒食下"，故名。

【豆叶黄】　见王哲词。

【杜韦娘】　见杜安世词（一题无名氏）。唐《教坊记》，有杜韦娘曲。刘禹锡诗：

“春风一曲杜韦娘”。宋人借旧曲名，另翻慢词。

【度清宵】　见张继先咏夜五更七言八句词六首。

【渡江云】　见周邦彦词。周密词，名《三犯渡江云》。

【端正好】　见杜安世词。杨无咎词名《於中好》。《中原音韵》注：正宫。此调近《杏花天》，然两结皆作破读。

【多　丽】　平韵体以晁端礼词为正体，仄韵体有聂冠卿、曹勋词。一名《鸭头绿》，周格非词名《陇头泉》。

【夺锦标】　调见《古山词》张埜词。曹勋词名《锦标归》，白朴词名《清溪怨》。

【二郎神】　唐教坊曲名。见柳永词。徐伸词，名《转调二郎神》；吴文英词，名《十二郎》。

【二色宫桃】　调见《梅苑》无名氏词。杜安世词名《玉阑干》。

【二色莲】　调见《松隐集》，即吟二色莲。系曹勋自度腔。

【法驾道引】　见宋·陈与义词，与《忆江南》相近，但起句下多一叠句。

【法曲第二】　见柳永词。近《法曲献仙音》，句式异。

【法曲献仙音】　陈旸《乐书》云：法曲兴于唐，其声始出清商部，比正律差四律，有铙钹钟磬之音，献仙音其一也。见周邦彦词。

【番禺调笑】　（组词）　见洪适词。

【翻香令】　此调始自苏轼。苏词中第二句“惜香爱把宝钗翻”，故名。

【蕃女怨】　唐温庭筠二词，俱咏蕃女之怨。

【泛兰舟】　调见王质及《梅苑》无名氏词。王词结句：“乾坤云海风帆。”故名之？与《新荷叶》别名《泛兰舟》平韵词不同。

【泛龙舟词】　七言八句，见敦煌作品，其词题为“泛龙舟，游江乐”。

【泛清波摘遍】　《宋史·乐志》有林钟商《泛清波》大曲此摘《泛清波》曲之一遍也。见晏几道词。

【泛清苕】　调见张先词。系张先吴兴泛舟作，即赋题本意也。一名《感皇恩慢》。

【芳草渡】　此调始自周邦彦。《钦定词谱》与《系裙腰》相混。

【放心闲】　见王吉昌词。

【飞龙宴】　调见《花草粹编》，注吴七郡王姬苏小娘制。

【飞雪满群山】　调见《友古词》蔡伸词。词有“长记得、扁舟寻旧约”句，更名《扁舟寻旧约》。张榘词，名《飞雪满堆山》，次人咏雪词也。

【粉蝶儿】　调见毛滂《东堂词》。词有“粉蝶儿，这回共花同活”句，取以为名。

【粉蝶儿慢】　调见《片玉词》周邦彦词。

【风光好】　调见《本事曲》，陶穀作。

【风流子令】　见孙光宪词。为区分于《风流子》，加一“令”字。酷似《如梦令》。

【凤流子】　唐教坊曲名。单调者见《花间集》孙光宪词，双调者见周邦彦词。

【凤马儿】　见马钰词。

【风入松】　见晏几道词。古琴曲有《风入松》，唐僧皎然有《风入松》歌，调名本此。

【凤池吟】　调见吴文英《梦窗词》。庆升迁词也，故名。

【凤孤飞】　调见《小山乐府》晏几道词。

【凤归云词】　见敦煌曲子词。原名《凤归云》，为别于柳永词，改此名。

【凤归云】　唐教坊曲名。见柳永《乐章集》，平韵一百一字，注仙吕调。

【凤归云慢】　见柳永《乐章集》，仄韵一百十八字，注林钟商调。为别之，加一"慢"字。

【凤皇枝令】　见万俟咏词。

【凤凰阁】　见柳永词。高拭词注：商调。张炎词有"渐数花风第一"句，名《数花风》。

【凤凰台上忆吹箫】　《列仙传拾遗》云：萧史善吹箫，作鸾凤之声，秦穆公有女弄玉，善吹箫，公以妻之，遂教弄玉作凤鸣，居十数年，凤凰来止，公为作凤台，（萧史）夫妇居其上，数年，弄玉乘凤，萧史乘龙去。调名取此。见晁补之词。《高丽史·乐志》一名《忆吹箫》。

【凤来朝】　调见周邦彦《清真词》。

【凤楼春】　唐教坊曲名。见《花间集》欧阳炯词。写绣楼春思也，故名。

【凤鸾双舞】　调见《水云词》汪元量词。"舞腰新束，舞缨新缀"，写宫舞之乐也，故名。

【凤时春】　见王质词。

【凤衔杯】　此调有平韵、仄韵两体，见晏殊、柳永词。

【凤箫吟】　见晁补之词。韩缜词，其意咏春草也，又名《芳草》。

【奉禋歌】　见洪适词。宫廷祭祀之曲也。

【芙蓉月】　赵以夫自度曲。调见《虚斋乐府》，盖咏芙蓉，因词中有"残月澹"句，故名《芙蓉月》。

【拂霓裳】　唐教坊曲名。见晏殊词。《碧鸡漫志》：拂霓裳，般涉调。《宋史·乐志》，女弟子舞队第五，有拂霓裳队。

【福寿千春】　调见《花草粹编》无名氏词。祝人"姓名即登雁塔"、"寿同龟鹤"之词也。（《钦定词谱》界为卢挚词。）

【祔陵歌】　见宋·无名氏词。又名《永裕陵歌》。宫廷祭祀之曲也。

【甘草子】　见寇准、柳永词。《乐章集》注：正宫。

【甘露滴乔松】　调见《翰墨全书》宋·无名氏词。

【甘露歌】 调见《乐府雅词》王安石词。一名《古祝英台》。词分三段，各段句式皆同，唯换韵耳。

【甘州遍】 见《花间集》毛文锡词。唐教坊大曲有《甘州》，凡大曲多遍，此则《甘州曲》之一遍也。

【甘州歌】 七言四句，见唐·符载词。

【甘州令】 见柳永词。《碧鸡漫志》：仙吕调有《甘州令》。

【甘州曲】 唐教坊曲名。见王衍词。《唐书·礼乐志》：天宝间乐曲皆以边地为名，甘州其一也。顾敻词名《甘州子》。。

【感恩多】 唐教坊曲名。见牛峤词。

【感皇恩】 唐教坊曲名。陈旸《乐书》：祥符中，诸工请增龟兹部如教坊，其曲有双调《感皇恩》。见毛滂词。

【感庭秋】 见王吉昌词。

【干荷叶】 刘秉忠自度曲，取起句"干荷叶"三字为名。（词二首皆然。）

【高山流水】 调见《梦窗词》吴文英自度曲。赠丁基仲妾作。丁妾善琴，故以《高山流水》为调名。

【高阳台】 见王观词。刘镇词又名《庆春泽》；王沂孙词，名《庆春宫》。

【纥那曲】 见刘禹锡五言绝句。"纥那"，或曲之和声也。

【歌　头】 见李存勖词。《尊前集》注：大石调。

【高溪梅令】 姜夔自度曲。原注：仙吕调。一作《高溪梅令》。

【隔帘花】 见曹勋词。词有"透影帘栊烘春霁"，咏题也。

【隔帘听】 唐教坊曲名。见柳永词。《乐章集》注：林钟商。词有"隔帘听，赢得断肠多少"，故名。

【隔浦莲】 见周邦彦词。《白居易集》有《隔浦莲》曲，调名本此。又名《隔浦莲近拍》。

【个　侬】 见廖莹中词，其起句为"恨个侬无赖"，故名。

【更漏子】 始于温庭筠，其词之一结句"觉来更漏残"，其名所由乎？四十六字体。

【更漏子慢】 见杜安世词，一百零四字体。为区分于令词，加一"慢"字。

【宫怨春】 见《敦煌曲子词》（《敦煌残卷》斯二六〇七卷）。

【缑山月】 见梁寅词。蒋氏《九宫谱目》，入正宫引子。

【孤馆深沉】 调见宋黄大舆编《梅苑》，权无染词。

【孤　鸾】 调见马子严、赵以夫词。

【孤　鹰】 见《鸣鹤馀音》卷之一马钰词。

【古香慢】 吴文英自度曲，咏桂词也。原注"夷则商，犯无射宫"。

【古阳关】 以王维《阳关曲》（《渭城曲》）翻唱，见宋·无名氏词。

【鼓笛令】　　调见黄庭坚《黄山谷集》。宋词《鼓笛慢》乃《水龙吟》别体，与此不同。

【刮鼓社】　　见王哲词。词起句"刮鼓社，这刮鼓、本是仙家乐"，其名所由也。

【挂金灯】　　见马钰词。

【挂金索】　　见高道宽词。

【归朝欢】　　见柳永词。词结句"归去来，玉楼深处，有个人相忆"，其名之意也。《乐章集》注：夹钟商。辛弃疾词，有"菖蒲自照清溪绿"句，名《菖蒲绿》。

【归国遥】　　唐教坊曲名。见《花间集》温庭筠词。元·颜奎词名《归平谣》。

【归去来】　　调见柳永《乐章集》。两词之结皆为"归去"，词题也。四十九字者注正平调，五十二字者注中吕宫。

【归去来分引】（组词）　见杨万里词。以渊明诗意述之，故名。

【归田乐】　　见晁补之词。

【归田乐令】　　见蔡伸词。原名《归田乐》，为别于晁补之词，名为《归田乐令》。

【归田乐引】　　见《乐府雅词》无名氏词。咏乡居之乐也。

【归自谣】　　见冯延巳词。（《钦定词谱》录为欧阳修词。）《乐府雅词》注：道调宫。一名《风光子》，赵彦端词名《思佳客》。

【桂殿秋】　　见向子諲词。词结句"桂子初开玉殿风"，题意也。

【桂枝香】　　调见《乐府雅词》王安石词。张辑词，有"疏帘淡月"句，又名《疏帘淡月》。

【辊金丸】　　见金元·杨真人词。

【辊（滚）绣球】　　调见《惜香乐府》赵长卿词。

【郭郎儿近拍】　　见柳永词。调见《乐章集》，注仙吕调。《乐府杂录》：傀儡子戏，其引歌舞，有郭郎者，善优笑。调名或据此。

【郭郎儿慢】　　见王哲词。

【聒龙谣】　　调见朱敦儒《樵歌词》。词有"聒龙啸"句，取以为名。

【国　香】　　见张炎词。周密词，名《国香慢》，自注夷则商。张元幹词赋十月桃，又名《十月桃》；《梅苑》无名氏词，咏十月梅，即名《十月梅》。

【过涧歇近】　　见柳永词。《乐章集》注：中吕调。又名《过涧歇》。

【过秦楼】　　调见《乐府雅词》李甲词。词结句"曾过秦楼"，取以为名。别于《选冠子》。

【海棠春】　　此调始自秦观。词中有"试问海棠花，昨夜开多少"句，故名。马庄父词名《海棠花》，史达祖词名《海棠春令》。

【憨郭郎】　　见马钰词。

【汉宫春】　　见晁冲之、《梅苑》无名氏及康与之词。《高丽史·乐志》名《汉宫春慢》。杨缵词名《一枝春》。

【撼庭秋】　唐教坊曲名。晏殊词有"恨此情难寄，碧纱秋月"，题意也。一作《感庭秋》。

【撼庭竹】　平韵体见黄庭坚词，仄韵体见王诜词。

【好女儿】　始于晏几道词，六十二字体。

【好时光】　词见《尊前集》，李隆基制，取词结句三字为调名。

【好事近】　见宋祁词。张辑词有"恰钓船横笛"句，名《钓船笛》。

【喝火令】　调见《琴趣外篇》黄庭坚词。

【合宫歌】　见赵祯词。宫廷祭祀之曲也。

【合欢带】　见柳永词。《乐章集》注：林钟商。

【何满子词】　七言四句，见《敦煌曲子词》无名氏词四首。为区分于《何满子》，加一"词"字。

【何满子令】　五言四句，见《碧鸡漫志》卷四薛逢词。为区分于《何满子》，加一"令"字。

【何满子】　唐教坊曲名。见《花间集》和凝、毛熙震词。"何满子"，白居易诗注：开元中沧州歌者姓名。元稹诗云："便将何满为曲名，御府新题乐府纂。"一名《河满子》。

【河　传】　《河传》之名始于隋代，调创自温庭筠。韦庄词名《怨王孙》，宋人多宗之

【河渎神】　唐教坊曲名。见温庭筠词。温词中有"河上望丛祠"。《花庵词选》云：唐词多缘题所赋，《河渎神》之咏祠庙，亦其一也。

【荷花（华）媚】　调见东坡词集。（一作毛文锡词。）赋题本意也。

【荷叶杯】　唐教坊曲名。见《花间集》温庭筠、顾夐词。

【荷叶铺水面】　调见《花草粹编》康与之词。

【贺明朝】　见《花间集》欧阳炯词。清人讳"明"，改名《贺熙朝》。

【贺圣朝】　唐教坊曲名。见冯延巳词。

【贺圣朝慢】　见宋·无名氏词。

【贺新郎】　此调始自苏轼。叶梦得词，有"唱金缕"句，名《金缕歌》，又名《金缕曲》，又名《金缕词》；苏轼词，有"乳燕飞华屋"句，名《乳燕飞》，有"晚凉新浴"句，名《贺新凉》，有"风敲竹"句，名《风敲竹》；张辑词，有"把貂裘换酒长安市"句，名《貂裘换酒》。

【鹤冲天】　调见柳永《乐章集》。与《喜迁莺》、《春光好》别名《鹤冲天》者不同。

【恨春迟】　调见张先词集。

【恨欢迟】　见《梅苑》无名氏词。王灼词名《恨来迟》。

【红窗迥】　调见周邦彦《片玉词》及《词纬》。词中有"窗外乱红"句，故名。

【红窗听】　见晏殊词。柳永词注：仙吕调。一名《红窗睡》。

【红窗怨】　见王质词。词有"且须折赠、市桥官柳"，又名《市桥柳》。《钦定词谱》题蜀妓作。

【红林檎近】　始于《清真集》周邦彦词。

【红楼慢】　见吴则礼词。副题"赠太守杨太尉"。

【红罗袄】　唐教坊曲名。见周邦彦词。

【红芍药】　见王观词。蒋氏九宫谱目，入南吕调。

【红袖扶】　见王寂词。结句"玉山倒，从教唤起，红袖扶著"，故名。

【后庭花】　唐教坊曲名。见毛熙震词。张先词名《玉树后庭花》。《碧鸡漫志》云：《玉树后庭花》，陈后主制。

【后庭花破子】　见冯延巳词。其中有句"玉树后庭前"、"去年花不老"。

【后庭宴】　《庚溪诗话》云：宋宣和中，掘地得石刻唐词，调名《后庭宴》。此词上阕近《踏莎行》。

【胡捣练】　见晏殊词。此调与《捣练子》异，似《桃源忆故人》。一名《望仙楼》。

【胡渭州】　七言四句，见唐·张仲素词。

【蝴（胡）蝶儿】　调见《花间集》。取张泌词中起句为名。

【花发沁园春】　此调见花庵《绝妙词选》。仄韵体见刘圻父词，平韵体见王诜词。与《沁园春》异。

【花发状元红慢】　宋叶梦得《避暑录话》：刘几在神宗时，与范蜀公重定大乐，洛阳花品曰状元红，为一时之冠。乐工花日新，能为新声，汴妓部懿以色著，秘监致仕刘焘，精音律，熙宁中，几携花日新就部懿家，赏花欢咏，乃撰此曲，填词以赠之。

【花　犯】　调始《清真乐府》周邦彦词。周密词名《绣鸾凤花犯》。

【花非花】　调见白居易《长庆集》。以首句为调名。

【花酒令】　见宋·无名氏词。

【花前饮】　调见宋·杨湜《古今词话》，无名氏词上结："且共我、花前饮。"其名也。

【花上月令】　宋吴文英自度曲。

【花舞】（组词）　见史浩词。

【花心动】　此调始自周邦彦。但以史达祖词为正体。曹勋词，名《好心动》；曹冠词，名《桂飘香》；《鸣鹤余音》无名氏词，名《上升花》；《高丽史·乐志》无名氏词，名《花心动慢》。

【华清引】　苏轼词赋华清旧事，因以名调。

【华胥引】　见《清真集》周邦彦词。《列子》：黄帝昼寝而梦，游于华胥，既寤，怡然自得。又二十八年，天下大治，几若华胥国矣。调名取此。

【画堂春】　调见秦观《淮海集》，咏画堂春色也，故名。

【还宫乐】　见宋·无名氏词。

【还京乐】　唐教坊曲名。《唐书》：明皇自潞州还京师，制《还京乐》曲。宋词盖借旧曲名，另翻新声也。见周邦彦词。

【寰海清】　见王庭珪词。《宋史·乐志》：琵琶曲名，大石调。

【换遍歌头】　见王诜词。

【换巢鸾凤】　调见《梅溪词》，史达祖自制曲。词中有"换巢鸾凤教偕老"句，取以为名。

【换骨骸】　见王哲词。

【浣溪沙】　唐教坊曲名。见韦庄、韩偓词。张泌词，有"露浓香泛小庭花"句，名《小庭花》。

【浣溪沙慢】　调见《片玉集》周邦彦词。亦名《浣溪纱》。

【皇帝感】　七言四句，见敦煌作品。

【黄河清（慢）】　见晁端礼词。《铁围山丛谈》云：宣和初，燕乐初成，八音告备，有曲名《黄河清》。

【黄鹤洞仙】　见彭致中《鸣鹤余音》马钰词。（《卜算子》也，马钰称"带喝马一声"，故多出两"马"。）

【黄鹤引】　见宋·方勺《泊宅编》。阮田曹所制，方勺之父曾依此作。上结有"黄鹤秋风相送"，故名。

【黄鹂绕碧树】　调见《清真乐府》周邦彦词。

【黄莺儿】　调见《乐章集》柳永词。原注正宫。词咏黄莺儿，取以为名。

【黄莺儿令】　见侯善渊词。

【黄锺乐】　唐教坊曲名。见《花间集》魏承班词。

【蕙兰芳引】　调见《清真乐府》周邦彦词。杨泽民词一名《蕙兰芳》。

【蕙清风】　见贺铸词。

【蕙香囊】　见欧阳修词。

【击梧桐】　此调一百零八字体见《乐章集》柳永词，一百十字体见《乐府雅词》李甲词。

【鸡叫子】　七言四句，见张耒词。

【极相思】　见蔡伸词。其词一起句"相思情味堪伤"，另一词结句"登高念远，无限凄凉"，其名意乎？一名《极相思令》。

【集贤宾】　始于毛文锡词。《乐章集》注：林钟商调，一名《接贤宾》。柳永一百十七字词，系毛词之双叠也。

【集贤宾慢】　见王哲词。加一"慢"字，以区分于《集贤宾》。

【芰荷香】　调见《大声集》万俟咏词。词即写湖光水色也。

【祭天神】　调见柳永《乐章集》，八十四字词注中吕调，八十五字词注歇指调。

【夹竹桃花】　见曹勋词。词有"花腮藏翠，高节穿花遮护"，咏题也。

【佳人醉】　见柳永词。《乐章集》注：双调。

【家山好】　调见《湘山野录》无名氏词。词中有"水晶宫里家山好"句，取为调名。
　　　　　　一说为刘述词。

【减字木兰花】　见欧阳修词。《木兰花令》始于韦庄，冯延巳制《偷声木兰花》。《梅
　　　　　　苑》李子正词名《减兰》，徐介轩词名《木兰香》；《高丽史·乐
　　　　　　志》无名氏词，名《天下乐令》。《乐章集》注：仙吕调。

【翦（剪）牡丹】　调见张先词。《宋史·乐志》：女弟子舞队，第四曰佳人剪
　　　　　　牡丹队。调名本此。

【剑器】　五言八句，见敦煌曲子词。

【剑器近】　《宋史·乐志》：教坊奏《剑器》曲，其一属中吕宫，其二属黄钟宫，
　　　　　　又有剑器舞队，此云近者，其声调相近也。见袁去华词。

【剑舞】（组词）　见史浩词。

【江城梅花引】　见程垓词，亦名《摊破江城子》。周密词，三声叶韵者，名《梅
　　　　　　花引》，全押平韵者，名《明月引》；陈允平词，名《西湖明月引》。

【江城子】　唐词单调，见韦庄词；至宋人始作双调，见苏轼词。晁补之改名《江
　　　　　　神子》，韩淲词有"腊后春前村意远"句，名《村意远》。

【江城子慢】　调见吕渭老集。一百零九字体，与《江城子》令词不同。蔡松年词，
　　　　　　名《江神子慢》。

【江楼令】　见吴则礼词。

【江南春曲】　七言四句，见王建、白居易词。

【江南春】　吴文英自度曲，注小石调。

【江南弄】　见周巽词。词四首，写江南四季情景也。

【江月晃重山】　调见杨慎《词林万选》陆游词。每段上三句《西江月》体，下
　　　　　　二句《小重山》体。

【降仙台】　见洪适词。宫廷祭祀之曲也。

【降中央】　见王吉昌词。

【绛都春】　仄韵见吴文英词，平韵见陈允平词。宋词多填仄韵。蒋氏九宫谱注：
　　　　　　黄钟宫。

【角　招】　调见赵以夫《虚斋集》，自注：姜夔制《角招》、《徵招》二曲，

余以《角招》赋梅。古乐府有大、小《梅花》，皆角声也。

【结带巾】　见宋·无名氏词。起句"头巾带"。

【解蹀躞】　始见《清真集》周邦彦词。曹勋词，名《玉蹀躞》。

【解　红】　《宋史·乐志》：小儿舞队有解红，其曲失传。陈旸《乐书》载和凝作。
与《赤枣子》、《捣练子》、《桂殿秋》诸词字句悉同，所辨在每
句平仄之间。

【解红慢】　调见《鸣鹤余音》卷一元·三于真人词。

【解连环】　此调始自柳永。词有"信早梅、偏占阳和"及"时有香来，望明艳、
遥知非雪"句，名《望梅》；后因周邦彦词有"信妙手、能解连环"
句，更名《解连环》；张辑词，有"把千种旧愁，付与杏梁雨燕"句，
又名《杏梁燕》。罗志仁词名《菩萨蛮慢》，一名《菩萨蛮引》。

【解佩令】　《韩诗外传》："郑交甫遇汉皋神女解佩"，调名取此。见《小山乐府》
晏几道词。

【解仙佩】　见欧阳修词。

【解语花】　见秦观词。王行词注：林钟羽。

【金错刀】　汉张衡诗："美人赠我金错刀"，调名本此。见《花草粹编》冯延巳词。

【金殿乐慢】　见宋·无名氏词。

【金凤钩】　见晁补之《琴趣外篇》。此调近《夜行船》。

【金浮图】　调见《尊前集》尹鹗词。

【金花叶】　见马钰词。

【金鸡叫】　见马钰词。马钰、王哲词，结句皆为"金鸡叫"，故名。

【金蕉叶】　此调始自柳永。词中有"金蕉叶泛金波霁"句，故名。

【金菊对芙蓉】　见康与之词。蒋氏九宫谱：中吕引子。辛弃疾词有"东篱菊有
黄花吐，对映水、几簇芙蓉"，故名。

【金莲绕凤楼】　调见《花草粹编》宋徽宗观灯词。

【金　陵】　见韩偓词，写金陵事也，故名。

【金缕曲】　七言四句，见杜秋娘词。其起句为"劝君莫惜金缕衣"，故名。

【金明池】　调见秦观《淮海词》。赋东京金明池，故名。李弥逊词名《昆明池》，
僧挥词名《夏云峰》。

【金钱子】　见宋·无名氏词。

【金人捧露盘】　见高观国词。一名《铜人捧露盘》；程垓词，名《上平西》；
张元幹词，名《上西平》，又名《西平曲》；刘昂词，名《上
平南》。《金词》注：越调。

【金童捧露盘】　见晁端礼词。元宵之际宫词也。

【金盏倒垂莲】　平韵者见晁补之《琴趣外篇》及《梅苑》无名氏词；仄韵者见曹勋《松隐词》。

【金盏儿】　见刘志渊词。

【金盏子】　此调仄韵者见《梅溪词》及《梦窗词》；平韵者，见《高丽史·乐志》无名氏词。

【金盏子令】　见《高丽史·乐志》宋·无名氏词。

【金字经】　见张可久词。《元史·乐志》：舞队有《金字经》曲。一名《阅金经》。元人小令也。

【锦缠道】　见宋祁词。《全芳备祖》无名氏词名《锦缠头》，江衍词名《锦缠绊》。

【锦瑟清商引】　见汪元量词。

【锦堂春】　调始见《青箱杂记》司马光词，名《锦堂春慢》。《梅苑》无名氏词词名《锦堂春》。

【锦香囊】　见欧阳修词。

【锦园春】　调见《全芳备祖·乐府》张孝祥词。卢祖皋双叠词名《锦园春三犯》、《月城春》，刘过词名《辘轳金井》、《四犯翦梅花》。

【锦帐春】　调见《稼轩集》。词有"春色难留"及"重帘不卷，翠屏天远"句，故名。

【九张机】　调见《乐府雅词》宋·无名氏词，有十一首为一组及九首为一组两类。

【酒泉子】　唐教坊曲名。见温庭筠词。潘阆词忆西湖诸胜，名《忆余杭》。

【菊花天】　见王哲词。

【菊花新】　《乐章集》注：中吕调。《齐东野语》云：《菊花新》谱，教坊都管王公谨作也。

【锯解令】　调见杨无咎《逃禅词》。

【倦寻芳】　见王雱词。其下阕起句："倦游燕、风光满目。"词题意也。王雱词注：中吕宫。潘元质词，名《倦寻芳慢》。

【罥马索】　调见《梅苑》宋·无名氏词。

【俊蛾儿】　见王哲词。词有"莫睁灯下俊蛾儿"，故名。

【看花回】　琴曲有《看花回》，调名本此。此调始自柳永。

【看花回慢】　此调始自黄庭坚。

【酷相思】　调见《书舟雅词》程垓词。词意如名。

【快活年近拍】　见万俟咏词。《金词》注：黄钟宫。

【蜡梅香】　仄韵体见吴师益词，平韵体见《梅苑》无名氏词。咏蜡梅词也。

【兰陵王】　唐教坊曲名。《碧鸡漫志》、《北齐史》及《隋唐嘉话》，称齐文襄之长子长恭封兰陵王，与周师战，尝著假面对敌。击周师金墉城下，勇冠三军，武士共歌谣之，曰《兰陵王入阵曲》。宋始于秦观词，但以周邦彦词为正体。

【浪淘沙令】　唐教坊曲名。七言绝句，创自刘禹锡、白居易。

【浪淘沙】　见李煜词。《乐章集》注：歇指调。蒋氏《九宫谱目》：越调。

【浪淘沙慢】　见柳永词。《乐章集》注：歇指调。

【老君吟】　见王吉昌词。

【乐世词】　七言四句，见敦煌作品。

【乐语】（组词）　见王义山词。

【离别难令】　五言四句，见封特卿词。写送别也，故名。为区分于《离别难》，加一"令"字。

【离别难】　唐教坊曲名。见《花间集》薛昭蕴词，八十七字，写离别之情也。

【离别难慢】　见柳永词。一百十二字体，原名《离别难》，为别于薛昭蕴八十七字体，改今名。

【离苦海】　七言八句，见丘处机词。

【离亭燕】　调始张先。词中有"随处是、离亭别宴"句，取以为名。（宴与燕通。）

【荔枝香】　《唐史·乐志》：帝幸骊山，贵妃生日，命小部张乐长生殿，奏新曲，未有名，会南方进荔枝，因名《荔枝香》。此调七十六字者，始自柳永；七十三字者始自周邦彦，一名《荔枝香近》。

【荔子丹】　调见《高丽史·乐志》宋·无名氏词。

【连理枝】　见李白词。程垓词，名《红娘子》；刘过词，名《小桃红》，又名《灼灼花》。

【恋芳春慢】　调见万俟咏《大声集》。崇宁中，咏充大晟府制撰，依月用律制词，多应制之作。此词自注寒食前进，故以"恋芳春"为名也。

【恋情深】　唐教坊曲名。毛文锡词二首结句均为"恋情深"，故名。

【恋香衾】　见吕渭老词。金词注：仙吕调。

【恋绣衾】　见朱敦儒词。韩淲词，有"泪珠弹，犹带粉香"句，名《泪珠弹》。

【凉州歌】　调见康熙本《古今词话·词话》上卷引《乐府衍义》王之涣词。七言四句。

【凉州歌组词】见内府本《词谱·卷四○》无名氏词。组词。凡五首为一组，其第三首为五言四句，其余为七言四句。为别于七言四句体，加"组词"二字。

【梁州令】　唐教坊曲名。凉州即梁州。见晏几道词。晁补之词名《梁州令叠韵》，合两首为一首也。

【两同心】　此调仄韵者创自柳永，平韵者创自晏几道，三声叶韵者创自杜安世。

【林钟商小品】　见宋·无名氏词。

【临江仙】　唐教坊曲名。初咏水仙。柳永词注：仙吕调；高拭词注：南吕调。

【临江仙慢】　见柳永词。《乐章集》注：仙吕调。

【临江仙引】　见《乐章集》柳永词。注南吕调。

【玲珑四犯】　此调创自周邦彦《清真集》。

【玲珑玉】　调见凤林书院元词，姚云文自度曲。

【留春令】　调见晏几道《小山乐府》。上结："写无限、伤春事。"

【留客住】　唐教坊曲名。见柳永词。《乐章集》注：林钟商。

【柳初新】　见柳永词，写初春之景也。《乐章集》注：大石调。

【柳含烟】　唐教坊曲名。《花间集》毛文锡词有"河桥柳，占芳春，映水含烟拂露"
　　　　　句，取为调名。

【柳青娘】　见敦煌曲子词。

【柳梢青】　见秦观词。有平韵、仄韵两体。押平韵者，韩淲词有"云淡秋空"句，
　　　　　名《云淡秋空》；有"雨洗元宵"句，名《雨洗元宵》；有"玉水明沙"句，
　　　　　名《玉水明沙》；张雨词，名《早春怨》。押仄韵者，《古今词话》
　　　　　无名氏词，有"陇头残月"句，名《陇头月》。

【柳　枝】　七言四句。贺知章词有："万条垂下绿丝绦"，咏柳枝也，故名。

【六　丑】　调见《清真乐府》周邦彦词。周密《浩然斋雅谈》称周邦彦释之为"此
　　　　　犯六调……昔高阳氏有子六人，才而丑，故以比之。"

【六国朝】　见杨弘道词。

【六花飞】　调见《松隐集》曹勋词。宫廷寿词。

【六桥行】　见周端臣词。副题"西湖"，词有句"还又是、六桥秋晚"，故名。

【六么令】　《碧鸡漫志》：《六幺》一名《绿腰》，一名《乐世》，一名《录要》。
　　　　　或云，此曲折无过六字者，故曰《六幺》。见柳永词。

【六　州】　《文献通考》云，宋鼓吹四曲为《十二时》、《道引》、《降仙台》、
　　　　　《六州》。见《宋史·乐志》无名氏词。宫廷庆典、祭祀之词也。

【六州歌】　七言四句，见岑参词。

【六州歌头】　程大昌《演繁录》：《六州歌头》，本鼓吹曲也，近世好事者倚
　　　　　　其声为吊古词，音调悲壮，又以古兴亡事实文之。见贺铸、刘褒词。

【龙山会】　见《虚斋乐府》赵以夫词。下阕起句："风流晋宋诸贤，骑台龙山，
　　　　　俯仰皆陈迹"，故名。《虚斋乐府》注：商调。

【楼上曲】　七言八句。调见张元幹《芦川词》。词中有"楼外、楼中"二句，故名。
　　　　　《玉楼春》偷声变体也。

【楼心月】　七言四句，见唐·无名氏词。

【陆州歌】 五言四句。调见《教坊记》无名氏词。凡七首为一组。

【露　华】 李白《清平调》词："东风拂槛露华浓"，调名本此。王沂孙词，有仄韵、平韵两体。周密平韵词，名《露华慢》。

【啰唝曲】 七言绝句。见刘采春词。唐范摅《云溪友议》云：金陵有啰唝楼，乃陈后主所建。

【缕缕金】 见宋·无名氏词。

【绿盖舞风轻】 调见《苹洲渔笛谱》，词题为"白莲赋"，周密咏荷花自度曲也。

【轮台子】 见柳永词。《乐章集》注：中吕调。咏羁旅之苦也。轮台戍边，故名？

【轮台子慢】 见柳永词。见《花草粹编》。一百四十字体，原名《轮台子》，为区别于一百十四字谱，改用此名。亦咏羁旅之苦也。

【落梅花】 见王诜词。咏梅词也，词中有："但风流尘迹，香艳浓时，未多吟赏，已成轻掷。" 其名之意也。《梅苑》宋·无名氏词，名《落梅慢》。

【落梅风】 调见《梅苑》、《词鹄》宋·无名氏咏梅词。

【马家春慢】 调见宋·无名氏词。咏春词也。（《钦定词谱》录为《东山乐府》贺铸词。）

【麦秀两歧（岐）】 唐教坊曲名。见《尊前集》和凝词，香奁词也。《碧鸡漫志》云：属黄钟宫。

【满朝欢】 见柳永词。《乐章集》注：大石调。

【满宫花】 《花间集》尹鹗赋宫怨词，有"满地禁花慵扫"句，故名。

【满江红】 仄韵词，宋人填者最多，以柳永词为正体，《乐章集》注仙吕调，高栻词注南吕调；平韵词，只有姜夔词一体，宋元人俱如此填。

【满路花】 此调平韵者始自柳永，仄韵者始自秦观。或名《促拍花满路》。秦观词，一名《满园花》；周邦彦词，名《归去难》；袁去华词，名《一枝花》；牛真人词，名《喝马一枝花》。

【满庭芳】 见晏几道词。其词首有"南苑吹花，西楼题叶，故园欢事重重。"名取其意也。平韵者，周邦彦词，名《锁阳台》；葛立方词，有"要看黄昏庭院，横斜映霜月朦胧"句，名《满庭霜》；晁补之词，有"堪与潇湘暮雨，图上画扁舟"句，名《潇湘夜雨》；韩淲词，有"甘棠遗爱，留与话桐乡"句，名《话桐乡》；吴文英词，因苏轼词有"江南好，千钟美酒，一曲满庭芳"句，名《江南好》；张埜词，名《满庭花》；《太平乐府》注中吕宫，高栻词注中吕调。仄韵者，《乐府雅词》、《古今词话》无名氏词名《转调满庭芳》。

【慢卷紬（绸）】 见柳永词，咏闺怨也。《乐章集》注：夹钟商。

【茅山逢故人】 调见元人《叶儿乐府》张雨词。近《贺圣朝》。

【眉　妩】　见姜夔词。姜夔词注：一名《百宜娇》。怀人词也。

【梅花曲】　调见《宋史·乐志》刘几词。词三首，以王安石咏梅三诗度曲而成。实乃三谱。

【梅花引】　此调有五十七字、一百十四字两体，后者即五十七字体再加一叠。高宪词有"须信在家贫也乐"句，名《贫也乐》。

【梅弄影】　调见《丘密集》咏梅词，词有"不废梅花"、"巡池看弄影"，故名。

【梅梢月】　见杨弘道词。副题"歌女"。

【梅子黄时雨】　调见张炎《山中白云词》。其自度曲也。

【孟家蝉】　见潘汾词。若平韵《玉漏迟》。

【梦芙蓉】　吴文英自度曲。题赵昌所画芙蓉作也，因词有"梦断琼仙"句，故名《梦芙蓉》。

【梦横塘】　调见《苕溪词》刘一止词。羁旅之词也。

【梦还京】　见柳永词。《乐章集》注：大石调。咏羁旅之愁。

【梦兰堂】　见冯时行词。副题"送史谊伯倅潼川"。送别之词也。

【梦仙乡】　调见张先词集。思佳人之词也。

【梦行云】　调见《梦窗词薰》吴文英词，咏佳人也。一名《六幺花十八》。《碧鸡漫志》云：六幺曲内一叠，名《花十八》，前后十八拍。

【梦江南】　五言四句，见张祜词。词末两句："尽日碧江梦，江南红树春"，故名。

【梦扬州】　秦观自制曲。词结句："频梦扬州"。以此名也。

【梦玉人引】　仄韵体见沈会宗词，平韵体见吕渭老词。

【迷神引】　见柳永词。《乐章集》注：中吕调。

【迷仙引】　见《乐章集》柳永词。

【迷仙引慢】　见杨湜《古今词话》无名氏词。咏佳人离思也。

【明月照高楼慢】　见万俟咏词。中秋应制之作也。

【明月逐人来】　《能改斋漫录》云：李持正自撰谱。词有"皓月随人近远"句，故名。

【鸣　梭】　谭宣子自度词，起句"织绡机上度鸣梭"，故名。

【摸鱼儿】　唐教坊曲名。一名《摸鱼子》。见晁补之词。晁补之词，有"买陂塘，旋栽杨柳"句，更名《买陂塘》，又名《陂塘柳》，或名《迈陂塘》；辛弃疾赋怪石词，名《山鬼谣》；李冶赋并蒂荷词，有"请君试听双蕖怨"句，名《双蕖怨》。

【陌上花】　见张萧词。《东坡词话》：钱塘人好唱《陌上花》，缓缓曲，盖吴越王遗事也。

【莫打鸭】　见梅尧臣词。起句"莫打鸭，打鸭惊鸳鸯"，故名。

【蓦山溪】　见欧阳修词。《金词》注：大石调。

【木　笪】　唐《教坊记》及宋修内司所刊《乐府浑成集》均有《木笪》曲名。《太平乐府》有白朴套数乐府《乔木笪》词一套。

【木兰花慢】　见柳永词。柳永《乐章集》注：高平调。

【暮花天】　见陈亮词，写牡丹、芍药暮春之花事也。

【穆护砂】　见宋裴词。唐人张祜，有五言绝句题曰《穆护砂》，调名本此。因旧曲另倚新声也。

【内家娇】　见柳永词。《乐章集》注：林钟商。

【南歌子令】　五言四句，见裴諴词。为区别于《南歌子》，加一"令"字

【南歌子】　唐教坊曲名。单调者始自温庭筠词，双调平韵者始自毛熙震词，仄韵者始自《乐府雅词》。

【南　浦】　唐《教坊记》，有《南浦子》曲，宋词盖借旧曲名，另倚新声也。宋人多填仄韵体，以张炎词为正体。平韵体见鲁逸仲词。

【南浦送别】　谭宣子自度词。《翰墨全书》、《钦定词谱》录为张先词，词前结为"疏鼓叠、春声碎"，又名《春声碎》。

【南乡一剪梅】　见虞集词。每阕上三句《南乡子》体，下二句《一剪梅》体。

【南乡子】　唐教坊曲名。此词有单调、双调。单调者始自欧阳炯词，双调者始自冯延巳词。

【南州春色】　调见元·陶毅《辍耕录》汪梅溪词，《花草粹编》、《钦定词谱》收录。词中有"管取南州春色"句，取以为名。《全宋词》定为王十朋词。

【霓裳中序第一】　见姜夔词。白居易《霓裳羽衣舞歌》自注云：散序六遍无拍故不舞，中序始有拍，亦名拍序。《霓裳曲》凡十二叠，至七叠中序始舞为中序第一，盖舞曲之第一遍也。

【念奴娇】　见苏轼词。苏轼"赤壁怀古"词，有"大江东去，一樽还酹江月"句，因名《大江东去》，又名《酹江月》，又名《赤壁词》，又名《酹月》；曾觌词，名《壶中天慢》；戴复古词，有"大江西上"句，名《大江西上曲》；姚述尧词，有"太平无事，欢娱时节"句，名《太平欢》；韩淲词，有"年年眉寿，坐对南枝"句，名《寿南枝》，又名《古梅曲》；姜夔词，名《湘月》；张辑词，有"柳花淮甸春冷"句，名《淮甸春》；米友仁词，名《白雪词》；张矱词，名《百字令》，又名《百字谣》；丘长春词，名《无俗念》；游文仲词，名《千秋岁》；《翰墨全书》无名氏词，名《庆长春》，又名《杏花天》。

【女冠子】　唐教坊曲名。始于温庭筠。

【女冠子慢】　始于柳永。为区分于《女冠子》，加一"慢"字。

【怕春归】　见蔡松年词。副题"秋山道中，中夜闻落叶声有作"。

【抛球乐】　唐教坊曲名。此调三十字者始于刘禹锡词；三十三字者始于冯延巳词。

【抛球乐慢】　柳永借旧曲名，作一百八十七字体。《乐章集》注：林钟商调。
　　　　　　原名《抛球乐》，为别于令词，加一"慢"字。

【琵琶仙】　姜夔自度黄钟商曲。副题曰：吴都赋云：户藏烟浦，家具画船。唯
　　　　　吴兴为然。春游之盛，西湖未能过也。己酉岁，予与萧时父载酒南郭，
　　　　　感遇成歌

【平湖乐】　见王恽词。王恽词有"人在平湖醉"，故名。元·无名氏词有"宜
　　　　　插小桃红"，故名《小桃红》；《太平乐府》无名氏词有"采莲湖
　　　　　上采莲娇"，亦名《采莲词》。

【品　令】　见曹组词。宋人填《品令》者，类作俳语，其句读亦不一。王行词注：
　　　　　夷则商。

【品字令】　见宋·了元（佛印）词。

【凭阑人】　见邵亨贞词。《太平乐府》注越调，即黄钟之商声也。

【婆罗门】　见敦煌曲子词，起句"望月婆罗门"。

【婆罗门令】　调见柳永《乐章集》，原注夹钟商。

【婆罗门引】　唐《教坊记》有《婆罗门》小曲，《宋史·乐志》有婆罗门舞队。
　　　　　　见曹组《望月》词。《梅苑》无名氏词，名《婆罗门》；段克己词，
　　　　　　名《望月婆罗门引》。

【破阵乐】　唐教坊曲名。见柳永词。《宋史·乐志》：正宫。柳永《乐章集》注：
　　　　　林钟商。

【破阵子】　唐教坊曲名。见晏殊词。陈旸《乐书》云：唐破阵子乐，属龟兹部，
　　　　　秦王所制。一名《十拍子》。

【破字令】　调见《高丽史·乐志》宋·无名氏词。又名《寿延长破字令》。此
　　　　　高丽寿延长舞队曲也，其中杂用唐乐。

【扑蝴蝶】　见曹组词。邵叔齐词，名《扑蝴蝶近》。

【菩萨蛮】　唐教坊曲名。见李白词。唐苏鄂《杜阳杂编》云：大中初，女蛮国入贡，
　　　　　危髻金冠，璎络被体，号菩萨蛮队，当时倡优遂制《菩萨蛮》曲。
　　　　　孙光宪《北梦琐言》云：唐宣宗爱唱《菩萨蛮》词，令狐绹命温庭
　　　　　筠新撰进之。温词有"小山重叠金明灭"句，名《重叠金》。南唐
　　　　　李煜词名《子夜歌》，一名《菩萨鬘》。韩淲词有"新声休写花间意"
　　　　　句，名《花间意》；又有"风前觅得梅花句"，名《梅花句》；有"山
　　　　　城望断花溪碧"句，名《花溪碧》；有"晚云烘日南枝北"句，名《晚

云烘日》。《宋史·乐志》：女弟子舞队名。《尊前集》注：中吕宫。
一名《一箩金》。

【浦湘曲】　见蔡士裕词。

【七宝玲珑】　见马钰词。

【七娘子】　见毛滂词。

【七骑子】　见《重阳全真集》卷之十一王哲词。

【凄凉犯】　姜夔自度曲。其自序云："琴有《凄凉调》，假以为名。"白石调注：
仙吕调，犯商调。

【戚　氏】　见柳永词。《乐章集》注：中吕调。丘处机词名《梦游仙》。

【期夜月】　《花草粹编》原注：乐部中，惟杖鼓鲜有能工之者，京师官妓杨素
娥最工，刘浚酷爱之，作《期夜月》词，素娥以此名动京师。

【齐天乐】　见周邦彦词。周邦彦词有"绿芜凋尽台城路"句，又名《台城路》；
沈端节词，名《五福降中天》；张辑词有"如此江山"句，名《如
此江山》。

【绮寮怨】　调见《片玉词》周邦彦词。

【绮罗香】　调始史达祖《梅溪词》。

【千金意】　见宋·无名氏词。（依托为"琴精"词。）

【千年调】　见《乐府雅词》，曹组词名《相思会》。因词有"刚作千年调"句，
辛弃疾改名《千年调》。元好问词名《思仙会》，马钰词名《平等会》。

【千秋岁】　见秦观词。《宋史·乐志》：歇指调；《金词》注：中吕调。一名《千
秋节》。

【千秋岁引】　见王安石词。由《千秋岁》调，添字减字、摊破句法，自成一体。《高
丽史·乐志》无名氏词，名《千秋岁令》；李冠词，名《千秋万岁》。

【峭寒轻】　见曹勋词。词有"正万梅都开，峭寒天气"，故名。

【且坐令】　调见《东浦词》韩玉词。咏闺怨也。

【琴调相思引】　见周邦彦词。袁去华词名《相思引》，房舜卿词名《玉交枝》，
周紫芝词名《定风波令》。

【沁园春】　见苏轼词。张辑词，结句有"号我东仙"句，名《东仙》；李刘词，
名《寿星明》；秦观减字词，名《洞庭春色》。

【青房并蒂莲】　见周邦彦词。副题"维扬怀古"。

【青门引】　调见《乐府雅词》、《天机余锦》张先词。伤春之词。

【青门饮】　调见《淮海词》秦观词。黄裳词亦名《青门引》，然与《青门引》
令词不同。

【青门怨】　见宋·无名氏词。咏闺怨也。王质词亦名《怨春郎》。

【青玉案】　见李煜、贺铸词。汉张衡诗："何以报之青玉案"，调名取此。韩淲词，有"苏公堤上西湖路"句，名《西湖路》。

【倾杯近】　调见袁去华集。

【倾杯乐】　唐教坊曲名。《乐府杂录》云：《倾杯乐》，宣宗喜吹芦管，自制此曲。见柳永词。

【倾杯令】　见吕渭老词。唐教坊曲有《倾杯乐》，调名本此。

【倾杯序】　见无名氏词。

【清波引】　调见《白石集》，姜夔自度曲。

【清风八咏楼】　见王行词。王行词注林钟商曲。沈隐侯守东阳，建八咏楼，其地又有双溪之胜，故曰"明月双溪水，清风八咏楼"，调名取此。

【清风满桂楼】　调见《松隐集》曹勋词。

【清江曲】　七言八句，苏庠泛舟清江作也。上阕近《瑞鹧鸪》，下阕近《玉楼春》，平仄可不拘。

【清平乐】　汉乐府有《清乐》、《平乐》。李白曾制《清平乐》四首。张辑词有"忆著故山萝月"句，名《忆萝月》。张翥词有"明朝来醉东风"句，名《醉东风》。

【清平乐令】　《冷斋夜话》云：黄鲁直登荆州亭，见亭柱间有此词，夜梦一女子云"有感而作"，鲁直惊悟曰：此必吴城小龙女也。因又名《荆州亭》、《江亭怨》。

【清平令破子】　见宋·无名氏词，《清平乐》摊破而得也。

【清平调】　七言四句，调见李白词。《碧鸡漫志》云：清平调辞，乃于清调、平调制词也。

【清商怨】　见欧阳修词。古乐府有《清商曲辞》。周邦彦以晏词有"关河愁思"句，更名《关河令》，又名《伤情怨》。

【清心月】　见马钰词。调似拟《唐多令》。

【清夜游】　见周端臣词。自注越调。

【情久长】　调见《圣求词》吕渭老词。

【晴偏好】　见李霜崖《晴偏好》词。结句"波光潋滟晴偏好"，调名由也。

【庆春宫】　一名《庆宫春》。此调平韵体始自北宋，有周邦彦等词；仄韵体始自南宋，有王沂孙等词。

【庆春时】　调见《小山乐府》晏几道词二首，俱庆赏春时宴乐也。

【庆春泽】　始自张先词，咏春时情景也。与《高阳台》别名《庆春泽》者异。

【庆金枝】　见张先词。《高丽史·乐志》宋·无名氏词，中有"莫惜金缕衣"、"莫待折空枝"。一名《庆金枝令》。

【庆千秋】　调见《翰墨全书》宋·无名氏词。寿词也。

【庆清朝】　见王观、史达祖词。一作《庆清朝慢》。酷似《高阳台》。

【庆寿光】　见晁端礼词。寿词也。

【庆宣和】　见元·张可久《小山乐府》。此元人小令，亦名《叶儿乐府》。

【秋风清】　以李白词首句名之。一名《秋风引》。寇准词名《江南春》，刘长卿仄韵词名《新安路》。

【秋　霁】　此调始自胡浩然，以史达祖词为正体。赋春晴词即名《春霁》，赋秋晴词即名《秋霁》。

【秋蕊香】　四十八字，始于晏殊。晏词有"梅蕊雪残香瘦"。

【秋蕊香慢】　九十七字，始于《虚斋乐府》赵以夫词，咏木犀，即赋题本意也。陈亮词又名《秋兰香》。原名亦为《秋蕊香》，为别于四十八字体，加一"慢"字。

【秋蕊香引】　柳永自度曲也。《乐章集》注：小石调。

【秋　思】　调见《梦窗词》，吴文英自度腔。词意如题。词有"偏称画屏秋色"句，又名《画屏秋色》。

【秋宵吟】　姜夔自度越调曲。秋夜咏秋之作也。

【秋夜雨】　调见蒋捷《竹山乐府》，词题咏秋夜。

【秋夜月】　调见《尊前集》尹鹗词。词起句"三秋佳节"，结句"夜深、窗透数条寒月"，取以为名。

【曲江秋】　见杨无咎词。韩玉词注：正宫。

【曲游春】　调见《苹州渔笛谱》周密词。咏西湖春景也。

【曲玉管】　见柳永词。唐教坊曲名。《乐章集》注：大石调。

【劝金船】　杨绘（元素）自撰腔。有苏轼、张先和词。张先词有"何人窨得金船酒"句，故名《劝金船》。

【鹊桥仙】　此调始自欧阳修。

【鹊桥仙慢】　见柳永八十八字体词。为区分于《鹊桥仙》，加一慢字。

【冉冉云】　见卢炳词，咏牡丹也，其若冉冉云霞作题意也？韩淲词有"倚遍阑干弄花雨"句，更名《弄花雨》。

【绕池游】　调见《乐府雅词》宋·无名氏词。写元宵都池民众赏游之场景，其题意也？

【绕池游慢】　调见《涧泉词》韩淲自度腔。系韩淲西湖赏荷而作。

【绕佛阁】　调见《清真乐府》周邦彦词。

【人月圆】　王诜词有"人月圆时"，故名。吴激词名《青衫湿》。

【如此江山】　见虞荐发词。副题"泛曲阿后湖"。其谱近《齐天乐》。

【如梦令】 宋苏轼词注：此曲本唐庄宗制，名《忆仙姿》。又名《宴桃源》、《醉桃源》；沈蔚词有"不见。不见"，一名《不见》；张辑词有"比著梅花谁瘦"，一名《比梅》；无名氏词名《古记》、《如意令》。金元道家词又名《无梦令》、《玩华胥》。

【如鱼水】 见柳永词。《乐章集》注：仙吕调。

【入　塞】 古乐府横吹曲有《入塞辞》，调名本此。见程垓《书舟词》。

【阮郎归】 调名本刘晨、阮肇入天台故事。见李煜词。丁持正词，有"碧桃春昼长"句，名"碧桃春"；李祁词名《醉桃源》；曹冠词名《宴桃源》；韩淲词，有"濯缨一曲可流行"句，名《濯缨曲》。

【软翻鞋】 见王处一词。王丹桂词上结"殷勤献，步云鞋"，一名《步云鞋》

【蕊珠闲】 调见赵彦端《介庵词》。

【瑞鹤仙】 见周邦彦词。元高拭词注：正宫。

【瑞龙吟】 见周邦彦词。

【瑞庭花引】 见莫蒙词。

【瑞云浓】 调见《逃禅集》杨无咎词。七十五字。

【瑞云浓慢】 见《龙川集》陈亮词。一百零四字。

【瑞鹧鸪近】 见欧阳炯词。此由《瑞鹧鸪》摊破句读，自度新声。为别之，加一"近"字。

【瑞鹧鸪慢】 见柳永词。此谱原名《瑞鹧鸪》，为别之，加一"慢"字。

【瑞鹧鸪】 见林逋、欧阳修词。《宋史·乐志》：中吕调。元高拭词注：仙吕调。《瑞鹧鸪》本七言律诗，因唐人歌之，遂成词调。

【睿恩新】 调见《珠玉词》晏殊词。此调近《金莲绕凤楼》。

【撒金钱】 见袁绹词。词中有"撒金钱，乱抛坠"，故名。

【塞　姑】 见《乐府诗集》无名氏词。盖唐时边塞闺人之词也。此亦六言绝句，其平仄不拘。仄韵《三台》也

【塞　孤】 调见《乐章集》柳永词，原注般涉调。

【塞翁吟】 调见《清真乐府》周邦彦词。取《淮南子》塞上叟事为调名。

【塞垣春】 调见《片玉词》周邦彦词。周密词起句"采绿鸳鸯浦"。又名《采绿吟》。

【三部乐】 调见东坡词。

【三登乐】 见《石湖词》，此调始自范成大。《汉书·食货志》：三考黜陟，余三年食，进业曰登，再登曰平，余六年食三登曰泰平，二十七岁，遗九年食，然后王德流洽，礼乐成焉。《三登乐》之调名取此。

【三奠子】 调见元好问《锦机集》。奠酒、奠声、奠璧为三奠。

【三姝媚】 调见史达祖《梅溪集》。

【三　台】　唐教坊曲名。见王建词。六言绝句也。宋·李济翁《资暇录》：三台，今之啐酒三十拍促曲。宋·张表臣《珊瑚钩诗话》：乐部中有促拍催酒，谓之三台。张说词名《舞马词》。沈括词名《开元乐》，其结句"翠华满陌东风"，又名《翠华引》。李景伯词其起句俱用"回波尔时"四字起，名《回波乐》。

【三台词】　调见《高丽史·乐志》无名氏词。此高丽抛球乐舞队曲也。又名《折花令》。

【三台令】　五言四句，见韦应物词。

【三台慢】　《唐音统签》云：唐曲有《三台》。乃大曲也。《乐苑》云：唐《三台》，羽调曲。见万俟咏词。《鸣鹤余音》卷一牛真人词名《宣静三台》。为别于《三台》，加一"慢"字。

【三字令】　调见《花间集》欧阳炯词。词中俱三字句，故名。

【散天花】　唐教坊曲名。见舒亶词。此谱应并入《朝玉阶》，唯下阕起句平仄略异。

【散馀霞】　见毛滂词。谢朓诗句"馀霞散成绮"，调名本此。

【扫花游】　调见周邦彦《清真词》。词有"占地持杯，扫花寻路"句，取以为名，又名《扫地游》、《扫地花》。

【扫寺舞】　唐教坊曲名。见《梅苑》无名氏词。一名《扫地舞》。似《撷芳词》。

【沙塞子】　唐教坊曲名。见《花草粹编》朱敦儒词。一名《沙碛子》。

【纱窗恨】　唐教坊曲名。毛文锡词有"月照纱窗，恨依依"句，取以为名。

【山花子】　唐教坊曲名。见李璟词。一名《南唐浣溪沙》，《梅苑》名《添字浣溪沙》，《乐府雅词》名《摊破浣溪沙》，《高丽史·乐志》名《感恩多令》。

【山坡羊】　见葛长庚词。

【山亭柳】　此调平韵者始自晏殊，仄韵者始自杜安世。

【山亭宴】　调见张先词集。张先自度曲也。起句"宴亭永昼喧箫鼓"，谱名意也。

【伤春曲】　见五代·无名氏词。词咏伤春之情，题意也。

【伤春怨】　《能改斋漫录》云王安石梦中作也。王词有"与君相逢处，不道春将暮。"

【赏南枝】　调见《梅苑》词，曾巩自度曲。咏梅词。词有句"对景见南山，岭梅露、几点清雅容姿"，题意也。

【赏松菊】　调见曹勋《松隐集》。系曹勋自度曲。宫廷寿词也。

【上丹霄】　见长筌子词。

【上林春】　见晁补之词。《宋史·乐志》：中吕宫。咏都城元夜之景。

【上林春令】　见毛滂词。《宋史·乐志》：中吕宫。所咏乃春之情景也。

【上行杯】　唐教坊曲名。见韦庄、孙光宪词。韦庄词咏行前劝酒之场景。

【少年心】　调见山谷词。黄庭坚词结句"心儿里、有两个人人"，谱名之意也。

【少年游】　调见《珠玉集》。晏殊词结句"长似少年时"，取以为名。韩淲词，有"明窗玉蜡梅枝好"句，更名《玉蜡梅枝》；萨都剌词，名《小阑干》。

【少年游慢】　调见张先词。其上下结为"少年得意时节"、"鞭梢一行飞雪"，故名。

【哨　遍】　见苏轼词。苏轼集注：般涉调。或作《稍遍》。

【神仙会】　见长筌子词。

【升平乐】　见吴奕词，其结句"且乐升平"。《宋史·乐志》：教坊都知李德升，作《万岁升平乐》曲。

【生查子】　唐教坊曲名。仄韵五律也。元·高拭词注：南吕宫。见温庭筠、韩偓词。

【声声慢】　见晁补之词。晁补之之词又名《胜胜慢》；吴文英词有"人在小楼"句，名《人在楼上》。

【声声令】　见章粢词。曹勋词名《胜胜令》。

【胜州令】　调见《花草粹编》郑意娘词。

【圣葫芦】　见王哲词。起句"这一葫芦儿有神灵"，故名。

【师师令】　杨慎《词品》：李师师，汴京名妓，张先为制新词，名《师师令》。

【十二时】　见敦煌作品。其谱多近仄韵七绝、七律或五绝。

【十二时慢】　仄韵体见柳永词，平韵体见《宋史·乐志》无名氏词。《花草粹编》无"慢"字。多为祭祀之曲耳。

【十六贤】　见曹勋词。

【十样花】　宋·李弥逊词十首，分咏十样花，故名。

【石湖仙】　姜夔自度曲，寿范成大作也。成大号石湖，故以《石湖仙》命调，《白石集》注：越调。

【石　州】　见《词品》卷一五代·无名氏词。（平韵《菩萨蛮》也）

【石州慢】　见贺铸词。《宋史·乐志》：越调。贺铸词有"长亭柳色才黄"句，又名《柳色黄》；谢懋词，名《石州引》。

【拾翠羽】　见《于湖集》张孝祥词。《洛神赋》："或拾翠羽"，调名取此。

【使牛子】　调见曹冠《燕喜词》。

【侍香金童】　见贺铸词。《开天遗事》：王元宝常于寝帐床前，雕矮童二人，捧一宝博山炉，自暝焚香彻晓，调名取此。《梅苑》无名氏词，即咏其事也。《金词》注：黄钟宫，又黄钟调。

【思帝乡】　唐教坊曲名。此调创自温庭筠。

【思归乐】　调见《乐章集》、《花草粹编》柳永词。词末两句"共君把酒听杜宇。解再三、劝人归去"，谱名取其意也。《乐章集》注：林钟商。

又名柳摇金、柳垂金。

【思远人】　调见《小山乐府》晏几道词，词中有"千里念行客"，故名。

【思越人】　调见《花间集》，孙光宪、张泌词皆咏西子，故名。与《鹧鸪天》
　　　　　　别名《思越人》不同。

【四犯令】　调见侯寘《懒窟词》。李处全词名《四和香》，关注词名《桂华明》。

【四槛花】　调见曹勋《松隐集》。曹勋自度曲也。

【四块玉】　见侯善渊词。

【四块玉慢】　见《鸣鹤余音》卷一金元·无名氏词。（为区分于《四块玉》，加
　　　　　　一"慢"字。）

【四时乐】　见宋·无名氏词。七言五句，四首词分写四季。

【四园竹】　调见《片玉集》周邦彦词。

【松梢月】　调见曹勋《松隐集》。词有"喜挹蟾华当松顶"句，取以为名。

【送入我门来】　调见《草堂诗余》胡浩然自度曲。词有"东风尽力，一齐吹送，
　　　　　　入此门来"之句，取以为名。

【送征衣】　见《敦煌曲子词》无名氏词。

【送征衣慢】　见柳永词。《乐章集》注：中吕宫。

【寿楼春】　调见《梅溪集》，史达祖自度曲也。

【寿山曲】　调见赵德麟《侯鲭录》，南唐冯延巳始作。六言十句。结句"圣寿
　　　　　　南山永同"，故名。

【寿星明】　见晁端礼词，词有句"天外老人星现"，故名。

【寿星明词】　《寿星明》　七言四句，见游稚仙词。词题即"照寿筵中"，故名。

【寿阳曲】　见张可久词。《太平乐府》注：双调。一名《落梅风》。元人小令也。

【受恩深】　见柳永词。一作《爱恩深》。《乐章集》注：大石调。

【苏幕遮】　见范仲淹词。《唐书·务务光传》：此见都邑坊市，相率为浑脱队，
　　　　　　骏马戎服，名苏幕遮。周邦彦词，有"鬓云松"句，更名《鬓云松令》。
　　　　　　《金词》注：般涉调。

【苏武令】　见李纲词。词隐苏武故事，故名。

【诉衷情】　唐教坊曲名。《花间集》此调有两体，单调及双调。毛文锡、顾夐
　　　　　　词结句均可见"诉衷情"三字。又名《诉衷情令》。张元幹以黄庭
　　　　　　坚词有"曾咏渔父家风"，改名《渔父家风》；张辑词有"一钓丝风"
　　　　　　句，名《一丝风》。

【诉衷情近】　见柳永词。怀人词也。

【疏　　影】　姜夔自度仙吕宫曲，咏梅也。张炎词，咏荷叶，易名《绿意》；彭
　　　　　　远逊词，有"遗佩环浮沈澧浦"句，名《解佩环》。

【蜀葵花】　见王哲词。

【蜀溪春】　调见《松隐集》。曹勋自度曲也。词咏黄蔷薇花，其中有"蜀景风迟，浣花溪边"、"占上苑，留住春"句，取以为名。

【索　酒】　调见《松隐集》曹勋自制曲，自注"四时景物须酒之意"。

【琐窗寒】　调见《片玉集》周邦彦词。词有"静锁一庭愁雨"及"故人剪烛西窗雨"句，取以为名。又名《琐寒窗》。

【耍娥儿】　见王哲词。

【耍三台】　见长筌子词。又名《玩瑶台》。

【双声子】　见柳永词，咏吴越故事。《乐章集》注：林钟商。上阕末二字双声，调名由此？

【双双燕】　调见史达祖《梅溪集》。史达祖词咏双燕，即以为名。

【双头莲】　此调一百三字者，见周邦彦《片玉集》；一百字者，见陆游《放翁集》。

【双头莲令】　调见赵师侠《坦庵集》，咏"信丰双莲"也。

【双鸂鶒】　调见朱敦儒《樵歌词》，词中有"一对双飞鸂鶒"，故名。

【双燕儿】　见张先词。

【双韵子】　调见张先词集。其词句末二字叠韵，调名或出于此。

【霜花腴】　吴文英自度腔。词有"霜饱花腴"句，取以为名。

【霜天晓角】　见林逋词。林逋词："冰清霜洁，昨夜梅花发，甚处玉龙三弄。"其词意也。张辑词有"一片月当窗白"句，名《月当窗》；程垓词有"须共踏月深夜"，名《踏月》；吴体之词，有"长桥月"句，名《长桥月》。

【霜叶飞】　调见《片玉集》周邦彦词。词有"素娥青女斗婵娟"句，更名《斗婵娟》。

【水　调】　七言四句，见唐·吴融词，又名《水调词》。

【水调歌】　调见《教坊记》无名氏组词。曲凡十一叠，前五叠为歌，后六叠为入破。其第五首及最后一首为五言四句，其余皆为七言四句。

【水调歌头】　《碧鸡漫志》：中吕调。《水调》，乃唐人大曲，凡大曲皆有歌头。此必裁截其歌头，另倚新声。毛滂词名《元会曲》，张榘词名《凯歌》。

【水鼓子】　七言四句，见敦煌作品。

【水晶帘】　调见《翰墨全书》宋·无名氏词。词有句"雨足西帘"，谱名意也？

【水龙吟】　见苏轼词。姜夔词注：无射商，俗名越调。曾觌词，结句有"是丰年瑞"句，名《丰年瑞》；吕渭老词，名《鼓笛慢》；史达祖词，名《龙吟曲》；杨樵云词，因秦观词起句，更名《小楼连苑》；方味道词，结句有"伴庄椿岁"句，名《庄椿岁》。

【水仙子】　唐教坊曲名。见宋·无名氏词。又见张可久《小山乐府》，其中衬字不拘。

【水云游】　见王哲词。

【睡花阴令】　见仇远词。末两句"忘醉倚、木犀花睡。满衣花影碎"，谱名意也。

【舜韶新】　见郭子正词。宋·王应麟《玉海》：正和中曹柔制徵调《舜韶新》。

【踏　歌】　调见《太平樵唱》、《梅苑群贤词》朱敦儒词。与唐人小令《踏歌行》不同。

【踏歌词】　五言六句。见崔液词，词有句"歌响舞分行"。陈旸《乐书》云：《踏歌》，队舞曲也。

【踏青游】　调见苏轼词。词有"踏青游"句，取以为名。

【踏莎行】　见晏殊词。《金词》注：中吕调。

【踏莎行慢】　见欧阳修词。此谱《钦定词谱》未录。

【太常引】　见沈端节词。《太和正音谱》注：仙吕宫。韩淲词有"小春时候腊前梅"句，名《腊前梅》。

【太平令】　见侯善渊词。

【太平年】　见《高丽史·乐志》无名氏词。

【太清舞】　（组词）　见史浩词。

【摊破南乡子】　见程垓词。赵长卿词，名《青杏儿》，又名《似娘儿》；《翰墨全书》黄右曹词，有"寿堂已庆灵椿老"句，名《庆灵椿》；《中州乐府》赵秉文词，有"但教有酒身无事"句，名《闲闲令》。

【探春令】　宋人咏初春风景，故名《探春》。又名《留春令》。韩淲词有"景龙灯火升平世"句，名《景龙灯》。

【探春慢】　见姜夔词。词结句："梅花零乱春夜。"或作《探春》。

【探芳信】　调见《梅溪词》史达祖词。张炎次周密"西冷春感"韵词，名《西湖春》。吴文英用摊破句法，词名《高平探芳新》。

【唐多令】　见刘过词。《太和正音谱》：越调，亦入高平调。一作《糖多令》；周密因刘过词有"二十年重过南楼"句，名之《南楼令》。

【桃源忆故人】　见欧阳修词。一名《虞美人影》；陆游词名《桃园忆故人》；赵鼎词名《醉桃园》；韩淲词，有"杏花风里东风峭"，名《杏花风》。

【特地新】　见王哲词。

【剔银灯】　见柳永词。《乐章集》注：仙吕调。

【㛹人娇】　见晏殊词。《乐章集》注：林钟商。

【天净沙】　见乔吉、马致远词。《太平乐府》注：越调。元人小令也。无名氏词有"塞上清秋早寒"句，又名《塞上秋》。

【天门谣】　贺铸登采石蛾眉亭，作词有"牛渚天门险"句，因取为调名。

【天下乐】　唐教坊曲名。见杨无咎《逃禅词》。

【天仙子】　唐教坊曲名。皇甫松词有"懊恼天仙应有以"句。单调始于唐人，双调始于宋人。

【天　香】　《法苑珠林》云：天童子天香甚香，调名本此。见贺铸词。

【添声杨柳枝】　唐体见顾夐词，宋体见贺铸词。《碧鸡漫志》云，黄钟商有《杨柳枝》曲，七言四句，后每句下各添三字和声。

【鞓　红】　调见毛文锡词。《钦定词谱》界为《梅苑》无名氏作。

【亭前柳】　见朱雍词。赵师侠词名《厅前柳》。《金词》注：越调。

【调　笑】　见王建词。《乐苑》：商调曲。一名《古调笑》、《宫中调笑》，一名《三台令》、《转应词》。

【调笑词】　七言四句，原名《调笑》，邵伯温词。（为区分于《调笑》，加一"词"字。）

【调笑令】　调见和凝词。《宋史·乐志》毛滂词，十首为一组。另郑僅词十二首为一组，一名《调笑转踏》。

【透碧霄】　见柳永词。《乐章集》注：南吕宫。

【酴醾香】　见金元·无名氏词。

【脱银袍】　见晁端礼词。

【瓦盆歌】　见王哲词。

【万里春】　调见周邦彦《片玉词》。词起句："千红万翠。簇清明天气。"题意也。

【万年春】　七言八句，见马钰词。

【万年欢】　唐教坊曲名。见王安礼词。《宋史·乐志》：中吕宫。

【望春回】　调见《乐府雅词》李甲词。下阕起句"东风暗回暖律"，寓其意也。

【望夫歌】　五言四句。见唐·无名氏词。

【望海潮】　见柳永词。《乐章集》注：仙吕调。词中有"怒涛卷霜雪"，其名之意也。

【望江东】　调见《山谷集》，黄庭坚词中有"望不见、江东路"，故名。

【望江怨】　调见《花间集》牛峤词。词有句"倚门立"、"粉香和泪泣"，题意也。

【望梅花】　唐教坊曲名。三十八字体平韵者见孙光宪词。咏梅词也，故名。

【望梅花词】　三十八字体单调仄韵者见和凝词。咏梅词也。《钦定词谱》列入《望梅花》，实不同，加一"词"字。

【望梅花令】　见《梅苑》蒲宗孟词。咏梅词也。《钦定词谱》列入《望梅花》，实不同，蒲宗孟词原名即《望梅花令》，依旧。

【望梅花慢】　见张雨词。《钦定词谱》列入《望梅花》，两者迥异，加一"慢"字。

【望明河】　调见《苕溪集》刘一止词。

【望南云慢】　调见《乐府雅词》沈公述词。

【望仙门】　《珠玉词》晏殊一词结句为"齐唱望仙门"，故名。

【望湘人】　调见《东山乐府》贺铸词。

【望远行】　唐教坊曲名。此乃慢词，始自柳永。词中有句"望远行"，故名。
　　　　　　怀人词也。

【望远行近】　见《乐府雅词》无名氏七十八字体词，为别于慢词，加一"近"字。

【望远行令】　见李珣、韦庄词。皆怀人词也。为别于慢词，加一"令"字。

【望远行曲】　见侯善渊词。道家类此词三首。为别于慢词，加一"曲"字。

【望云涯引】　调见《乐府雅词》李甲词。

【威仪辞】　见原妙词。

【尾　犯】　调见《乐章集》柳永词。秦观词名《碧芙蓉》。

【渭城曲】　七言四句。又名《阳关曲》。因王维词结句："西出阳关无故人"更名。

【尉迟杯】　此调仄韵者见柳永《乐章集》，平韵者见晁补之《琴趣外篇》。

【握金钗】　见吕渭老词。《梅苑》无名氏词，名《夏金钗》

【乌夜啼令】　五言四句，见唐·聂夷中词。起两句为："众鸟各归枝，乌乌尔不栖。"
　　　　　　故名。为区别于《乌夜啼》，加一"令"字

【乌夜啼】　唐教坊曲名。《乐府诗集》有清商曲《乌夜啼》，此借旧曲名另翻新声。
　　　　　　见李煜词。欧阳修词名《圣无忧》，另一词起句为"珠帘卷"，亦名《珠
　　　　　　帘卷》。赵令畤词名《锦堂春》。

【巫山一段云】　唐教坊曲名。见李晔词。词中有"缥缈云间质"、"巫峡更何人"，
　　　　　　词题意也。

【无愁可解】　调见陈慥词。自序云："国工范日新作越调解愁"，"乃反其词，
　　　　　　作无愁可解"。又名《解愁》。

【无　闷】　调见程垓《书舟词》。此调始自丁注，催雪词也，曾以《催雪》为名。

【无月不登楼】　见王质词。

【吴音子】　见晁端礼词。

【梧桐树】　见牧常晁词。

【梧桐影】　唐·吕岩（洞宾）词中有"教人立尽梧桐影"句，故名。

【梧叶儿】　见吴西逸词。《太平乐府》注：商调，乃夷则之商声也。亦元之小令也。

【五彩结同心】　平韵体见赵彦端《介庵词》，仄韵体见《乐府雅词》宋·无名氏词。

【五福降中天】　调见《花草粹编》江致和词。一作《五福降中天慢》。

【五更出舍郎】　见王哲词。其词有起句"五更哩啰出舍郎"，故名。

【五更令】　见王哲词。五首词分写五更，故名。

【五更转】　见敦煌作品。句以三、五、七言构之，体例不一。

【五灵妙仙】　见马钰词。

【武陵春】　见张先、毛滂词。《梅苑》名《武林春》。

【舞春风】　七言八句，见《阳春集》冯延巳词。起句"严妆才罢怨春风"，故名。

【舞杨花】　见康与之词。宋·张端义《贵耳集》云：慈宁殿赏牡丹，时椒房受册，
　　　　　　三殿极欢，上洞达音律，自制曲，赐名《舞杨花》。

【兀　令】　调见《东山集》贺铸词。

【误桃源】　见《明道杂志》宋·无名氏词。

【西窗烛】　谭宣子自度曲也，结句"甚夜西窗剪烛"，故名。

【西地锦】　见蔡伸词。

【西　河】　见周邦彦词。张炎词，名《西湖》。

【西湖月】　调见凤林书院元词，黄子行自度商调曲。

【西江月】　唐教坊曲名。欧阳炯词，有"两岸苹香暗起"句，名《白苹香》；
　　　　　　程垓词，名《步虚词》；王行词，名《江月令》。

【西江月慢】　调见《圣求词》吕渭老词。

【西平乐】　此调始自柳永。

【西平乐慢】　此调始自周邦彦。

【西　施】　见柳永词。词写西施故事，故名。《乐章集》注：仙吕调。

【西吴曲】　调见《龙洲集》刘过词。

【西溪子】　唐教坊曲名。毛文锡词有"昨夜西溪游赏"，故名。

【西子妆慢】　张炎词序：吴梦窗自制此曲。或无"慢"字。

【惜春郎】　调见《花草粹编》柳永词。

【惜春令】　调见杜安世《寿域词》。

【惜分飞】　调见毛滂词。贺铸词名《惜双双》，刘弇词名《惜双双令》，曹冠
　　　　　　词名《惜芳菲》。

【惜寒梅】　调见《复雅歌词》宋·无名氏词。词有"喜寒梅，却与雪期霜约"句，
　　　　　　取以为名。

【惜红衣】　姜夔自度曲，属无射宫。取词内"红衣半狼籍"句为名。

【惜花春起早慢】　调见《高丽史·乐志》宋·无名氏词。赋题本意也。

【惜花容】　七言八句，见宋·盼盼词。词中"而今老更惜花深"，谱名取其意也。

【惜黄花】　调见《梅溪词》史达祖词。《金词》注：仙吕调。

【惜黄花慢】　仄韵体见杨无咎《逃禅词》，平韵体见吴文英《梦窗词》。多咏
　　　　　　菊词也，故名。

【惜奴娇】　见贺铸词。写佳人娇娆态也，故名。

【惜奴娇慢】　见《高丽史·乐志》无名氏一百零二字体词。为别于《惜奴娇》

七十一字体词，加一"慢"字。

【惜琼花】　调见张先词集。

【惜秋华】　吴文英自度曲。见吴文英《梦窗词》，其词意咏秋也。

【惜馀欢】　黄庭坚自度腔。词有"少延欢洽"句，取以为名。

【惜馀妍】　见曹邍词，赋木香也，故名。

【熙州慢】　《唐书·礼乐志》：天宝乐曲，皆以边地名，熙州，本秦、汉时陇西郡，亦边地也。见张先词。

【喜长新】　唐教坊曲名。见王益柔词。

【喜朝天】　调见张先词集。唐教坊有《朝天曲》，《宋史·乐志》有越调《朝天乐》。

【喜春来】　见张雨词。一名《阳春曲》。元人小令也。

【喜迁莺令】　韦庄词有"莺已迁"，结句"鹤冲天"，故又名《鹤冲天》。和凝词有"飞上万年枝"句，名《万年枝》；冯延巳词有"拂面春风长好"句，名《春光好》；宋夏竦词名《喜迁莺令》；晏几道词名《燕归来》；李德载词有"残腊里、早梅芳"句，名《早梅芳》。

【喜迁莺】　见康与之词。江汉词一名《烘春桃李》。

【喜团圆】　调见《小山乐府》晏几道词。《花草粹编》无名氏词有"与个团圆"句，更名《与团圆》。

【系裙腰】　调见张先词集。宋媛魏氏词，名《芳草渡》。

【遐方怨】　唐教坊曲名。单调者始于温庭筠，双调者始于顾敻、孙光宪。见《花间集》。

【下水船】　唐教坊曲名。见黄庭坚词。唐王保定《摭言》：裴庭裕，乾宁中在内庭，文书敏捷，号"下水船"，调名取此。

【夏日燕黉堂】　调见《乐府雅词》宋·无名氏词。

【夏云峰】　见柳永词。《乐章集》注：歇指调。

【闲中好】　调见段成式《酉阳杂俎》。段词句首即为"闲中好"，故名之。

【献天寿】　见《高丽史·乐志》无名氏词。词中有"喜近天威"、"献君寿"，故名。

【献仙桃】　七言八句，见宋·无名氏词。词结句"蟠桃一朵献千祥"，故名。

【献忠心】　见敦煌曲子词。词咏臣下之忠心也。

【献衷心】　唐教坊曲名。见《花间集》欧阳炯词。

【相见欢】　唐教坊曲名。见薛昭蕴词。李煜词有"无言独上西楼，月如钩"句，更名《秋夜月》，又名《上西楼》、《西楼子》；康与之词，名《忆真妃》；张辑词，有"唯有渔竿，明月上瓜州"句，因名《月上瓜州》。

【相思儿令】　见晏殊词。《花草粹编》名《相思令》。又名《绣带子》、《绣带儿》、

《好儿女》。

【相思引】　见《古今词话》宋·无名氏词，结句"吹断相思引"，故名。一名《镜中人》。

【香山会】　见宋·无名氏词。王哲词有"香山会聚"，其名乎？

【湘春夜月】　黄孝迈自度曲。词中有："近清明"、"一波湘水"、"残月当门"，题意也。

【湘江静】　调见《乐府雅词》史达祖词。一名《潇湘静》。

【湘灵瑟】　见刘埙词。

【向湖边】　江纬自制曲。词有"向湖边柳外"之句，取以为名。

【逍遥乐】　调见黄庭坚《琴趣外篇》。

【逍遥乐令】　见金元·无名氏词。

【潇湘神】　调始自唐刘禹锡咏湘妃词。谱名之意也。

【潇湘忆故人慢】　调见《花庵词选》王安礼词。一名《潇湘逢故人慢》。

【潇潇雨】　见张炎词。

【小重山】　见薛昭蕴词。韩淲词有"点染烟浓柳色新"句，名《柳色新》。

【小梁州】　见宋·无名氏词。词有"辜负凉（梁）州"，其名由也？

【小秦王】　七言四句，见唐·张祜词。

【小圣乐】　金·元好问自度曲。词前结有"骤雨过，打遍新荷"句，又名《骤雨打新荷》。

【小镇西犯】　唐教坊曲有《镇西子》，唐乐府亦有《镇西》七言绝句诗，此盖以旧曲名，另创新声。《乐章集》有两调，七十一字者，名《小镇西犯》；七十九字者，一名《小镇西》、《镇西》，俱注仙吕调。

【撷芳词】　宋禁中有"撷芳园"。《古今词话》无名氏词中有"可怜孤似钗头凤"，又名《钗头凤》。程垓词名《折红英》。一名《玉珑璁》、《惜分钗》、《摘红英》。

【谢池春】　见陆游词。李石词名《风中柳》，《高丽史》无名氏词名《风中柳令》，孙道绚词名《玉莲花》，黄澄词名《卖花声》。

【谢池春慢】　调见《古今词话》张先词，乃张先玉仙观道中逢谢媚卿作。

【谢师恩】　见王处一词。起句"谢师提挈沉沦外"，故名。

【谢新恩】　见吕远刻本《南唐二主词》李煜词。

【谢新恩词】　见吕远刻本《南唐二主词》李煜词。原名《谢新恩》。为区分《谢新恩》别谱，易名《谢新恩词》

【新荷叶】　见黄裳词。词有"一顷新荷"，故名。赵抃词，名《折新荷引》，又因词中有"画桡稳，泛兰舟"句，或名《泛兰舟》。

【新水令】　见宋·无名氏词。

【新雁过妆楼】　见吴文英词。一名《雁过妆楼》；张炎词，名《瑶台聚八仙》；陈允平词，名《八宝妆》；《高丽史·乐志》无名氏词，名《百宝妆》。

【行香子】　见张先、晁补之词。蒋氏《九宫谱目》入中吕引子。

【行香子慢】　调见《高丽史·乐志》宋·无名氏词。

【杏花天】　见朱敦儒词。欧阳修词名《惜芳时》，张继先词名《惜时芳》，姜夔词名《杏花天影》，元好问词名《愿成双》。此调近《端正好》，六字折腰者为《端正好》，六字一气者为《杏花天》。

【杏花天慢】　调见《松隐集》曹勋词。其题"杏花"也。

【杏园芳】　调见《花间集》尹鹗词。一名《杏园春》。

【绣薄眉】　见孙不二词。

【绣停针】　调见放翁词。王吉昌词又名《绣定针》。

【宣　清】　见柳永词。《乐章集》注：林钟宫。

【选冠子】　见周邦彦词。一名《选官子》。曹勋词，名《转调选冠子》；鲁逸仲词，名《惜余春慢》；侯寘词，名《苏武慢》，一名《过秦楼》。

【雪花飞】　《宋史·乐志》：高角调。黄庭坚词结句："雪舞街衢"，词题意也。

【雪梅香】　见柳永词。《乐章集》注：正宫。王哲词名《雪梅春》。

【雪明鳷鹊夜慢】　调见《花草粹编》万俟咏词。或名《雪明鳷鹊夜》。

【雪狮儿】　调见《书舟集》程垓词。

【雪夜渔舟】　调见虚靖真人词。词中有"自棹孤舟，顺流观雪"句，取以为名。

【寻芳草】　调见《稼轩词》，自注一名《王孙信》。

【寻　梅】　咏梅花也。调见《乐府雅词》及《梅苑》沈会宗词。

【盐角儿】　《碧鸡漫志》云：教坊家人市盐，于纸角中得曲谱翻之，遂以为名。见晁补之词。

【檐前铁】　调见《古今词话》宋·无名氏词。词中有"听檐前铁马夏叮当"句，故名。

【眼儿媚】　左誉词有"洒泪对春闲，也应似旧，盈盈秋水"，题意也。左誉词有"斜月小阑干"句，又名《小阑干》；韩淲词，有"东风拂槛露犹寒"句，名《东风寒》；陆游词名《秋波媚》。

【宴（燕）春台】　此调始自张先，春宴词也。因黄裳有夏宴词，刘泾改名《夏初临》。

【宴清都】　调始《清真乐府》周邦彦词。程垓词名《四代好》。

【宴琼林】　唐教坊曲名。见黄裳词。

【宴瑶池】　见欧阳修词。

【宴瑶池慢】　见奚㠚词。其题为"神仙词"。

【雁侵云慢】　见曹勋词。

【燕归梁】　调见《珠玉词》晏殊词："双燕归飞绕画堂，似留恋虹梁"。故名。杨无咎词名《双雁儿》，一名《双燕子》。

【燕归慢】　见梁寅词。

【燕山亭】　见曾觌词。"燕"或作"宴"，但与《山亭宴》无涉。

【厌金杯】　调见《东山乐府》贺铸词。一名《献金杯》。

【扬州慢】　姜夔自度中吕宫曲。过维扬所作也。

【阳春曲】　见杨无咎词。一名《阳春》。

【阳关三叠】　见柴望词。下结"奈此去、君出阳关，明朝无故人"，送别词也，故名。

【阳关引】　此调始自寇准词。隐括王维《阳关曲》而作，故名。晁补之词名《古阳关》。

【阳台路】　见柳永词。《乐章集》注：林钟商。

【阳台梦】　见《花草粹编》解昉词。词有"至今狂客到阳台"，故名。

【阳台梦令】　见《尊前集》李晔词。结句"又入阳台梦"，故名。加一"令"字，区分于《阳台梦》。

【阳台怨】　见仇远词。

【杨柳枝】　唐教坊曲名。见温庭筠词。此本唐人七言绝句。乐府横吹曲有《折杨柳》名，此借旧曲名另创新声。

【妖木笪】　见宋·无名氏词。

【遥天奉翠华引】　调见《蠛蔀词》侯寘词。

【瑶华】　调见吴文英《梦窗词》。一名《瑶华慢》。

【瑶阶草】　调见程垓《书舟词》。

【瑶台第一层】　宋陈师道《后山诗话》：武才人出庆寿宫，裕陵得之，会教坊献新声，为作词，号《瑶台第一层》。见张元幹词。

【瑶台月】　调见《梅苑》宋·无名氏词。黄裳词，名《瑶池月》。

【幺凤】　张萧词，原名《丹凤吟》，非也！改用其题为名。

【野庵曲】　（组词）　见沈瀛词。

【夜半乐】　唐教坊曲名。《碧鸡漫志》：唐史，明皇自潞州还京师，夜半举兵诛韦后，制《夜半乐》、《还京乐》二曲。见柳永词。

【夜度娘】　七言四句，见寇准词。

【夜飞鹊】　调见《片玉词》周邦彦词。一名《夜飞鹊慢》。词起句"河桥送人处，凉夜何其"，故名。

【夜合花】 调见《琴趣外篇》晁补之词。夜合花，合欢树也，唐韦应物诗："夜合花开香满庭"，调名取此。

【夜行船】 五十五字者，以欧阳修词为正体；五十六字者，以史达祖词为正体；五十八字者，以赵长卿词为正体。此调近《雨中花》。

【夜游宫】 见毛滂词。《金词》注：般涉调。贺铸词有"江北江南新念别"句，更名《新念别》。

【谒金门】 唐教坊曲名。见韦庄词。

【一丛花】 调见《东坡词》。一名《一丛花令》。

【一寸金】 调见柳永词。

【一点春】 见侯夫人词。结句："先露枝头一点春"，故名。隋宫看梅曲也。

【一萼红】 平韵体见《姜夔词》；仄韵体见《乐府雅词》宋·无名氏词。无名氏词上结有"未教一萼，红开鲜蕊"句，取以为名。

【一斛珠】 见李煜词。《宋史·乐志》，名《一斛夜明珠》，属中吕调。

【一剪梅】 周邦彦词，起句为"一剪梅花万样娇"，故名。元高拭词注：南吕宫。

【一井金】 见李龏词。

【一落索】 见毛滂词。欧阳修词名《洛阳春》，张先词名《玉连环》，辛弃疾词名《一络索》。王之道词名《折丹桂》。

【一片子】 五言四句，见王维词。

【一七令】 计敏夫《唐诗纪事》：白乐天分司东洛，朝贤悉会兴化池亭送别，酒酣，各请一字至七字诗，以题为韵，后遂沿为词调。

【一叶落】 《五代史》云：后唐庄宗（李存勖）自度曲。起句即为"一叶落"。

【伊川令】 唐教坊曲名。一作《伊州令》。《碧鸡漫志》云：伊州有七商曲。见《花草粹编》、《词纬》宋·无名氏词。（一说花仲胤妻作。）

【伊州歌】 调见内府本《词谱》卷四十无名氏词。十首为一组，前五首为歌，后五首为入破。其中第一、二、六、七、八为七言四句，余皆为五言四句。

【伊州曲】 见宋·无名氏词。咏玉环故事。

【伊州三台（令）】 见赵师侠词。唐有《宫中三台》、《江南三台》等曲，《三台》皆用六字成句。此谱唯句读变动，字数同《三台》。

【宜男草】 调见范成大《石湖词》。

【倚风娇近】 见周密词。词有"弄娇风软、霞绡舞"，谱名之意乎？

【倚阑人】 调见《松隐集》曹勋自度曲。

【倚西楼】 调见《苕溪诗话》韦彦温词。词有"西楼萧瑟有谁知"句，取以为名。调近《玉楼春》。

【忆帝京】　见柳永词。《乐章集》注：南吕调。

【忆东坡】　调见《相山居士词》王之道词。忆东坡作也，即以题为调名。

【忆汉月】　唐教坊曲名。见欧阳修词。柳永词名《望汉月》，《乐章集》注：正平调。

【忆黄梅】　调见《梅苑》王观词。

【忆江南】　唐段安节《乐府杂录》：此词乃李德裕为谢秋娘作，因白居易词句首三字更今名。

【忆江南近】　见萨都剌词。字数同《忆江南》，仅三、四句句读有异。（原名《法曲献仙音》。）

【忆江南词】　见冯延巳词。（为区分于《忆江南》，加一"词"字。）

【忆旧游】　调始《清真乐府》周邦彦词。一名《忆旧游慢》。

【忆闷令】　调见《小山乐府》晏几道词。

【忆秦娥】　见李白词。其词有"秦娥梦断秦楼月"，故名，又名《秦楼月》。苏轼词有"清光偏照双荷叶"句，名《双荷叶》。无名氏词有"水天摇荡蓬莱阁"句，名《蓬莱阁》。至贺铸始易仄韵为平韵。张辑词，有"碧云暮合"句，名《碧云深》。宋媛孙道绚词，有"花深深"句，名《花深深》。

【忆少年】　见晁补之词。万俟咏词，有"上陇首、凝眸天四阔"句，名《陇首山》；朱敦儒词，名《十二时》；元刘秉忠词，有"恨桃花流水"句，更名《桃花曲》。

【忆王孙】　此词单调三十一字者创自秦观，双调五十四字者，见《复雅歌词》宋·无名氏词。

【忆瑶姬】　此调仄韵者始自曹组，平韵者始自万俟咏。

【意难忘】　见周邦彦词。咏美词也，意确难忘。高拭词注：南吕调。

【饮马歌】　调见曹勋《松隐集》。其自序：此曲自金源传至边城，饮牛马，即横笛吹之。

【引驾行】　见晁补之词。此调有五十二字、一百字、一百二十五字三类。五十二字词，即一百字词上阕，一百二十五字词较一百字词多五句。晁补之一百字词名《长春》。

【应景乐】　词见《花草粹编》萧回词。

【应天长】　此调始于柳永而宗周邦彦。

【应天长令】　此调始于韦庄。

【莺穿柳】　见长筌子词。

【莺声绕红楼】　见姜夔词。

【莺啼序】　调见《梦窗乙稿》吴文英词。一名《丰乐楼》。

【樱桃歌】　见元稹词。起句"樱桃花"，故名。七绝起句减四字可得此谱。

【鹦鹉曲】　白无咎词起句"侬家鹦鹉洲边住"。《太平乐府》注：正宫。元人小令也。

【迎春乐】　始于晏殊。咏春词也。柳永词注：林钟商。元王行词注：夹钟商。

【迎仙客】　见史浩词。

【迎新春】　见《花草粹编》柳永词。《宋史·乐志》：双角调；《乐章集》注：大石调。

【映山红慢】　调见元载词。元载自度曲也。咏牡丹作。

【永同欢】　见仲殊词。

【永遇乐】　仄韵者，始自北宋，《乐章集》注：林钟商。晁补之词，名《消息》，自注：越调。平韵者，始自南宋，陈允平创为之。

【拥鼻吟】　见贺铸词。（原名《吴音子》，重，词有"拥鼻微吟"句，且原题"拥鼻吟"，名之。）

【游月宫令】　见宋·无名氏词。上结"玄宗游月宫"，故名。

【有有令】　调见《惜香乐府》赵长卿词。

【于飞乐】　见晏几道词。《金词》注：高平调；《元词》注：南吕调。史达祖词，名《鸳鸯怨曲》。

【鱼游春水】　《复斋漫录》：政和中，一中贵使越州回，得词于古碑，无名无谱，录以进御，命大晟府填腔，因词中语，赐名《鱼游春水》（词上结为"鱼游春水"）。

【渔父词】　见顾况词。六字三句。

【渔父引词】　七言四句，见五代·李梦符词。

【渔父引】　唐教坊曲名。见戴复古词。

【渔歌子】　唐教坊曲名。张志和自称"江波钓徒"，曾撰《渔歌子》词五首，皆咏渔父也。

【渔家傲】　此调始自晏殊，因词中有"神仙一曲渔家傲"句，故名。明蒋氏《九宫谱目》，入中吕引子。

【虞美人】　唐教坊曲名。见李煜词。

【虞神歌】　见范祖禹词。宫廷祭祀之曲也。又名《虞主歌》、《虞神》。

【雨霖铃】　唐教坊曲名。《明皇杂录》：帝幸蜀，初入斜谷，霖雨弥日，栈道中闻铃声，采其声为《雨霖铃》曲。宋词盖借旧曲名，另倚新声也。见柳永词。一名《雨霖铃慢》。

【雨中花近】　见周紫芝词。七十字体。《钦定词谱》原名《雨中花令》，有别，改今名。

【雨中花令】　始于晏殊词。与《夜行船》调最易相混，宋人集中，每多误刻。

【雨中花慢】　此词平韵者始自苏轼；仄韵者始自秦观。柳永平韵词，《乐章集》注林钟商。赵可词名《望云间》。

【玉抱肚】　调见杨无咎《逃禅词》。元曲商调《玉抱肚》与此不同。

【玉抱肚近】　见元·无名氏词。（加一"近"字，以区分于《玉抱肚》。）

【玉箪凉】　调见史达祖《梅溪词》。

【玉　合】　见韩偓词。词有"玉合雕，双鸂鶒"，故名。

【玉蝴蝶】　见《乐章集》柳永词。

【玉蝴蝶令】　始于温庭筠，见《花间集》。（为区分于慢词，加一"令"字。）

【玉交梭】　见元·无名氏词。

【玉京秋】　调见《苹洲渔笛谱》周密自度腔。词咏秋意也。

【玉京秋慢】　调见贺铸词。（加一"慢"字，以区分于《玉京秋》。）

【玉京谣】　吴文英自度曲，自注夷则商，犯无射宫。《枕中书》：玉京在大罗天之上。李白诗有"手把芙蓉朝玉京"句。

【玉连环】　调见《云月词》冯艾子自度腔。与《一落索》别名《玉连环》者不同。

【玉连环近】　见曹勋词。（加一"近"字，以区分于《玉连环》。）

【玉笼璁】　见侯善渊词。

【玉楼春】　《花间集》顾夐词起句，有"月照玉楼春漏促"句，又有"柳映玉楼春日晚"句，故名。仄韵七律也。

【玉楼人】　调见《梅苑》宋·无名氏词。

【玉楼宴】　见晁端礼词。

【玉漏迟】　见宋祁词。蒋氏九宫谱：黄钟宫。又名双瑞莲，调见《虚斋乐府》赵以夫词。词咏并头莲，即以为名

【玉梅令】　姜夔自度高平调曲。词中有"玉梅几树"句，取以为名。

【玉梅香慢】　调见《梅苑》宋·无名氏词，与《早梅香》不同。

【玉女摇仙佩】　见柳永词。《乐章集》注：正宫。

【玉女迎春慢】　调见凤林书院元·彭元逊词。

【玉人歌】　调见《西樵语丛》杨炎正词。

【玉山枕】　见柳永词。《乐章集》注：仙吕调。

【玉堂春】　调见《珠玉集》晏殊词。

【玉团儿】　调见周邦彦《片玉词》。

【玉叶重黄】　见晁端礼词。

【玉液泉】　见金元·无名氏词。

【玉烛新】　调始《清真乐府》周邦彦词。《尔雅》云，四时和，谓之玉烛，取以为名。

【御带花】　调见欧阳修《六一居士词》。

【御街行】　见柳永词。柳永《乐章集》注：夹钟宫。《古今词话》无名氏词，有"听孤雁声嘹唳"句，更名《孤雁儿》。

【遇仙亭】　见马钰词。

【远朝归】　调见《梅苑》赵耆孙词。

【怨春闺】　见敦煌曲子词。

【怨春郎】　见欧阳修词。

【怨回纥】　此调本五言律诗，见《尊前集》皇甫松词，戍妇之怨词也。

【怨三三】　调见贺铸词。两结"记佳节、约是重三"、"愁随芳草，绿遍江南"，谱名之意也。

【月边娇】　调见《苹洲渔笛谱》，周密自度曲。词中有"九街月淡"句。

【月当厅】　调见《梅溪词》，史达祖自度曲也。

【月宫春】　调见《花间集》毛文锡咏月词。周邦彦更名《月中行》。

【月华清】　调见《空同词》洪瑹词。

【月上海棠】　此调七十字，见《梅苑》宋·无名氏词。陆游词有"几曾传玉关边信"句，更名《玉关遥》。

【月上海棠慢】　此调九十一字，见姜夔《白石词》。

【月下笛】　调始周邦彦《片玉词》。词有"凉蟾莹彻"及"静倚官桥吹笛"句，取以为名。

【月中桂】　仄韵词见赵彦端词集。赵孟頫词，平仄韵互押者，名《月中仙》。

【越江吟】　宋释文莹《续湘山野录》云：太宗酷爱琴曲十小词，命近臣十人，各探一调，撰一词，苏翰林易简，探得《越江吟》。苏词起句："非烟非雾瑶池宴"，故又名《瑶池宴令》、《宴瑶池》。

【越溪春】　调见欧阳修《六一居士词》。词中有"春色遍天涯，越溪阆苑繁华地"句，取以为名，盖赋越溪春色也。

【云仙引】　冯伟寿自度曲，原注夹钟商。

【韵　令】　《唐教坊记》有《上韵》、《中韵》、《下韵》三小韵，《韵令》调令，疑出于此。见程大昌词。

【赞成功】　调见《花间集》毛文锡词。

【赞浦子】　唐教坊曲名。浦亦作普。见《花间集》毛文锡词。

【早梅芳】　见李之仪词。咏早梅词也。一名《早梅芳近》。

【早梅芳慢】　调见《花草粹编》柳永词。

【早梅香】　调见《梅苑》宋·无名氏词。词中有"探得早梅"及"乱飞香雪"句，故名。又名《梅香慢》。

【澡兰香】　调见吴文英《梦窗甲稿》。词有"午镜澡兰帘幕"句，取以为名。

【皂罗特髻】　调见宋苏轼词。词中有"髻鬟初合"句，亦赋题也。

【摘得新】　唐教坊曲名。以皇甫松词首句为调名。

【占春芳】　苏轼咏梨花制此调，取词中"独自占春芳"句为词名。

【章台柳】　唐韩翃制，以首句为调名。

【昭君怨】　见万俟咏词。朱敦儒词咏洛妃，名《洛妃怨》；侯寘词名《宴西园》。

【棹棹楫】　见侯善渊词。

【折桂令】　见文同词。一名《秋风第一枝》，又名《天香引》、《蟾宫曲》。

【折红梅】　调见《寿域词》杜安世自度曲。词中有"独红梅、自守岁寒"、"折取奇葩"，故名。

【柘枝舞】　（组词）　见史浩词。

【柘枝引】　唐教坊曲名。见五代·无名氏词。《宋史·乐志》：小儿舞队有柘枝。

【鹧鸪天】　见晏几道词。《乐章集》注：正平调；《太和正音谱》注：大石调；蒋氏《九宫谱目》入仙吕引子。赵令畤词名《思越人》，吕渭老词名《思佳客》，卢祖皋词名《醉梅花》。一名《洞中天》、《拾菜娘》、《鹧鸪引》。

【珍珠令】　调见《山中白云词》，张炎自度曲。

【真欢乐】　王哲词结句"现真欢真乐"，名之由也。

【真珠髻】　调见《梅苑》宋·无名氏词。

【真珠帘】　调见放翁词。

【枕屏儿】　调见《梅苑》宋·无名氏词。亦名《枕屏子》。

【征部乐】　见柳永《乐章集》。

【徵　招】　《宋史·乐志》：政和间，诏以大晟雅乐，施于燕飨，御殿按试，补徵、角二调，播之教坊。调名始此。见赵以夫词。

【徵召调中腔】　见王安中词。节庆词也。宋大晟乐府始补《徵招调》，凡曲有歌头，有中腔，此《徵招调》之中腔也。

【郑郎子】　见敦煌曲子词。

【中兴乐】　见《花间集》毛文锡词。牛希济词有"泪湿罗衣"句，名《湿罗衣》。

【昼锦堂】　此调平韵者见周邦彦《片玉集》；仄韵者见陈允平《日湖渔唱》。

【昼夜乐】　柳永自度曲。《乐章集》注：中吕宫。

【竹　枝】　唐教坊曲名。见皇甫松、孙光宪词。以竹枝为和声也。本为巴渝民谣，故又名《巴渝》。

【竹马子（儿）】　见柳永词。《乐章集》注：仙吕调。

【竹香子】　调见刘过《龙洲集》。

【竹枝子】　见敦煌曲子词。

【烛影摇红】　宋·吴曾《能改斋漫录》：王都尉（诜）有《忆故人》词，徽宗喜其词意，犹以不丰容宛转为恨，乃令大晟乐府，别撰腔，周邦彦增益其词，而以首句为名，谓之《烛影摇红》。毛滂词有"送君归去添凄断"句，名《归去曲》。元·赵雍词更名《玉珥坠金环》，元好问词更名《秋色横空》。

【驻马听】　见柳永词。《乐章集》注：林钟商。

【驻马听词】　见沈瀛词。（为区分于《驻马听》，加一"词"字。）

【驻马听慢】　见宋·无名氏词。起句"雕鞍成谩驻"。（为区分于《驻马听》，加一"慢"字。）

【祝英台近】　见程核词。高拭词注：越调。辛弃疾词，有"宝钗分，桃叶渡"句，名《宝钗分》；张辑词，有"趁月底重箫谱"句，名《月底修箫谱》；韩滮词，有"燕莺语，溪岸点点飞锦"句，名《燕莺语》，又有"却又在他乡寒食"句，名《寒食词》。

【爪茉莉】　调见《花草粹编》柳永词。

【转调采桂枝】　见侯善渊词。

【卓牌子慢】　此调九十七字，始自万俟咏。

【卓牌子近】　见袁去华《袁宣卿集》。

【卓牌子】　此调五十六字，始自杨无咎。

【啄木儿】　见《重阳全集》卷之四王哲词六首。

【子夜歌】　调见彭元逊词。与《菩萨蛮令》词别名《子夜歌》者不同。

【紫萸香慢】　姚云文自度腔。词有"紫萸一枝传赐"句，取以为名。

【紫玉箫】　见晁补之词。《宋史·乐志》：歌指调。

【字字双】　七言四句，见唐·张荐词。因每句有叠字，故名《字字双》。

【最高楼】　见毛滂、辛弃疾词。此调押平韵者居多。

【醉垂鞭】　词见张先集。

【醉春风】　见贺铸词。一名《怨东风》、《怨春风》。

【醉高歌】　姚镛自度曲。《太平乐府》注：中吕宫。元人"叶儿乐府"也，平仄互叶

【醉公子】　唐教坊曲名。五言八句或四句，见薛昭蕴、顾夐词，俱四换韵，一名《四换头》。

【醉公子慢】　见《梅溪集》史达祖词。（加一"慢"字，区分于《醉公子》。）

【醉红妆】　调见张先词集。词中有"一般妆样百般娇"、"郎未醉，有金貂"，故名。

【醉花间】　唐教坊曲名。见毛文锡词。与《生查子》相近，唯起句为三字两句。

【醉花阴】　毛滂词："人在翠阴中"、"劝君对客杯须覆"，故名。《中原音韵》
　　　　　　注：黄钟宫；《太平乐府》注：中吕宫。

【醉蓬莱】　见柳永词。《乐章集》注：林钟商。赵磻老词，有"璧月流光，雪
　　　　　　消寒峭"句，名《雪月交光》；韩淲词，有"玉作山前，冰为水际，
　　　　　　几多风月"句，名《冰玉风月》。

【醉思仙】　调见吕渭老词。词有"怎惯不思量"及"当时醉倒残缸"句，取以为名。

【醉太平】　见刘过词。一名《凌波曲》。孙惟信词，名《醉思凡》；刘埙词，名《醉
　　　　　　思仙》；周密词，名《四字令》。

【醉亭楼】　见宋·无名氏词。

【醉翁操】　苏轼自序：琅邪幽谷，山川奇丽，泉鸣空涧，若中音会，醉翁喜之，
　　　　　　把酒临听，辄欣然忘归。既去十余年，好奇之士沈遵闻之，往游，
　　　　　　以琴写其声，曰《醉翁操》，然有声而无词，好事者倚其声制曲，
　　　　　　粗合拍度，而琴声为词所绳约，非天成也。后三十年，翁既捐馆舍，
　　　　　　遵亦殁，有庐山玉涧道人崔闲，妙于琴，恨此曲之无词，乃谱其声，
　　　　　　而请东坡居士补之云。琴曲，属正宫。

【醉乡春】　秦观所创词中有"春色又添多少"、"醉乡广大人间小"，故名《醉
　　　　　　乡春》或《添春色》。

【醉乡曲】　见沈瀛词。

【醉瑶池】　见宋·无名氏词。寿词也。

【醉吟商小品】　姜夔借旧曲名，另倚新腔。琵琶四曲中有《醉吟商胡渭州》。
　　　　　　又名《醉吟商》。

【醉中归】　见长筌子词。

【醉妆词】　见王衍词。孙光宪《北梦琐言》：蜀王衍时宫人皆衣道服，簪莲花冠，
　　　　　　施胭脂夹脸，号"醉妆"。

其中仅见于《钦定词谱》而未录于《词分谱汇集》之元人曲词如下：

【殿前欢】、【干荷叶】、【黄鹤洞仙】、【金字经】、【木　笪】、【凭阑人】
【庆宣和】、【寿阳曲】、【梧叶儿】、【喜春来】、【小圣乐】

附录（四）

词谱分类检索

一、按字数检索

字数	词　牌　名
14	竹枝
16	苍梧谣　威仪辞
18	闲中好　渔父引　渔父词
20	梧桐影　纥那曲　拜新月令　啰唝曲
22	醉妆词　庆宣和
23	南歌子　荷叶杯
24	樱桃歌　一点春　回波乐　舞马词　三台　塞姑　柘枝引　晴偏好　凭阑人
25	渔歌子　凭阑人
26	花非花　梧叶儿　摘得新　南歌子　荷叶杯
27	梧叶儿　欸乃词　捣练子　永同欢　解红　赤枣子　潇湘神　章台柳　桂殿秋　寿阳曲　忆江南　忆江南近 南乡子　春晓曲　渔歌子
28	郑郎子　寿阳曲　竹枝　南乡子　妖木笪　十样花　天净沙　啰唝曲　阳关曲　欸乃曲　浪淘声　杨柳枝　八拍蛮 字字双　采莲子
29	九张机　甘州曲　干荷叶　醉吟商　喜春来
30	干荷叶　秋风清　法驾导引　南乡子　九张机　踏歌词　抛球乐　醉吟商小品　喜春来
31	一叶落　金字经　蕃女怨　喜春来　忆王孙

字数	词 牌 名
32	调笑　遐方怨　梧叶儿　寿阳曲　后庭花破子　金字经
33	诉衷情　梧叶儿　思帝乡　湘灵瑟　抛球乐　后庭花破子　西溪子　如梦令　甘州曲
34	思帝乡　归自谣　饮马歌　婆罗门　金字经　风流子令　天仙子
35	望江怨　定西番　西溪子　江城子
36	思帝乡　江城子　风光好　长相思　莫打鸭　误桃源　相见欢　何满子
37	忆秦娥　梧叶儿　何满子　诉衷情　江城子
38	调笑令　捣练子　忆秦娥　伤春曲　醉太平　望梅花　望梅花词　上行杯
39	薄命女　感恩多　昭君怨　上行杯
40	春光好　胡蝶儿　忆秦娥　酒泉子　感恩多　生查子　醉公子令　怨回纥　昭君怨　添声杨柳枝　回纥　抛球乐
41	采莲曲　春光好　醉花间　忆秦娥　点绛唇　酒泉子　女冠子　一井金　生查子　定西番　玉蝴蝶令　上行杯　纱窗恨　诉衷情　中兴乐
42	归国遥　春光好　生查子　玉蝴蝶令　殿前欢　酒泉子　醉垂鞭　赞浦子　沙塞子　清商怨　雪花飞　纱窗恨　恋情深　平湖乐　中兴乐　浣溪沙　水仙子
43	春光好　品字令　归国遥　霜天晓角　酒泉子　点绛唇　伤春怨　清商怨　平湖乐
44	添声杨柳枝　殿前欢　酒泉子　减字木兰花　霜天晓角　卜算子　巫山一段云　一落索　采桑子　后庭花　诉衷情　谢新恩　菩萨蛮　浣溪沙　水仙子
45	更漏子　柳含烟　谒金门　醉太平　锦园春　万里春　睡花阴令　彩鸾归令　酒泉子　相思儿令　卜算子　好事近　天门谣　一落索　杏园芳　好时光　华清引　忆闷令　散馀霞　诉衷情　太平年
46	占春芳　喜迁莺令　更漏子　谒金门　忆秦娥　忆少年　醉太平　清平乐　金蕉叶　卜算子　巫山一段云　阳台怨　朝天子　一落索　西地锦　清平乐令　望仙门　后庭花　画堂春　海棠春　落梅风　浣溪沙　琴调相思引
47	甘草子　喜迁莺令　珠帘卷　忆少年　金盏子令　乌夜啼　相思儿令　西地锦　贺圣朝　献天寿　喜长新　一落索　阮郎归　胡捣练　画堂春

字数	词 牌 名
48	三字令　喜团圆　庆春时　梅弄影　烛影摇红　金蕉叶　忆余杭　东坡引　庆金枝　撼庭秋　西地锦　一落索 茅山逢故人　伊州三台令　双鸂鶒　洞天春　乌夜啼　秋蕊香　春光好　高溪梅令　采桑子　人月圆　眼儿媚 少年游　贺圣朝　朝中措　武陵春　双头莲令　胡捣练　桃源忆故人　画堂春　海棠春　山花子
49	相思引　柳梢青　双韵子　少年游　贺圣朝　忆余杭　东坡引　河渎神　极相思　归去来　凤孤飞　醉乡春　沙塞子　惜春郎　太常引　朝中措　武陵春　月宫春　一落索　桃源忆故人　更漏子　画堂春　应天长令　阳台梦令
50	满宫花　渔歌子　归田乐　烛影摇红　盐角儿　柳梢青　留春令　贺圣朝　导引　金陵　黄鹤洞仙　梁州令　庆金枝　促拍采桑子　破字令　荷叶杯　折桂令　双燕儿　乌夜啼　竹香子　忆汉月　西江月　醉高歌　燕归梁　怨三三 少年游　城头月　孤馆深沉　醉花间　月宫春　一落索　折丹桂　四犯令　太常引　惜分飞　使牛子　归田乐令 滴滴金　莺声绕红楼　应天长令　偷声木兰花　花前饮　胡捣练　沙塞子　惜春令
51	河传　思越人　满宫花　品令　越江吟　探春令　少年游　斗鸡回　木笪　凤来朝　雨中花令　西江月　滴滴金 燕归梁　伊川令　梦兰堂　秋夜雨　迎春乐
52	玉合　木兰花令　入塞　品令　恨欢迟　探春令　留春令　少年游　倾杯令　梦仙乡　浪淘沙　三台词　引驾行 南歌子　青门引　梁州令　归去来　寻芳草　雨中花令　献天寿　忆汉月　清平令破子　醉红妆　珍珠令 醉花阴　思远人　锦香囊　寿延长破字令　八宝装　望江东　燕归梁　双雁儿　迎春乐　大圣乐令　玉团儿 惜分飞　菊花新　江楼令　锯解令
53	河传　红窗迥　青门怨　探春令　恨欢迟　浪淘沙　红罗袄　南歌子　雨中花令　上林春令　解仙佩　折桂令 宴瑶池　荔子丹　望远行　迎春乐　玉叶重黄　红窗听
54	河传　三字令　撷芳词　木兰花令　金错刀　忆江南　浪淘沙　南乡子　凤皇枝令　南歌子　亭前柳　南乡一剪梅　江月晃重山　金凤钩　茶瓶儿　鬖边华　采桑子　临江仙　天下乐　武陵春　雨中花令　惜分飞　恋绣衾　玉楼人　鹦鹉曲　忆王孙　留春令　杏花天　端正好
55	一七令　河传　系裙腰　金凤钩　浪淘沙　品令　梁州令　亭前柳　夜行船　木兰花令　雨中花令　恋绣衾 徵招调中腔　望远行　鹧鸪天　睿恩新　金莲绕凤楼　鼓笛令　步蟾宫　杏花天

字数	词　牌　名
56	一七令　亭前柳　迎仙客　江南弄　鹊桥仙　蕙香囊　锦帐春　南乡子　卓牌子　临江仙　西江月　夜行船　虞美人 红窗怨　翻香令　雨中花令　茶瓶儿　惜分飞　杏花天　遍地花　瑞鹧鸪　玉楼春　步蟾宫　玉阑干　思归乐　遍地锦　清江曲　楼上曲　二色宫桃　恋绣衾　凤衔杯
57	河传　梅花引　鹊桥仙　阳台梦　荷叶铺水面　一斛珠　夜游宫　系裙腰　家山好　步虚子令　步蟾宫　思归乐 小重山　凤衔杯
58	撷芳词　扫寺舞　安平乐　鹊桥仙　踏莎行　锦帐春　南乡子　东坡引　临江仙　花上月令　虞美人　系裙腰 夜行船　七娘子　一剪梅　倚西楼　宜男草　步蟾宫　小重山
59	怨春郎　河传　东坡引　一剪梅　忆江南词　集贤宾　系裙腰　临江仙　恨春迟　步蟾宫　冉冉云
60	惜琼花　退方怨　撷芳词　秋蕊香引　河传　锦帐春　鞓红　后庭宴　品令　唐多令　荷花媚　寿山曲　少年心 摊破采桑子　一剪梅　蝶恋花　朝玉阶　散天花　望远行　临江仙　定风波　寻梅　宜男草　七娘子　小重山
61	拨棹子　河传　玉堂春　唐多令　贺明朝　系裙腰　雨中花令
62	拨棹子　苏幕遮　赞成功　明月逐人来　好女儿　唐多令　摊破南乡子　凤时春　破阵子　金蕉叶　定风波 渔家傲　临江仙
63	甘州遍　品令　别怨　折桂令　凤衔杯　定风波
64	行香子　㛹人娇　谢池春　脱银袍　踏莎行　侍香金童　品令　献衷心　麦秀两歧　握金钗　醉春风　猴山月 黄锺乐　瑞鹧鸪近
65	解佩令　淡黄柳　侍香金童　感皇恩　喝火令　品令　辊绣球　芭蕉雨
66	声声令　行香子　厌金杯　㛹人娇　感皇恩　解佩令　踏莎行　玉梅令　垂丝钓　谢池春　锦缠道　怕春归　品令　庆春泽　如梦令　渔家傲　青玉案　酷相思
67	钿带长中腔　垂丝钓　锦缠道　梦行云　三奠子　感皇恩　凤凰阁　看花回　青玉案
68	行香子　两同心　拾翠羽　㛹人娇　凤凰阁　感皇恩　看花回　青玉案　天仙子
69	行香子　献衷心　青玉案
70	且坐令　惜黄花　倚风娇近　望梅花令　蕙清风　连理枝　归田乐引　江城子　雨中花近　月上海棠

字数	词 牌 名
71	檐前铁 千秋岁 小镇西犯 惜奴娇 卓牌子近 三登乐 归田乐引 佳人醉 西施
72	千秋岁 两同心 绕池游 于飞乐 粉蝶儿 惜奴娇 三登乐 望梅花令 连理枝 忆帝京 离亭燕 风入松 甘露歌 撼庭竹 月上海棠
73	郭郎儿近拍 于飞乐 师师令 传言玉女 荔枝香 隔浦莲 何满子 风入松 西施
74	临江仙引 枕屏儿 传言玉女 碧牡丹 剔银灯 何满子 百媚娘 风入松
75	蕊珠闲 扑蝴蝶 诉衷情近 瑞云浓 碧牡丹 怨春闺 千年调 下水船 荔枝香 隔帘听 解蹀躞 剔银灯 长生乐 越溪春 春草碧
76	于飞乐 韵令 荔枝香 金钱子 侧犯 婆罗门引 宫怨春 南浦送别 下水船 剔银灯 御街行 风入松 忆帝京
77	祝英台近 四园竹 扑蝴蝶 侧犯 凤楼春 离亭燕 御街行
78	金人捧露盘 甘州令 凤归云词 最高楼 阳关引 望远行 剔银灯 一丛花 御街行
79	金人捧露盘 别仙子 山亭柳 拥鼻吟 小镇西犯 快活年近拍 红林檎近 梦还京 忆黄梅
80	过涧歇近 最高楼 醉亭楼 惜奴娇 应景乐 瑶阶草 安公子 御街行
81	金人捧露盘 彩凤飞 最高楼 凤归云词 皂罗特髻 有有令 满路花 倒垂柳 斗百花 柳初新 御街行
82	南州春色 早梅芳 最高楼 拂霓裳 梦玉人引 千秋岁引 蓦山溪 洞仙歌 爪茉莉 新荷叶 望梅花慢 柳腰轻 柳初新
83	踏歌 最高楼 拂霓裳 望云涯引 迷仙引 蓦山溪 洞仙歌 踏青游 清波引 黄鹤引 秋夜月 长寿乐 踏莎行慢 满路花 簇水近 泛兰舟
84	踏歌 千秋岁引 秋夜月 梦玉人引 鹤冲天 凤归云词 洞仙歌 踏青游 清波引 蕙兰芳引 少年游慢 倾杯近 兀令 中兴乐 祭天神
85	最高楼 梦玉人引 千秋岁引 洞仙歌 簇水 江城梅花引 祭天神
86	瑞鹧鸪慢 华胥引 苏武令 鹤冲天 洞仙歌 受恩深 满路花 五福降中天 婆罗门令

字数	词　牌　名
87	芳草渡　春晴　寰海清　法曲第二　洞仙歌　千秋岁引　醉乡曲　满路花　离别难 江城梅花引
88	鹊桥仙慢　八六子　玉人歌　醉思仙　瑞鹧鸪慢　惜红衣　鹤冲天　洞仙歌　满路花 江城梅花引　鸣梭　劝金船
89	八六子　醉思仙　探芳信　芳草渡　惜红衣　雪狮儿　卜算子慢　西窗烛　石湖仙 采桑子慢　满江红　鱼游春水
90	八六子　探芳信　六国朝　瑞鹤仙　古阳关　谢池春慢　采桑子慢　满路花　玉漏迟 遥天奉翠华引
91	醉翁操　夏云峰　八六子　十二时慢　醉思仙　采莲令　月上海棠慢　红芍药　雪狮 儿　满江红　法曲献仙音
92	薄媚摘遍　东风齐著力　法曲献仙音　四犯剪梅花　金盏倒垂莲　远朝归　露华 惜馀妍　意难忘　雪狮儿 满江红　梅花曲　塞翁吟　劝金船　恋香衾
93	高平探芳新　塞孤　满庭芳　卜算子慢　惜秋华　洞仙歌　满江红　驻马听慢　凄凉 犯　四犯剪梅花　玉漏迟 临江仙慢　浣溪沙慢　卓牌子慢
94	雪梅香　留客住　古香慢　步月　如鱼水　扫花游　汉宫春　一枝春　露华　梅子黄 时雨　六幺令　满江红　驻马听　惜秋华　尾犯　探春慢　玉漏迟　应天长　雪明鳷 鹊夜慢　水调歌头　芙蓉月　保寿乐　赏松菊　凄凉犯
95	玉京秋　雁侵云慢　塞孤　二色莲　满庭芳　天香　玉梅香慢　凤凰台上忆吹箫　扫 花游　小圣乐　声声慢 红袖扶　白雪　玉女迎春慢　尾犯　水调歌头　换遍歌头　塞垣春　八声甘州　黄莺 儿　徵招
96	金浮图　凤鸾双舞　阳台路　剑器近　倦寻芳　天香　梅花曲　满庭芳　步月　声声 慢　雨中花慢　望云间　秋兰香　凤凰台上忆吹箫　早梅香　庆千秋　汉宫春　行香 子慢　甘露滴乔松　烛影摇红　玉漏迟　孟家蝉　水调歌头 塞垣春　八声甘州　黄莺儿　熙州慢
97	芰荷香　月下笛　倦寻芳　四槛花　夜合花　宴春台　声声慢　庆清朝　雨中花慢 秋蕊香慢　凤凰台上忆吹箫　西子妆慢　汉宫春　暗香　帝台春　月边娇　松梢月 玉簟凉　清夜游　满江红　瑶台第一层　水调歌头　醉蓬莱　黄鹂绕碧树　梦芙蓉 玉京谣　绿盖舞风轻　卓牌子慢　潇潇雨　长亭怨　黄莺儿　迷神引　采明珠　被花 恼 八声甘州

字数	词 牌 名
98	绣停针 高阳台 夏日燕黉堂 芰荷香 留客住 双双燕 十月桃 琐窗寒 八节长欢 解语花 云仙引 翦牡丹 应天长慢 雨中花慢 宴春台 声声慢 扬州慢 锦堂春 粉蝶儿慢 福寿千春 尾犯 孤鸾 万年欢 绛都春 并蒂芙蓉 玲珑玉 瑶台第一层 春草碧慢 忆东坡 塞垣春 水晶帘 玉蝴蝶 逍遥乐 陌上花 舞杨花 黄河清 昼夜乐 八声甘州
99	秋宵吟 梦扬州 六桥行 夏日燕黉堂 蜀溪春 琐窗寒 月下笛 八节长欢 燕山亭 紫玉箫 聒龙谣 声声慢 隔帘花 夜合花 月华清 凤池吟 锦堂春 金菊对芙蓉 催雪 无闷 丁香结 雨中花慢 大有 玲珑四犯 国香 十月桃 三部乐 尾犯 新雁过妆楼 飞龙宴 三姝媚 宴清都 无月不登楼 玉蝴蝶 定风波慢
100	凤箫吟 雪夜渔舟 惜花春起早慢 梅花曲 夜合花 雨中花慢 月下笛 琐窗寒 解语花 绕佛阁 东风第一枝 高阳台 大椿 玲珑四犯 尾犯 万年欢 燕归慢 念奴娇 绛都春 换巢鸾凤 桂枝香 花心动 蜡梅香 垂杨 丹凤吟 双头莲 长寿仙 导引 二郎神 引驾行 琵琶仙 惜寒梅 满朝欢 渡江云 八音谐 瑞鹤仙 木兰花慢 采绿吟 定风波慢 折桂令 御带花 春夏两相期
101	花犯 凤箫吟 喜朝天 凤归云 蜡梅香 六花飞 翦牡丹 拜星月 马家春慢 解语花 翠楼吟 清风满桂楼 满朝欢 锦堂春 念奴娇 曲江秋 舜韶新 万年欢 玲珑四犯 金盏子 梅香慢 桂枝香 秋色横空 宴瑶池慢 看花回慢 映山红慢 花心动 宴清都 瑞鹤仙 三姝媚 曲游春 玉烛新 寿楼春 木兰花慢 霓裳中序第一 月当厅 水龙吟 定风波慢 彩云归 真珠帘
102	花犯 湘春夜月 石州慢 花发状元红慢 瑶华 庆春宫 上林春 氐州第一 拜星月 恋芳春慢 万年欢 夹竹桃花 昼锦堂 春愁 金盏子 寿星明 春从天上来 喜迁莺 月中桂 望春回 斗百草慢 南浦 念奴娇 宴清都 瑞鹤仙 忆旧游 曲游春 木兰花慢 安公子 霓裳中序第一 吴音子 西平乐 绮寮怨 惜奴娇慢 倒犯 水龙吟 齐天乐 山亭宴
103	看花回慢 喜朝天 青房并蒂莲 还京乐 红楼慢 金盏子 秋霁 双头莲 雨霖铃 玉京秋慢 安平乐慢 升平乐 探春慢 绮罗香 杏花天慢 长相思慢 忆瑶姬 喜迁莺 梅梢月 望南云慢 春云怨 曲江秋 西江月慢 二郎神 情久长 竹马子 忆旧游 眉妩 龙山会 曲游春 瑞鹤仙 峭寒轻 宴琼林 霓裳中序第一 木兰花慢 西湖月 西平乐 绮寮怨 玉楼宴 齐天乐 湘江静

字数	词 牌 名
104	看花回慢　阳春曲　西河　二郎神　尉迟杯　霜花腴　永遇乐　倾杯乐　长相思慢　安平乐慢　百宜娇　瑞云浓慢 双声子　澡兰香　拜星月　向湖边　送入我门来　绮罗香　春从天上来　爱月夜眠　迟慢　月中桂　潇湘忆故人慢　惜馀欢　绕池游慢　更漏子慢　玉连环　花心动　忆旧游　宴琼林　迎新春　梁州令　安公子　索酒　西湖月 绮寮怨　水龙吟　齐天乐　如此江山　归朝欢　春归怨
105	早梅芳慢　西河　尉迟杯　一寸金　青门饮　花发沁园春　暮花天　真珠髻　梦横塘　曲玉管　秋霁　喜迁莺 花心动　暗香疏影　忆瑶姬　定风波慢　二郎神　南浦　清风八咏楼　赏南枝　合欢带　西吴曲
106	尉迟杯　青门饮　倾杯乐　飞雪满群山　内家娇　百宝装　新雁过妆楼　夺锦标　落梅花　泛清波摘遍 春从天上来　楚宫春慢　望明河　解连环　西江月慢　征部乐　望远行　醉公子慢　夜飞鹊　安公子　水龙吟
107	角招　一萼红　倾杯乐　青门饮　落梅花　选冠子　望海潮　飞雪满群山　女冠子慢　薄幸　望远行　望湘人
108	一萼红　大圣乐　倾杯乐　击梧桐　夺锦标　倚阑人　泛清苕　惜黄花慢　楚宫春慢　解连环　一寸金　薄幸 折红梅　风流子
109	冒马索　忆瑶姬　霜叶飞　选冠子　江南春　过秦楼　无愁可解　杜韦娘　江城子慢　风流子　锦瑟清商引
110	霜叶飞　大圣乐　慢卷绸　八犯玉交枝　六国朝　疏影　女冠子慢　江城子慢　风流子　击梧桐　高山流水
111	西河　霜叶飞　慢卷绸　选冠子　五彩结同心　女冠子慢　风流子
112	透碧霄　沁园春　无愁可解　女冠子慢　离别难慢　霜叶飞
113	女冠子慢　沁园春　选冠子　八归　玉山枕　长寿乐　贺新郎　期夜月
114	梅花引　瑶台月　沁园春　选冠子　女冠子慢　丹凤吟　轮台子　紫萸香慢　摸鱼儿
115	沁园春　八归　宣清　贺新郎
116	沁园春　倾杯乐　贺新郎　摸鱼儿
117	透碧霄　贺新郎　集贤宾　子夜歌　摸鱼儿
118	洞仙歌　瑶台月　伊州曲　凤归云慢

字数	词 牌 名
119	吊严陵
120	金明池　瑶台月
121	送征衣慢　笛家弄
122	迷仙引慢
123	洞仙歌　秋思
124	洞仙歌
125	白苎　十二时慢　引驾行　春风袅娜　春雪间早梅
126	翠羽吟　洞仙歌
129	六州
130	十二时慢　兰陵王
131	兰陵王　阳关三叠
132	浪淘沙慢　瑞龙吟
133	瑞龙吟　大酺　破阵乐　六州歌头　浪淘沙慢
135	西平乐慢
136	西平乐慢　歌头
137	多丽　西平乐慢　金童捧露盘
138	金童捧露盘
139	多丽　金童捧露盘　玉女摇仙佩
140	多丽　轮台子慢　六丑
141	十二时慢　玉抱肚　六州歌头
143	六州歌头
144	六州歌头　夜半乐
145	夜半乐
155	宝鼎现
157	宝鼎现
158	宝鼎现
159	个侬

字数	词 牌 名
160	解红慢　哨遍
169	穆护砂
171	三台慢
187	抛球乐慢
200	哨遍
202	哨遍
203	哨遍
204	哨遍
210	戚氏
212	戚氏
213	戚氏
215	胜州令
236	莺啼序
240	莺啼序

二、按用韵检索

平韵词谱

【八六子】	六体	（另有仄韵）
【八声甘州】	一体	
【采桑子】	二体	
【摊破丑奴儿】	一体	
【苍梧谣】	一体	
【长相思】	一体	
【朝中措】	三体	（另有杂韵）
【春从天上来】	三体	
【春风袅娜】	一体	
【春光好】	四体	
【捣练子】	二体	
【大圣乐】	四体	（另有仄韵、杂韵）
【多丽】	一体	
【法驾导引】	一体	
【风流子】	二体	
【风入松】	三体	
【凤凰台上忆吹箫】	三体	
【高阳台】	二体	
【更漏子】	二体	（另有杂韵）
【国　香】	二体	
【过秦楼】	一体	
【汉宫春】	二体	（另有仄韵）
【好女儿】	一体	
【何满子】	二体	
【红林檎近】	一体	
【画堂春】	二体	

【浣溪沙】	一体	
【极相思】	一体	
【芰荷香】	一体	
【系裙腰】	三体	
【江城梅花引】	一体	
【江月晃重山】	一体	
【江城子】	二体	
【金菊对芙蓉】	一体	
【金人捧露盘】	一体	
【锦堂春】	一体	
【酒泉子】	五体	（另有杂韵）
【浪淘沙】	一体	
【两同心】	二体	（另有仄韵）
【恋绣衾】	一体	
【临江仙】	四体	
【柳梢青】	二体	（另有仄韵）
【露华】	二体	（另有仄韵）
【满路花】	三体	（另有仄韵）
【满庭芳】	一体	
【木兰花慢】	二体	
【南歌子】	三体	
【南乡子】	四体	（另有杂韵）
【念奴娇】	二体	（另有仄韵）
【抛球乐】	二体	
【婆罗门引】	一体	
【破阵子】	一体	
【人月圆】	一体	
【绮寮怨】	一体	
【沁园春】	二体	
【琴调相思引】	一体	
【庆春宫】	二体	（另有仄韵）
【庆清朝】	一体	
【阮郎归】	一体	
【瑞鹧鸪】	二体	

【沙塞子】	二体	
【塞翁吟】	一体	
【三　台】	一体	
【山花子】	一体	
【少年游】	八体	
【声声慢】	二体	
【水调歌头】	一体	
【诉衷情】	四体	（另有杂韵）
【太常引】	二体	
【摊破南乡子】	一体	
【唐多令】	一体	
【添声杨柳枝】	三体	（另有杂韵）
【万年欢】	二体	（另有仄韵）
【望海潮】	一体	
【乌夜啼】	二体	
【巫山一段云】	二体	
【武陵春】	二体	
【西乐慢】	一体	
【夏云峰】	一体	
【潇湘神】	一体	
【小重山】	二体	
【新荷叶】	二体	
【新雁过妆楼】	一体	
【行香子】	二体	
【眼儿媚】	一体	
【宴春台】	二体	
【燕归梁】	四体	
【扬州慢】	一体	
【瑶台第一层】	一体	
【夜飞鹊】	一体	
【夜合花】	一体	
【一丛花】	一体	
【一萼红】	一体	
【一剪梅】	三体	

【忆江南】	一体	
【忆旧游】	一体	
【忆秦娥】	二体	（另有仄韵）
【忆王孙】	一体	
【忆瑶姬】	二体	（另有仄韵）
【意难忘】	一体	
【于飞乐】	二体	
【渔歌子】	三体	（另有仄韵）
【雨中花慢】	三体	
【玉蝴蝶】	一体	
【月宫春】	二体	
【鹧鸪天】	一体	
【昼锦堂】	一体	
【醉太平】	三体	（另有仄韵、杂韵）
【欸乃词】	一体	
【爱月夜眠迟】	一体	
【安平乐】	一体	
【安平乐慢】	二体	
【八节长欢】	一体	
【白　雪】	一体	
【百宝装】	二体	
【别　怨】	一体	
【步虚子令】	一体	
【步　月】	二体	（另有仄韵）
【彩鸾归令】	一体	
【彩云归】	一体	
【长生乐】	一体	
【长相思慢】	二体	
【朝玉阶】	一体	
【春雪间早梅】	一体	
【翠羽吟】	一体	
【导引】	一体	
【钿带长中腔】	一体	
【东风齐著力】	一体	

【翻香令】　　　　　一体

【泛清苕】　　　　　一体

【飞雪满群山】　　　一体

【凤池吟】　　　　　一体

【凤归云】　　　　　一体

【凤归云词】　　　　一体

【凤楼春】　　　　　一体

【凤衔杯】　　　　　三体　　　　（另有仄韵）

【凤箫吟】　　　　　三体

【拂霓裳】　　　　　一体

【甘州遍】　　　　　一体

【甘州曲】　　　　　二体

【高山流水】　　　　一体

【高溪梅令】　　　　一体

【更漏子慢】　　　　一体

【宫怨春】　　　　　一体

【缑山月】　　　　　一体

【孤馆深沉】　　　　一体

【桂殿秋】　　　　　一体

【撼庭竹】　　　　　二体　　　　（另有仄韵）

【好时光】　　　　　一体

【喝火令】　　　　　一体

【合欢带】　　　　　一体

【荷叶铺水面】　　　一体

【恨春迟】　　　　　二体

【恨欢迟】　　　　　一体

【红罗袄】　　　　　一体

【后庭花破子】　　　一体

【胡蝶儿】　　　　　一体

【花上月令】　　　　一体

【华清引】　　　　　一体

【寰海清】　　　　　一体

【黄鹂绕碧树】　　　二体　　　　（另有仄韵）

【黄锺乐】　　　　　一体

【集贤宾】	二体	
【家山好】	一体	
【解红】	一体	
【金陵】	一体	
【金盏倒垂莲】	一体	
【金盏子令】	一体	
【锦瑟清商引】	一体	
【看花回】	一体	
【蜡梅香】	二体	（另有仄韵）
【离别难慢】	一体	
【荔子丹】	一体	
【恋芳春慢】	一体	
【恋香衾】	一体	
【临江仙慢】	一体	
【临江仙引】	一体	
【玲珑玉】	一体	
【柳含烟】	一体	
【六国朝】	二体	（另有杂韵）
【落梅风】	一体	
【梅花曲】	三谱	
【孟家蝉】	一体	
【梦扬州】	一体	
【莫打鸭】	一体	
【暮花天】	一体	
【南乡一剪梅】	一体	
【南州春色】	一体	
【婆罗门】	一体	
【青房并蒂莲】	一体	
【庆春时】	一体	
【庆金枝】	一体	
【庆千秋】	一体	
【秋风清】	一体	（另有仄韵）
【秋蕊香慢】	一体	
【绕池游慢】	一体	

【如鱼水】　　　　二体

【入塞】　　　　　一体

【瑞鹧鸪近】　　　一体

【瑞鹧鸪慢】　　　一体

【三奠子】　　　　一体

【三字令】　　　　二体

【山亭柳】　　　　二体　　　（另有仄韵）

【赏南枝】　　　　一体

【升平乐】　　　　一体

【声声令】　　　　一体

【思帝乡】　　　　三体

【四槛花】　　　　一体

【松梢月】　　　　一体

【送入我门来】　　一体

【送征衣慢】　　　一体

【寿楼春】　　　　一体

【寿山曲】　　　　一体

【蜀溪春】　　　　一体

【双声子】　　　　一体

【双头莲令】　　　一体

【双燕儿】　　　　一体

【霜花腴】　　　　一体

【踏歌词】　　　　一体

【亭前柳】　　　　二体

【透碧霄】　　　　一体

【望梅花】　　　　一体

【望南云慢】　　　一体

【望仙门】　　　　一体

【望远行近】　　　一体

【望远行令】　　　二体

【威仪辞】　　　　二体　　　（另有仄韵）

【吴音子】　　　　一体

【五彩结同心】　　一体　　　（另有仄韵）

【五福降中天】　　一体

【舞杨花】	一体	
【误桃源】	一体	
【西施】	一体	
【惜春令】	一体	
【惜黄花慢】	二体	（另有仄韵）
【喜长新】	一体	
【喜朝天】	一体	
【喜团圆】	一体	
【遐方怨】	二体	
【夏日燕黉堂】	一体	
【闲中好】	一体	
【献天寿】	一体	
【献衷心】	二体	
【相思儿令】	二体	
【湘春夜月】	一体	
【湘灵瑟】	一体	
【潇湘忆故人慢】	一体	
【潇潇雨】	一体	
【谢新恩】	一体	
【行香子慢】	一体	
【杏园芳】	一体	
【雪梅香】	一体	
【雪花飞】	一体	
【燕归慢】	一体	
【阳关三叠】	一体	
【遥天奉翠华引】	一体	
【一七令】	二体	（另有仄韵）
【伊州三台令】	一体	
【忆江南近】	一体	
【莺声绕红楼】	一体	
【樱桃歌】	二体	（另有仄韵）
【引驾行】	二体	（另有仄韵）
【渔父词】	一体	
【渔父引】	一体	

【雨中花近】　　　　　　一体

【玉簟凉】　　　　　　　一体

【玉蝴蝶令】　　　　　　二体

【玉楼宴】　　　　　　　一体

【怨三三】　　　　　　　一体

【月当厅】　　　　　　　一体

【越溪春】　　　　　　　一体

【云仙引】　　　　　　　一体

【韵令】　　　　　　　　一体

【赞成功】　　　　　　　一体

【赞浦子】　　　　　　　一体

【摘得新】　　　　　　　一体

【占春芳】　　　　　　　一体

【柘枝引】　　　　　　　一体

【驻马听】　　　　　　　一体

【紫萸香慢】　　　　　　一体

【紫玉箫】　　　　　　　一体

【中兴乐】　　　　　　　三体　　　　（另有杂韵）

【醉垂鞭】　　　　　　　一体

【醉红妆】　　　　　　　一体

【醉思仙】　　　　　　　一体

【醉翁操】　　　　　　　一体

【凭阑人】　　　　　　　一体

【梧叶儿】　　　　　　　三体　　　　（另有杂韵）

【阿曹婆】　　　　　　　（唐五代词）

【拜新月】　　　　　　　（唐五代词）　　（另有仄韵）

【斗鹌鹑】　　　　　　　（金元词）

【斗百草】　　　　　　　（唐五代词）　　（另有仄韵）

【放心闲】　　　　　　　（金元词）

【奉禋歌】　　　　　　　（宋词）　　　　（另有仄韵、杂韵）

【祔陵歌】　　　　　　　（宋词）

【感庭秋】　　　　　　　（金元词）

【憨郭郎】　　　　　　　（金元词）

【还宫乐】　　　　　　　（宋词）

【降仙台】	（宋词）	
【降中央】	（金元词）	
【金殿乐慢】	（宋词）	
【金盏儿】	（金元词）	
【菊花天】	（金元词）	
【俊蛾儿】	（金元词）	
【柳青娘】	（唐五代词）	
【明月照高楼慢】	（宋词）	
【七宝玲珑】	（金元词）	
【七骑子】	（金元词）	
【千金意】	（宋词）	
【清心月】	（金元词）	
【庆寿光】	（宋词）	
【软翻鞋】	（金元词）	
【上丹霄】	（金元词）	
【圣葫芦】	（金元词）	
【十二时】	（唐五代词）	（另有仄韵）
【十六贤】	（宋词）	
【石州】	（唐五代词）	
【四时乐】	（宋词）	
【送征衣】	（唐五代词）	
【五更出舍郎】	（金元词）	
【五更转】	（唐五代词）	（另有仄韵）
【逍遥乐令】	（金元词）	
【虞神歌】	（宋词）	
【玉连环近】	（宋词）	
【玉笼璁】	（金元词）	
【遇仙亭】	（金元词）	
【竹枝子】	（唐五代词）	
【转调采桂枝】	（金元词）	
【归去来分引】	（宋词）	
（欸乃曲）	（唐五代词）	
（八拍蛮）	（唐五代、宋词）	
（遍地锦令）	（金元词）	

（步虚词）　　　　（唐五代词）

（采莲子）　　　　（唐五代词）

（得道阳）　　　　（金元词）

（度清霄）　　　　（宋词）

（泛龙舟词）　　　（唐五代词）

（甘州歌）　　　　（唐五代词）

（何满子词）　　　（唐五代词）

（胡渭州）　　　　（唐五代词）

（皇帝感）　　　　（唐五代词）

（金缕曲）　　　　（唐五代词）

（浪淘沙令）　　　（唐五代、金元词）

（乐世词）　　　　（唐五代词）

（凉州歌）　　　　（唐五代词）

（柳枝）　　　　　（唐五代词）

（楼心月）　　　　（宋词）

（啰唝曲）　　　　（唐五代词）

（清调）　　　　　（唐五代、宋词）

（寿星明词）　　　（宋词）

（水调）　　　　　（唐五代词）

（水鼓子）　　　　（唐五代词）

（调笑词）　　　　（宋词）

（万年春）　　　　（金元词）

（渭城曲）　　　　（唐五代、宋词）

（舞春风）　　　　（唐五代词）

（献仙桃）　　　　（宋词）

（小秦王）　　　　（唐五代、宋词）

（杨柳枝）　　　　（唐五代词）

（渔父引词）　　　（唐五代词）

（竹枝）　　　　　（唐五代词）

（字字双）　　　　（唐五代词）

（白鹤子）　　　　（金元词）

（采莲子令）　　　（唐五代词）

（长命女）　　　　（唐五代词）

（何满子令）　　　（唐五代词）

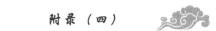

（纥那曲）　　　　（唐五代词）

（剑器）　　　　　（唐五代词）

（离别难令）　　　（唐五代词）

（陆州歌）　　　　（唐五代词）

（梦江南）　　　　（唐五代词）

（南歌子令）　　　（唐五代词）

（三台令）　　　　（唐五代词）

（望夫歌）　　　　（唐五代词）

（乌夜啼令）　　　（唐五代词）

（一片子）　　　　（唐五代词）

（怨回纥）　　　　（唐五代词）

（长相思令）　　　（唐五代词）　　　（另有仄韵）

（凉州歌组词）　　（唐五代词）

（水调歌）　　　　（唐五代词）

（伊州歌）　　　　（唐五代词）

仄韵词谱

【安公子】　　　六体

【暗香】　　　　二体

【八六子】　　　六体　　　（另有平韵）

【拜星月慢】　　二体

【宝鼎现】　　　六体

【碧牡丹】　　　三体

【薄幸】　　　　一体

【卜算子】　　　四体

【步蟾宫】　　　三体

【长亭怨】　　　二体

【侧犯】　　　　一体

【传言玉女】	一体	
【垂丝钓】	二体	
【春草碧】	二体	
【翠楼吟】	一体	
【大酺】	一体	
【大圣乐】	四体	（另有杂韵、平韵）
【淡黄柳】	一体	
【滴滴金】	三体	
【氐州第一】	一体	
【点绛唇】	一体	
【蝶恋花】	二体	
【东风第一枝】	一体	
【东坡引】	一体	
【洞仙歌】	四体	
【鬥百花】	一体	
【夺锦标】	一体	
【二郎神】	二体	
【法曲献仙音】	二体	
【粉蝶儿】	二体	
【凤凰阁】	一体	
【感皇恩】	一体	
【隔浦莲近拍】	一体	
【孤鸾】	一体	
【归朝欢】	一体	
【归自谣】	一体	
【桂枝香】	一体	
【海棠春】	三体	
【汉宫春】	二体	（另有平韵）
【好事近】	一体	
【河传】	九体	（另有杂韵）
【贺圣朝】	三体	
【贺新郎】	二体	
【鹤冲天】	二体	
【红窗迥】	一体	

【花犯】	一体	
【花心动】	一体	
【华胥引】	一体	
【蕙兰芳引】	一体	
【绛都春】	二体	
【解蹀躞】	一体	
【解连环】	一体	
【解佩令】	一体	
【解语花】	一体	
【金蕉叶】	二体	
【金盏子】	一体	
【锦缠道】	一体	
【锦帐春】	一体	
【倦寻芳】	一体	
【兰陵王】	一体	
【浪淘沙慢】	一体	
【离亭燕】	二体	
【荔枝香】	二体	
【连理枝】	一体	
【梁州令】	四体	
【两同心】	二体	（另有平韵）
【玲珑四犯】	三体	
【留春令】	一体	
【六丑】	一体	
【六么令】	一体	
【柳梢青】	二体	（另有平韵）
【露华】	二体	（另有平韵）
【满江红】	四体	
【满路花】	三体	（另有平韵）
【梦玉人引】	一体	
【摸鱼儿】	一体	
【陌上花】	一体	
【蓦山溪】	一体	
【南浦】	一体	

【霓裳中序第一】	一体	
【念奴娇】	二体	（另有平韵）
【女冠子慢】	一体	
【品令】	五体	
【扑蝴蝶】	二体	
【齐天乐】	三体	
【绮罗香】	一体	
【七娘子】	二体	
【千秋岁】	二体	
【千秋岁引】	一体	
【青门饮】	二体	
【青玉案】	五体	
【倾杯乐】	三体	
【清平乐】	一体	
【清平乐令】	一体	
【清商怨】	二体	
【庆春宫】	二体	（另有平韵）
【秋霁】	一体	
【秋蕊香】	一体	
【秋夜雨】	一体	
【鹊桥仙】	一体	
【如梦令】	一体	
【瑞鹤仙】	一体	
【瑞龙吟】	一体	
【塞垣春】	一体	
【三部乐】	一体	
【三登乐】	一体	
【三姝媚】	一体	
【扫花游】	一体	
【生查子】	一体	
【石州慢】	一体	
【侍香金童】	一体	
【疏影】	一体	
【双双燕】	一体	

【霜天晓角】　　　一体

【霜叶飞】　　　　一体

【水龙吟】　　　　一体

【苏幕遮】　　　　一体

【琐窗寒】　　　　一体

【踏莎行】　　　　二体

【探春令】　　　　四体

【探春慢】　　　　一体

【探芳信】　　　　二体

【桃源忆故人】　　一体

【剔银灯】　　　　二体

【㛅人娇】　　　　二体

【天仙子】　　　　二体

【天香】　　　　　一体

【调笑】　　　　　一体

【调笑令】　　　　一体

【万年欢】　　　　二体　　　（另有平韵）

【望远行】　　　　一体

【尾犯】　　　　　三体

【尉迟杯】　　　　一体

【无闷】　　　　　一体

【西地锦】　　　　一体

【西河】　　　　　二体

【惜分飞】　　　　二体

【惜黄花】　　　　一体

【惜奴娇】　　　　一体

【喜迁莺】　　　　一体

【撷芳词】　　　　二体

【谢池春】　　　　一体

【杏花天】　　　　二体

【选冠子】　　　　二体

【宴清都】　　　　一体

【燕山亭】　　　　二体

【瑶华】　　　　　一体

【瑶台月】	一体	
【夜行船】	三体	
【夜游宫】	一体	
【谒金门】	一体	
【一寸金】	一体	
【一斛珠】	一体	
【一落索】	五体	
【忆秦娥】	二体	（另有平韵）
【忆少年】	二体	
【忆瑶姬】	二体	（另有平韵）
【应天长令】	三体	
【应天长】	二体	
【莺啼序】	一体	
【迎春乐】	三体	
【永遇乐】	一体	
【鱼游春水】	一体	
【渔歌子】	三体	（另有平韵）
【渔家傲】	一体	
【雨霖铃】	一体	
【雨中花令】	二体	
【玉楼春】	二体	
【玉漏迟】	一体	
【玉女摇仙佩】	一体	
【玉烛新】	一体	
【御街行】	三体	
【月华清】	一体	
【月上海棠】	二体	
【月上海棠慢】	一体	
【月下笛】	一体	
【早梅芳】	一体	
【折红梅】	一体	
【真珠帘】	一体	
【徵招】	一体	
【昼夜乐】	一体	

【烛影摇红】	二体	
【祝英台近】	一体	
【醉春风】	一体	
【醉花阴】	一体	
【醉蓬莱】	一体	
【醉太平】	三体	（另有平韵、杂韵）
【暗香疏影】	一体	
【八宝装】	一体	
【八犯玉交枝】	一体	
【八归】	一体	
【八音谐】	一体	
【芭蕉雨】	一体	
【白苎】	一体	
【百媚娘】	一体	
【百宜娇】	一体	
【保寿乐】	一体	
【被花恼】	一体	
【遍地花】	一体	
【别仙子】	一体	
【鬓边华】	一体	
【并蒂芙蓉】	一体	
【拨棹子】	二体	（另有杂韵）
【薄媚摘遍】	一体	
【薄命女】	一体	
【卜算子慢】	一体	
【步月】	二体	（另有平韵）
【采莲令】	一体	
【采明珠】	一体	
【彩凤飞】	一体	
【茶瓶儿】	二体	
【长寿乐】	一体	
【朝天子】	一体	
【城头月】	一体	
【楚宫春慢】	二体	

【垂杨】　　　　　二体

【春草碧慢】　　　一体

【春愁】　　　　　一体

【春归怨】　　　　一体

【春晴】　　　　　一体

【春夏两相期】　　一体

【春晓曲】　　　　一体

【春云怨】　　　　一体

【簇水】　　　　　一体

【簇水近】　　　　一体

【大椿】　　　　　一体

【大圣乐令】　　　一体

【大有】　　　　　一体

【丹凤吟】　　　　一体

【倒垂柳】　　　　一体

【倒　犯】　　　　一体

【笛家弄】　　　　一体

【帝台春】　　　　一体

【吊严陵】　　　　一体

【丁香结】　　　　一体

【定风波慢】　　　二谱

【洞天春】　　　　一体

【斗百草慢】　　　一体

【斗鸡回】　　　　一体

【杜韦娘】　　　　一体

【端正好】　　　　一体

【二色宫桃】　　　一体

【二色莲】　　　　一体

【法曲第二】　　　一体

【泛兰舟】　　　　一体

【泛清波摘遍】　　一体

【芳草渡】　　　　一体

【飞龙宴】　　　　一体

【粉蝶儿慢】　　　一体

【凤流子令】	一体	
【凤孤飞】	一体	
【凤归云慢】	一体	
【凤皇枝令】	一体	
【凤来朝】	一体	
【凤鸾双舞】	一体	
【凤时春】	一体	
【凤衔杯】	三体	（另有平韵）
【芙蓉月】	一体	
【福寿千春】	一体	
【甘草子】	一体	
【甘州令】	一体	
【歌头】	一体	
【隔帘花】	一体	
【隔帘听】	一体	
【个侬】	一体	
【古香慢】	一体	
【鼓笛令】	一体	
【归国遥】	二体	
【归去来】	二体	
【归田乐】	一体	
【归田乐令】	一体	
【归田乐引】	二体	
【辊绣球】	一体	
【郭郎儿近拍】	一体	
【聒龙谣】	一体	
【过涧歇近】	一体	
【撼庭秋】	一体	
【撼庭竹】	二体	（另有平韵）
【荷花媚】	一体	
【贺明朝】	一体	
【红窗听】	一体	
【红窗怨】	一体	
【红楼慢】	一体	

【红芍药】	一体	
【红袖扶】	一体	
【后庭花】	二体	
【后庭宴】	一体	
【胡捣练】	二体	
【花发沁园春】	一体	
【花发状元红慢】	一体	
【花非花】	一体	
【花前饮】	一体	
【还京乐】	一体	
【换遍歌头】	一体	
【浣溪沙慢】	一体	
【黄河清】	一体	
【黄鹤引】	一体	
【黄鹂绕碧树】	二体	（另有平韵）
【黄莺儿】	一体	
【蕙清风】	一体	
【蕙香囊】	一体	
【击梧桐】	二体	
【祭天神】	二体	
【夹竹桃花】	一体	
【佳人醉】	一体	
【翦牡丹】	二体	
【剑器近】	一体	
【江城子慢】	一体	
【江楼令】	一体	
【江南春】	一体	
【江南弄】	一体	
【角招】	一体	
【解红慢】	二体	（另有杂韵）
【金错刀】	二体	（另有杂韵）
【金凤钩】	一体	
【金浮图】	一体	
【金莲绕凤楼】	一体	

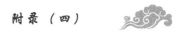

【金明池】	一体
【金钱子】	一体
【金童捧露盘】	一体
【锦香囊】	一体
【锦园春】	二体
【菊花新】	一体
【锯解令】	一体
【買马索】	一体
【看花回慢】	一体
【酷相思】	一体
【快活年近拍】	一体
【蜡梅香】	二体 （另有平韵）
【留客住】	二体
【柳初新】	二体
【六花飞】	一体
【六桥行】	一体
【龙山会】	一体
【绿盖舞风轻】	一体
【轮台子】	一体
【轮台子慢】	一体
【落梅花】	二体
【马家春慢】	一体
【麦秀两歧】	一体
【满朝欢】	二体
【满宫花】	二体
【慢卷绸】	一体
【茅山逢故人】	一体
【眉妩】	一体
【梅弄影】	一体
【梅梢月】	一体
【梅子黄时雨】	一体
【梦芙蓉】	一体
【梦横塘】	一体
【梦还京】	一体

【梦兰堂】	一体
【梦行云】	一体
【迷神引】	一体
【迷仙引】	一体
【迷仙引慢】	一体
【明月逐人来】	一体
【内家娇】	一体
【南浦送别】	一体
【怕春归】	一体
【抛球乐慢】	一体
【琵琶仙】	一体
【品字令】	一体
【婆罗门令】	一体
【破阵乐】	一体
【破字令】	二体
【凄凉犯】	一体
【期夜月】	一体
【千年调】	一体
【且坐令】	一体
【青门引】	一体
【倾杯近】	一体
【倾杯令】	一体
【清波引】	二体
【清风八咏楼】	一体
【清风满桂楼】	一体
【清平令破子】	一体
【清夜游】	一体
【情久长】	一体
【晴偏好】	一体
【庆春泽】	一体
【秋风清】	一体　（另有平韵）
【秋蕊香引】	一体
【秋思】	一体
【秋宵吟】	一体

【秋夜月】	二体
【曲江秋】	一体
【曲游春】	一体
【鹊桥仙慢】	一体
【劝金船】	二体
【冉冉云】	一体
【绕池游】	一体
【绕佛阁】	一体
【如此江山】	一体
【蕊珠闲】	一体
【瑞云浓】	一体
【瑞云浓慢】	一体
【睿恩新】	一体
【塞姑】	一体
【塞孤】	一体
【三台词】	一体
【三台慢】	一体
【散馀霞】	一体
【扫寺舞】	一体
【山亭柳】	二体 |（另有平韵）
【山亭宴】	一体
【伤春曲】	一体
【伤春怨】	一体
【赏松菊】	一体
【上林春】	一体
【上林春令】	一体
【上行杯】	二体
【少年游慢】	一体
【胜州令】	一体
【师师令】	一体
【十二时慢】	二体
【十样花】	一体
【石湖仙】	一体
【拾翠羽】	一体

【使牛子】	一体	
【思归乐】	一体	
【思越人】	二谱	（另有杂韵）
【思远人】	一体	
【四犯令】	一体	
【寿星明】	一体	
【受恩深】	一体	
【苏武令】	一体	
【诉衷情近】	一体	
【索酒】	一体	
【双头莲】	二体	
【双鸂鶒】	一体	
【双韵子】	一体	
【水晶帘】	一体	
【水仙子】	一体	
【睡花阴令】	一体	
【舜韶新】	二体	
【踏歌】	一体	
【踏青游】	一体	
【踏莎行慢】	一体	
【太平年】	一体	
【天门谣】	一体	
【天下乐】	一体	
【鞓红】	一体	
【脱银袍】	一体	
【万里春】	一体	
【望春回】	一体	
【望江东】	一体	
【望江怨】	一体	
【望梅花词】	一体	
【望梅花令】	一体	
【望梅花慢】	一体	
【望明河】	一体	
【望湘人】	一体	

【望云涯引】　　　　一体

【威仪辞】　　　　　二体　　　　（另有平韵）

【握金钗】　　　　　二体

【无愁可解】　　　　二体

【无月不登楼】　　　一体

【五彩结同心】　　　一体　　　　（另有平韵）

【梧桐影】　　　　　一体

【兀令】　　　　　　一体

【西窗烛】　　　　　一体

【西湖月】　　　　　一体

【西江月慢】　　　　二体

【西平乐】　　　　　一体

【西吴曲】　　　　　一体

【西子妆慢】　　　　一体

【惜春郎】　　　　　一体

【惜寒梅】　　　　　一体

【惜红衣】　　　　　一体

【惜花春起早慢】　　一体

【惜黄花慢】　　　　二体　　　　（另有平韵）

【惜奴娇慢】　　　　一体

【惜琼花】　　　　　一体

【惜秋华】　　　　　一体

【惜馀欢】　　　　　一体

【惜馀妍】　　　　　一体

【熙州慢】　　　　　一体

【下水船】　　　　　一体

【相思引】　　　　　一体

【湘江静】　　　　　一体

【向湖边】　　　　　一体

【逍遥乐】　　　　　一体

【小镇西犯】　　　　二体

【谢池春慢】　　　　一体

【杏花天慢】　　　　一体

【绣停针】　　　　　一体

【宣清】	一体	
【雪明鸤鹊夜慢】	一体	
【雪狮儿】	一体	
【雪夜渔舟】	一体	
【寻芳草】	一体	
【寻梅】	一体	
【盐角儿】	一体	
【檐前铁】	一体	
【宴琼林】	一体	
【宴瑶池】	一体	
【宴瑶池慢】	一体	
【厌金杯】	一体	
【阳春曲】	一体	
【阳关引】	一体	
【阳台路】	一体	
【阳台梦令】	一体	
【阳台怨】	一体	
【妖木笪】	一体	
【瑶阶草】	一体	
【幺凤】	一体	
【夜半乐】	一体	
【一点春】	一体	
【一井金】	二体	
【一七令】	二体	（另有平韵）
【一叶落】	一体	
【伊川令】	一体	
【伊州曲】	一体	
【宜男草】	二体	
【倚风娇近】	一体	
【倚阑人】	一体	
【倚西楼】	一体	
【忆帝京】	一体	
【忆东坡】	一体	
【忆汉月】	一体	

【忆黄梅】	一体	
【忆闷令】	一体	
【饮马歌】	一体	
【应景乐】	一体	
【樱桃歌】	二体	（另有平韵）
【鹦鹉曲】	一体	
【迎仙客】	一体	
【迎新春】	一体	
【引驾行】	二体	（另有平韵）
【映山红慢】	一体	
【拥鼻吟】	一体	
【有有令】	一体	
【玉抱肚】	一体	
【玉京秋】	一体	
【玉京秋慢】	一体	
【玉京谣】	一体	
【玉连环】	一体	
【玉楼人】	一体	
【玉梅令】	一体	
【玉梅香慢】	一体	
【玉女迎春慢】	一体	
【玉人歌】	一体	
【玉山枕】	一体	
【玉团儿】	一体	
【玉叶重黄】	一体	
【御带花】	一体	
【远朝归】	一体	
【怨春闺】	一体	
【怨春郎】	一体	
【月边娇】	一体	
【月中桂】	二体	（另有杂韵）
【越江吟】	一体	
【早梅芳慢】	一体	
【早梅香】	二体	

【渌兰香】	一体
【皂罗特髻】	一体
【章台柳】	一体
【珍珠令】	一体
【真珠髻】	一体
【枕屏儿】	一体
【征部乐】	一体
【徵招调中腔】	一体
【郑郎子】	一体
【竹马子】	一体
【竹香子】	一体
【驻马听慢】	一体
【爪茉莉】	一体
【卓牌子慢】	一体
【卓牌子近】	一体
【卓牌子】	一体
【子夜歌】	一体
【醉公子慢】	一体
【醉花间】	二体
【醉亭楼】	一体
【醉乡春】	一体
【醉吟商小品】	一体
【醉妆词】	一体
【黄鹤洞仙】	一体
【木笪】	一体
【爱芦花】	（金元词）
【百岁令】	（宋词）
【拜新月】	（唐五代词） （另有平韵）
【长寿仙促拍】	（宋词）
【超彼岸】	（金元词）
【成功了】	（金元词）
【川拨棹】	（金元词）
【传花枝】	（宋、金元词）
【登仙门】	（金元词）

【斗百草】	（唐五代词）	（另有平韵）
【斗百花近拍】	（宋、金元词）	
【豆叶黄】	（金元词）	
【凤马儿】	（金元词）	
【奉禋歌】	（宋词）	（另有杂韵、平韵）
【刮鼓社】	（金元词）	
【挂金灯】	（金元词）	
【挂金索】	（金元词）	
【辊金丸】	（金元词）	
【郭郎儿慢】	（金元词）	
【贺圣朝慢】	（宋词）	
【花酒令】	（宋词）	
【换骨骰】	（金元词）	
【黄莺儿令】	（金元词）	
【结带巾】	（宋词）	
【金花叶】	（金元词）	
【金鸡叫】	（金元词）	
【老君吟】	（金元词）	
【缕缕金】	（宋词）	
【浦湘曲】	（宋词）	
【倾杯序】	（宋词）	
【瑞庭花引】	（宋词）	
【撒金钱】	（宋词）	
【神仙会】	（金元词）	
【十二时】	（唐五代词）	（另有平韵）
【四块玉】	（金元词）	
【蜀葵花】	（金元词）	
【耍蛾儿】	（金元词）	
【耍三台】	（金元词）	
【水云游】	（金元词）	
【特地新】	（金元词）	
【酴醾香】	（金元词）	
【瓦盆歌】	（金元词）	
【梧桐树】	（金元词）	

【五更令】　　　　　（金元词）

【五更转】　　　　　（唐五代词）　　　（另有平韵）

【五灵妙仙】　　　　（金元词）

【望远行曲】　　　　（金元词）

【香山会】　　　　　（宋、金元词）

【谢师恩】　　　　　（金元词）

【谢新恩词】　　　　（唐五代词）

【绣薄眉】　　　　　（金元词）

【莺穿柳】　　　　　（金元词）

【玉抱肚近】　　　　（金元词）

【玉交梭】　　　　　（金元词）

【玉液泉】　　　　　（金元词）

【棹棹楫】　　　　　（金元词）

【真欢乐】　　　　　（金元词）

【啄木儿】　　　　　（金元词）

【醉瑶池】　　　　　（宋词）

【醉中归】　　　　　（金元词）

【花舞】　　　　　　（宋词）

【剑舞】　　　　　　（宋词）

（阿那曲）　　　　　（唐五代词）

（大官乐）　　　　　（金元词）

（鸡叫子）　　　　　（唐五代、宋词）

（江南春曲）　　　　（唐五代词）

（离苦海）　　　　　（金元词）

（惜花容）　　　　　（宋词）

（夜度娘）　　　　　（宋词）

（拜新月）　　　　　（唐五代词）

（长相思令）　　　　（唐五代词）　　　（另有平韵）

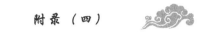

杂韵词谱

【采桑子慢】	三体	
【朝中措】	三体	（另有平韵）
【大圣乐】	四体	（另有仄韵、平韵）
【定风波】	二体	
【定西番】	二体	
【渡江云】	一体	
【更漏子】	二体	（另有平韵）
【河渎神】	一体	
【河传】	九体	（另有仄韵）
【荷叶杯】	三体	
【换巢鸾凤】	一体	
【减字木兰花】	一体	［附偷声木兰花］
【九张机】	二体	
【酒泉子】	五体	（另有平韵）
【六州歌头】	一体	
【梅花引】	二体	
【南乡子】	四体	（另有平韵）
【女冠子】	一体	
【菩萨蛮】	一体	
【戚氏】	一体	
【哨遍】	一体	
【诉衷情】	四体	（另有平韵）
【添声杨柳枝】	三体	（另有平韵）
【西江月】	一体	
【喜迁莺令】	一体	
【相见欢】	一体	
【虞美人】	二体	
【昭君怨】	二体	
【最高楼】	三体	
【醉太平】	三体	（另有仄韵、平韵）
【拨棹子】	二体	（另有仄韵）

【采莲曲】	一体	
【长寿仙】	一体	
【蕃女怨】	一体	
【风光好】	一体	
【甘露滴乔松】	一体	
【甘露歌】	一体	
【感恩多】	一体	
【古阳关】	一体	
【解红慢】	二体	（另有仄韵）
【解仙佩】	一体	
【金错刀】	二体	（另有仄韵）
【离别难】	一体	
【恋情深】	一体	
【六国朝】	二体	（另有平韵）
【梦仙乡】	一体	
【鸣梭】	一体	
【穆护砂】	一体	
【平湖乐】	二体	
【峭寒轻】	一体	
【青门怨】	一体	
【曲玉管】	一体	
【纱窗恨】	一体	
【少年心】	一体	
【思越人】	二谱	（另有仄韵）
【四园竹】	一体	
【天净沙】	一体	
【西溪子】	一体	
【雁侵云慢】	一体	
【忆江南词】	一体	
【永同欢】	一体	
【阳台梦】	一体	
【玉合】	一体	
【玉堂春】	一体	
【月中桂】	二体	（另有仄韵）

【折桂令】	一体	
【中兴乐】	三体	（另有平韵）
【醉高歌】	一体	
【醉乡曲】	一体	
【殿前欢】	一体	
【干荷叶】	一体	
【金字经】	一体	
【庆宣和】	一体	
【寿阳曲】	一体	
【梧叶儿】	三体	（另有平韵）
【喜春来】	一体	
【小圣乐】	一体	
【步步高】	（金元词）	
【步步娇】	（金元词）	
【奉禋歌】	（宋词）	（另有平韵、仄韵）
【孤鹰】	（金元词）	
【合宫歌】	（宋词）	
【集贤宾慢】	（金元词）	
【林钟商小品】	（宋词）	
【山坡羊】	（宋词）	
【四块玉慢】	（金元词）	
【太平令】	（金元词）	
【献忠心】	（唐五代词）	
【小梁州】	（宋词）	
【新水令】	（宋词）	
【游月宫令】	（宋词）	
【驻马听词】	（宋词）	
【薄媚】	（宋词）	
【采莲】	（宋词）	
【采莲舞】	（宋词）	
【番禺调笑】	（宋词）	
【乐语】	（宋词）	
【太清舞】	（宋词）	
【野庵曲】	（宋词）	

【柘枝舞】　　　　　（宋词）

（六州歌）　　　　　（唐五代词）

（楼上曲）　　　　　（宋词）

（清江曲）　　　　　（宋词）

（醉公子令）　　　　（唐五代、宋词）

附录（五）

词人小传

（唐、五代）

1、贺知章

（659-744）越州永兴人，字季真，自号四明狂客、秘书外监。少以文词知名。天宝初，因病乃上疏度为道士，至乡卒。有集。

2、李隆基

（685-762）庙号玄宗。陇西成纪人。睿宗第三子。《旧唐书·本纪》称其"多艺，尤知音律，善八分书"。

3、元　结

（719-772）字次山，号漫叟、聱叟。鲁县（今河南鲁山）人。新乐府运动先行者。有集十卷，今编诗二卷，有《欸乃曲》等词。

4、李　端

（732-792）赵郡人。字公表。累历台省官，出为兴元少尹，入为少府监，复出为泉、饶二州刺史，有能名。

5、韦应物

（737- 约791） 唐京兆长安人。称韦江州、韦左司、韦苏州。著名山水田园诗人，后人以＂王孟韦柳＂并称，今传有10卷本《韦江州集》，2卷本《韦苏州诗集》，10卷本 《韦苏州集》。词存四首，见《尊前集》。

6、张志和

（约744- 约773）始名龟龄，诏改志和，字子同，号玄贞子。婺州金华（今浙江金华）人。志和善诗、画，与颜真卿、陆羽友善。有《太易》十五卷，《玄贞子》十二卷，又二卷。

7、白居易

（772-846） 字乐天，晚号香山居士，又号醉吟先生。祖籍太原，徙居下邽（今陕西渭南东北）。有《白氏长庆集》，存词30余首。

8、郑　符

（?-约846）字梦复。与段成式、张希复为诗友，多有唱和。事迹见段成式《酉阳杂俎》续集卷五。《全唐诗》存词1首。

9、张　祜

（约785-849？）字承吉。清河东武城（今山东武城）人。初寓姑苏，后至长安。集十卷，有《胡渭州》等词。

10、杜牧

（803-852）字牧之。杜佑孙。京兆万年（今西安）人。官至中书舍人。有《樊川文集》。

11、温庭筠

（? --866）原名岐，字飞卿。太原人。花间词人鼻祖。有《握兰集》三卷、《金荃集》十卷，皆佚，词存《花间集》、《金奁集》中，王静安辑《金荃词》一卷。

12、韦庄

（约836-910）字端己。京兆杜陵人。在成都曾居浣花溪畔杜子美草堂故址，故名其集曰《浣花集》。词与温庭筠齐名，世称温韦。词存55首，在《花间集》、《尊前集》、《金奁集》中。

13、韩偓

（约842-923）字致尧，一作致光，小名冬郎，号玉山樵人。京兆万年人。有《韩内翰别集》、《香奁集》，人称香奁体。王静安辑《香奁词》一卷。

14、李晔

（867-904）即唐昭宗。初名杰，改名敏，又改现名。陇西成纪（今甘肃秦安西北）人。《全唐诗》存词4首。

15、李存勖

（885-926）即后唐庄宗。本姓朱耶，小字亚子。沙陀部人。李克用长子。好俳优，洞晓音律，能度曲。《尊前集》存词四首。

16、魏承班

（?-925）许州人。王宗弼子（宗弼本姓魏）。

17、孙光宪

（约895-968）字孟文，自号葆光子，《花间集》称孙少监。陵州贵（今四川仁寿东北）人。有笔记《北梦琐言》，词存84首，王静安辑《孙中丞词》一卷。

18、欧阳炯

（896-971）益州华阳（今四川成都）人。《花间集》称欧阳舍人。善吹长笛，多作艳词，曾为赵崇祚编辑《花间集》序。词存48首，在《花间集》、《尊前集》、《金奁集》中，王静安辑《欧阳章词》一卷。

19、和　凝

（898-955）郓州须昌人，字成绩。后梁末帝贞明二年进士。官居知制诰。

20、冯延巳

（903或904-960）名或作延嗣。广陵人，字正中。冯令頵子。南唐重臣。有《阳春集》。

21、李　璟

（916-961）南唐中主。初名景通，字伯玉。徐州（今属江苏）人。南唐先主李昇长子。

22、孟　昶

（919-965）后蜀国君。初名仁赞，字保元。孟知祥第三子。

23、张　泌

（930-?）名或作佖。淮南人，一说常州人，字子澄。性俭朴，人称莱羹张家。有集。

24、李　煜

（937-978）南唐后主，李璟第六子。初名从嘉，字重光，号钟隐。后人将其词与其父李璟词合刻为《南唐二主词》。

（宋）

1、王禹偁

（954-1001） 字元之。济州巨野（今山东）人。宋史有传。有《小畜集》、《五代史阙文》，存词一首见《花庵词选》。

2、潘 阆

（？-1009）字梦空，自号逍遥子，大名（今属河北）人，一说广陵（今江苏扬州）人。居钱塘（今浙江杭州）。有《逍遥集》。

3、寇 准

（961-1023） 字平仲。华州下邽（今陕西渭南）人。晚年封莱国公，谥忠愍。《宋史》有传。有《寇莱公集》，存词五首，见《花庵词选》及《湘山野录》。

4、林逋

（967-1028）字君复，卒谥和靖先生，后世称林处士。钱塘人。《宋史》有传。有《林和靖诗集》，存词四首，见《花庵词选》。

5、柳 永

（约 987- 约 1053）字耆卿，初名三变，字景庄，排行第七，世称柳七、柳三变。崇安（今属福建）人。官至屯田员外郎。有词名《乐章集》。

6、李遵勖

（988-1038）潞州上党人，初名勖，真宗赐改今名，字公武。有《闲宴集》等。

7、聂冠卿

（988-1042）歙州新安人，字长孺。有《蕲春集》等。

8、晏 殊

（991-1055）字同叔。封临淄公，卒谥元献，世称晏元献。抚州临川人。有《珠玉词》

9、张 先

（990-1078）字子野。吴兴人。晏殊知永兴军，辟为通判。曾以词中巧用三"影"字，人称张三影。有《张子野词》。

10、腾宗谅

(991-？）字子京。河南（今河南洛阳）人。大中祥符八年(1015)进士。

11、张 昇

（992-1077）名或作升，字杲卿。同州韩城人。

12、梅尧臣

（1002-1060）安徽宣州宣城人，宣城古称宛陵，世称宛陵先生。有《宛陵先生集》、《唐载记》、《毛诗小传》等。

13、欧阳修

（1007-1072）字永叔，号醉翁，晚号六一居士，卒谥文忠。庐陵（今江西吉安）人。《宋史》有传。有《新五代史》、《集古录》、《欧阳文忠集》、《六一词》。

14、刘 几

（1008-1088）字伯寿，号玉华庵主（《凤月堂诗话》），洛阳（今属河南）人。《宋史》卷二六二有传。

15、赵 祯

（1010-1063）宋仁宗。真宗第六子。大中祥符八年封寿春郡王，天禧二年封升王，立为太子。真宗死，嗣位，由章献太后垂帘听政。明道二年，始亲政。

16、韩 缜

（1019-1097）开封雍丘（今河南杞县）人。字玉汝。韩亿子，韩维弟。《名臣碑传琬琰集》《宋史》有传。

17、司马光

（1019-1086）字君实。陕州夏县（今属山西）涑水乡人，世称涑水先生。主编《资治通鉴》，有《司马文正公集》、《稽古录》。存词三首，见《苕溪渔隐丛话》及《阳春白雪》。

18、王安石

（1021-1086）字介甫，晚号半山。抚州临川人。封舒国公，改封荆国公。有《王临川集》、《临川先生歌曲》。

19、蒲宗孟

（1028-1093）阆州新井人，字传正。为著作佐郎。助吕惠卿制手实法，累迁知制。

20、王安国

（1028-1074）抚州临川人，字平甫。王安石弟。有文集。

21、晏几道

（约1030- 约1106 ）抚州临川人。字叔原，号小山。晏殊第七子。有《小山词》。

22、沈 括

（1031-1095）字存中。钱塘（今浙江杭州）人。有《梦溪笔谈》、《苏沈良方》、《长兴集》等。

23、孙 洙

1031-1079）广陵人。字巨源。孙锡子。

24、了 元

（1032-1098）僧人。饶州浮梁人。俗姓林，字觉老，号佛印。云门偃公五世法裔。神宗元丰中主镇江金山寺，与苏轼、黄庭坚等均有交游。有语录行世。

25、韦 骧

（1033-1105）杭州钱塘人。本名让，避濮王讳改名，字子骏。有《钱塘集》。

26、王观

（1035-1100）字通叟。生于如皋（今江苏如皋）。

27、王安礼

（1035-1096）字和甫。抚州临川（今属江西）人。安石弟。有《王魏公集》。

28、王　诜

（1037-？）字晋卿。卒谥荣安。太原人，徙开封。赵万里辑有《王晋卿词》。

29、苏轼

（1037-1101）眉州眉山人，字子瞻，一字和仲，号东坡居士。苏洵子。工书善画。有《东坡七集》、《东坡志林》、《东坡乐府》、《仇池笔记》《论语说》等。

30、许　将

（1037-1111）福州闽县（今福建福州）人。字冲元。有《许文定集》。

31、范祖禹

（1041-1098）成都华阳人。字淳甫，一字梦得。范镇从孙。撰《唐鉴》，另有《范太史集》

32、舒　亶

（1041-1103）明州慈溪人。字信道，号嫩堂。"乌台诗案"炮制者之一。有文集。

33、吴则礼

（?-1121）兴国永兴人。字子副，号北湖居士。吴中复子。以荫入仕。有《北湖集》。

34、黄　裳

（1044-1130）字冕仲，一作勉仲。有《演山集》。

35、王　雱

（1044-1076）抚州临川人。字元泽。王安石子。著有《论语解》、《孟子注》、《南华真经新传》等。

36、黄庭坚

（1045-1105）字鲁直，号山谷道人、涪翁。分宁（今江西修水）人。苏门四学士之一。江西诗派宗主。宋四大书家之一。有《豫章集》、《山谷词》。

37、晁端礼

（1046-1113）名一作元礼，字次膺。开德府清丰县（今属河南）人，因其父葬于济州任城（今山东济宁），遂为任城人。一说徙家彭门（今江苏徐州）。晁补之称其为十二叔，常与唱和。

38、曾　肇

（1047-1107）　南丰人。巩弟。有词见《过庭录》。

39、秦　观

（1049-1100）扬州高邮人。字少游，又字太虚，号淮海居士。少从苏轼游。苏门四学士之一。神宗元丰八年进士。有《淮海集》、《淮海居士长短句》。

40、李公麟

（1049-1106）字伯时，号龙眠居士。桐城人。熙宁三年进士。擅画人物、鞍马，长于白描，又擅辨古器物。有《莲社图》、《西园雅集图》、《免胄图》、《孝经图》等。

41、时　彦

（?-1107）字邦美。开封（今属河南）人。《宋史》卷三五四有传。

42、谢　逸

（?-1113）抚州临川人。字无逸，号溪堂。博学工文辞。尝作胡蝶诗三百余首，人称谢胡蝶。有《春秋广微》、《樵谈》、《溪堂集》、《溪堂词》。

43、赵　企

（? -1118）宣州南陵（今安徽）人。字循道。

44、赵令畤

（1051-1134）字德麟。涿郡人。宋太祖次子燕王德昭元孙。有《聊复集》。

45、赵仲御

（1052-1122）宗室大臣，商王赵元份曾孙、濮安懿王赵允让孙，昌王赵宗晟子。

46、陈师道

（1053-1102）字履常，一字无己，号后山。彭城（今徐州）人。《诗话》、《谈丛》别自为书。有《后山长短句》。

47、晁补之

（1053-1110）字无咎，号归来子。济州钜野（今山东巨野）人。"苏门四学士"之一。曾任吏部员外郎、礼部郎中。与张耒并称"晁张"。著有《鸡肋集》、《晁氏琴趣外篇》等。

48、张　耒

（1054-1114）楚州淮阴（今江苏淮阴西南）人。字文潜，号柯山。苏门四学士之一。著有《宛丘集》、《明道杂志》、《诗说》等。

49、周邦彦

（1056-1121）杭州钱塘人。字美成，号清真居士。精音律，能自度曲。有《片玉词》及文集。

50、毛　滂

（1056- 约1124）字泽民。衢州江山石门（今属浙江）人。父维瞻、伯维藩、叔维甫皆为进士。有《东堂集》十卷和《东堂词》一卷传世。

51、邵伯温

（1057-1134）字子文。洛阳（今属河南）人。著有《邵氏闻见录》、《辨诬》等。《宋史》卷四三三有传。今录诗八首。

52、陈　瓘

（1057或1060-1124）南剑州沙县人。字莹中，号了翁，又号了斋、了堂。陈世卿孙。有《尊尧集》，《了斋易说》等。

53、张　扩

（?-1147）名或作广。饶州德兴人。字彦实，一字子微。有《东窗集》

54、苏　庠

（1065-1147）澧州人，徙居润州丹阳之后湖。字养直，号后湖居士。有《后湖集》、《后湖词》。

55、许 棐

（?-1249）字忱夫，自号梅屋。嘉兴海盐（今属浙江）人。有《梅屋诗稿》等。

56、汪 存

（1070-?）歙州婺源人。字公泽。汪绍子。学者称四友先生。

57、谢 薖

（1074-1116）字幼槃，号竹友。临川（今属江西）人。著有《竹友集》十卷，其中诗七卷。

58、叶梦得

（1077-1148） 字少蕴，号石林居士。苏州吴县人，居乌程。有《石林词》。

59、王 寀

（1078-1118）江州德安（今属江西）人。字辅道。王韶子。有《南陔集》一卷。

60、刘一止

（1078-1160）湖州归安人。字行简，号苕溪。有《非有斋类稿》，后改名《苕溪集》。

61、汪 藻

（1079-1154） 字彦章。饶州德兴（今属江西）人。有《浮溪集》，词存四首。

62、王庭珪

（1080-1172）字民瞻，号卢溪。吉州安福（今属江西）人。有《卢溪集》、《易解》、《沧海遗珠》等。

63、陈 克

（1081-?）字子高，号赤城居士。临海（今属浙江）人。侨寓金陵，故一作金陵人。有《天台集》、《赤城词》。

64、朱敦儒

（1081-1159）字希真，号岩壑。洛阳人。有词集《樵歌》三卷。

65、王 灼

（1081-约1162）字晦叔，号颐堂。四川遂宁人。科学家、文学家、音乐家。今存《颐堂先生文集》五卷、《颐堂词》一卷、《碧鸡漫志》五卷、《糖霜谱》一卷、佚文十余篇。

66、赵 佶

（1082-1135）即宋徽宗。精书画。有曹元忠辑本《宋徽宗词》。

67、周紫芝

（1082-?）宣州宣城人。字少隐，号竹坡居士。有《太仓梯米集》、《竹坡诗话》。

68、李 纲

（1083-1140）字伯纪。邵武（今属福建）人。有《梁溪词》，一名《李忠定公长短句》。

69、李清照

（1084-约1151）齐州章丘人。号易安居士。有《易安居士集》，已佚。后人辑有《漱玉集》。今辑本有《李清照集》。

70、吕本中

（1084-1145）寿州人，郡望东莱。字居仁，人称东莱先生。吕好问子。有《童蒙训》、《江西诗社宗派图》、《紫微诗话》、《师友渊源录》、《东莱先生诗集》等

71、鲁逸仲

孔夷的隐名。哲宗年间人。字方，号三楼。汝州龙兴（今属河南宝丰）人。学者孔旼之子。

72、向子諲

（1085-1152）临江军清江人。字伯恭，号芗林居士。有《芗林集》、《芗林家规》。

73、李 邴

（1085-1146）济州任城（今山东济宁）人。字汉老，号云龛。有《草堂集》。

74、赵 鼎

（1085-1147）字元镇，自号得全居士。解州闻喜人。中兴名臣之一。有《得全居士词》。

75、高 登

（?-1148）漳州漳浦人。字彦先，号东溪。徽宗宣和间太学生。有《东溪集》。

76、米友仁

（1086-1165） 字元晖，一字尹仁，小名寅哥、鳌鳌儿、虎儿，自称懒拙老人。祖籍太原，迁襄阳，定居润州（今镇江）。米芾长子，世称" 小米 "。

77、陈 东

（1086-1127）字少阳。镇江丹阳（今属江苏）人。有《少阳集》、《靖炎两朝见闻录》。

78、蔡 伸

（1088-1156）字伸道，自号友古居士。莆田人。蔡襄孙。有《友古词》。

79、李弥逊

（1089-1153）字似之，号筠溪居士，又号普现居士。苏州吴县（今属江苏）人。有《筠溪集》。

80、陈与义

（1090-1139）字去非，自号简斋。洛阳人。江西诗派创始者之一。有《简斋集》、《无住词》。

81、吴 激

（1090-1142）建州人。字彦高，号东山。米芾之婿。字画得芾笔意。有《东山集》

82、邓 肃

（1091-1132）初字至宏，改德恭，号栟榈。南剑州沙县（今属福建）人。有《栟榈集》。

83、张元幹

（1091-1170）字仲宗，自号芦川居士、真隐山人。福州人。有《芦川归来集》、《芦川词》。

84、张继先

（1092-1127）字嘉闻，又字道正，号翛然子。道士。宋徽宗赐号"虚靖先生"。有《虚靖语录》七卷。

85、冯时行

（?-1163）恭州璧山人。字当可，号缙云。徽宗宣和六年进士。有《易论》、《缙云集》。

86、王之道

（1093-1169）字彦猷，自号相山居士。无为（今属安徽）人。有《相山集》。

87、杨无咎

（1097-1169）杨一作扬。临江清江人。字补之。一说名补之，字无咎，自号逃禅老人。擅画墨梅。

88、曹　勋

（1098-1174）颍昌阳翟人。字公显，一作功显，号松隐。曹组子。卒谥忠靖。有《北狩见闻录》、《松隐集》。

89、何大圭

（1101-?）广德（今属安徽）人。字晋之，一作搢之。

90、岳　飞

（1103-1141）字鹏举。相州汤阴（今属河南）人。抗金主帅。有《岳武穆集》，存词三首。

91、王之望

（1103-1170 ）襄阳谷城人，寓居台州。字瞻叔，王纲子。有《汉滨集》。

92、崔敦礼

（?-1181）通州静海（今江苏南通）人。字仲由。崔泾孙。有《刍言》、《宫教集》

93、姚　宽

（1105-1162）字令威，号西溪。嵊县（今属浙江）人。舜明子。有《西溪集》、《史记注》、《战国策补注》、《西溪丛语》等。

94、史　浩

（1106-1194）明州鄞县人。字直翁，号真隐居士。史诏孙。有《尚书讲义》、《鄮峰真隐漫录》。

95、林　外

（1106-1170）林知八世孙。字岂尘，号肇殷。泉州晋江人。有《懒窠类稿》。

96、蔡松年

（1107-1159）字伯坚，号萧闲老人。真定（河北正定）人。与吴激齐名，称吴蔡体。有《萧闲公集》，词《明秀集》。

97、李　石

（1108-?）字知几，号方舟子。资州（今四川资中）人。有《方舟易说》、《方舟集》、《续博物志》等。

98、黄公度

（1109-1156）兴化军莆田人。字师宪，号知稼翁。有《汉书镌误》、《知稼翁集》。

99、曾　觌

（1109-1180）开封人。字纯甫，号海野老农。有《海野词》。

100、王十朋

（1112-1171）温州乐清人。字龟龄，号梅溪。卒谥忠文。有《梅溪集》。

101、刘　镇

（1114-?）广州南海人。字叔安，号随如。宁宗嘉泰二年进士。有《随如百咏》

102、毛千干

（约1116-?）字仲。信安（今浙江常山）人。礼部尚书友之子。与尤袤友善，袤尝序其集。有《樵隐诗馀》。

103、韩元吉

（1118-1187）开封雍丘人，徙居上饶。字无咎，号南涧。韩元龙从弟。有《桐荫旧话》、《南涧甲乙稿》、《焦尾集》。

104、赵彦端

（1121-1175）宋宗室。字德庄，号介庵。高宗绍兴八年进士。有《介庵集》、《介庵词》。

105、李　吕

（1122-1198）字滨老，一字东老。邵武军光泽（今属福建）人。有《周易义说》、《澹轩集》。

106、程大昌

（1123-1195）徽州休宁人。字泰之。长于考订名物典故。有《禹贡论》、《诗论》、《易原》、《雍录》、《易老通言》、《考古编》、《演繁露》、《北边备对》等。

107、李流谦

（1123-1176）字无变，号澹斋。德阳（今属四川）人。良臣子。有《澹斋集》。

108、陆游

（1125-1210）字务观，号放翁。越州山阴人。有《剑南诗稿》、《渭南文集》、《南唐书》、《老学庵笔记》、《放翁词》。

109、范成大

（1126-1193）字致能，号石湖居士。苏州吴县人。南宋四大诗人之一。有《石湖居士诗集》、《石湖词》。

110、朱　熹

（1130-1200）字元晦，一字仲晦，号晦庵、晦翁，别称紫阳，谥文。徽州婺源（今属江西）人，侨寓建阳（今属福建）。著名理学家。有《四书章句集注》、《周易本义》、《诗集传》等，词有《晦庵词》。

111、黄　铢

（1131-1199）字子厚，号谷城。建安（今福建建瓯）人，徙居崇安。有《榖城集》。

112、张孝祥

（1132-1169）字安国，号于湖居士。历阳乌江（今安徽和县乌江镇）人。有《于湖居士文集》、《于湖词》。

113、李处全

（1134-1189）徐州丰县人，徙溧阳。字粹伯。李淑曾孙。官至朝议大夫。有《晦庵词》。

114、党怀英

（1134-1211）字世杰，号竹溪。官至翰林学士承旨。少与辛弃疾同师亳州刘瞻。修《辽史》。有《竹溪集》，词存五首。

115、王　质

（1135-1189）郓州（今山东）人，后徙兴国。字景文，号雪山。有《雪山集》、《绍陶录》、《诗总闻》等。

116、丘　崈

（1135-1208）泉州晋江人。字次姚。哲宗元符三年进士。精天文象数。有《丘文定集》已佚，另有《文定公词》一卷传世．

117、王　炎

（1137-1218）徽州婺源人。字晦叔，号双溪。有《双溪集》。

118、京　镗

（1138-1200）豫章人。字仲远。卒谥文忠，改谥庄定。有《松坡集》。

119、杨冠卿

（1139-?）江陵（今属湖北）人。字梦锡。有《客亭类稿》。

120、辛弃疾

（1140-1207）　济南历城人。原字坦夫，后字幼安，号稼轩。南宋抗金将领。词与苏轼并称"苏辛"。有《稼轩长短句》等。

121、李好义

（?-1207）华州下邽人。弱冠从军，善骑射。

122、陈　亮

（1143-1194）原名汝能，字同甫，号龙川，学者称为龙川先生。婺州永康（今属浙江）

人。有《龙川文集》、《龙川词》传世。

123、杨炎正

（1145-?）字济翁。庐陵（今江西吉安）人。万里族弟。有词集《西樵语业》。

124、刘处玄

（1147-1203）字通妙，一说字道妙，号长生子。东莱（今山东掖县）人。著有《仙乐集》、《至真语录》、《道德经注》、《阴符演》、《黄庭述》等。

125、张　镃

（1153-?）成纪人。字功甫，号约斋。善画竹石古木，亦工书。有《仕学规范》、《南湖集》。

126、刘　过

（1154-1206）字改之，号龙洲道人。吉州太和（今江西泰和）人，一说庐陵人。与陆游、辛弃疾、陈亮交往。有《龙洲集》、《龙洲词》。

127、陆　蕴

（?-1120）

福州侯官人，字敦信。为太学春秋博士。

128、姜　夔（1155-约1221）

字尧章，号白石道人。鄱阳（今江西波阳）人。有《白石道人诗集》、《白石诗说》、《白石道人歌曲》。

129、汪　莘

（1155-1227）字叔耕，号柳塘。徽州休宁人，屏居黄山，筑室柳塘上，自号方壶居士。有《柳塘集》、《方壶存稿》。

130、韩　淲

（1159-1224）信州上饶人。字仲止，号涧泉。韩元吉子。与赵蕃号章泉者并有诗名，时称二泉。有《涧泉日记》、《涧泉集》。

131、汪　晫

（1162-1237）字处微。徽州绩溪（今属安徽）人。尝辑《曾子全书》、《子思子全书》。有《康范诗集》。

132、史达祖

（1163- 约1220）字邦卿，号梅溪。祖籍汴（今河南开封）。有《梅溪词》一卷传世。

133、葛立方

（？ -1164) 字常之，自号懒真子。丹阳（今属江苏）人，后定居湖州吴兴（今浙江湖州）。有《西畴笔耕》、《韵语阳秋》、《归愚集》、《归愚词》。

134、程　珌

（1164-1242）徽州休宁人。字怀古，以祖居洺州，自号洺水遗民。有《洺水集》。

135、戴复古

（1167-?）台州黄岩人。字式之，号石屏。有《石屏集》。

136、高似孙

（?-1231）绍兴馀姚人。字续古，号疏寮。有《疏寮小集》、《剡录》、《史略》、《子略》、《骚略》、《纬略》、《蟹略》、《砚笺》、《唐乐曲谱》、《唐科名记》等。

137、李　刘

（1175-?)抚州崇仁人。字公甫，号梅亭。李琥子。从真德秀游。宁宗嘉定元年进士。有《四六标准》、《梅亭类稿》等。

138、洪咨夔

（1176-1236) 临安于潜人。字舜俞，号斋。有《斋集》、《春秋说》。

139、孙惟信

（1179-1243）开封人，居婺州。字季蕃，号花翁。有《花翁集》。

140、吴　泳

（?-1275)抚州崇仁人。字克东。理宗景定中三领乡举。恭帝德祐元年，元兵至其家，刃加其颈，不屈遇害。

141、刘克庄

（1187-1269）字潜夫，号后村居士。莆田人。有《后村先生大全集》、《后村别调》。

142、赵以夫

（1189-1256）宋宗室。字用父，号虚斋。寓居长乐。有《易通》、《虚斋乐府》。

143、严 羽

（约1192-约1245）字仪卿，一字丹邱，自号沧浪逋客。邵武（今属福建）人。有《沧浪集》、《沧浪诗话》。

144、葛长庚

（1194-？）闽清人，家琼州。字白叟，又字如晦，号海琼子，又号海蟾。入道武夷山。有《海琼集》、《道德宝章》、《罗浮山志》。

145、吴 潜

（1196-1262）字毅夫，号履斋。宁宗嘉定十年进士第一。有《履斋遗集》。

146、陆 叡

（？-1266）字景思，号西云。会稽（今浙江绍兴）。

147、李曾伯

（1198-约1265至1275）字长孺，号可斋。原籍覃怀（今河南沁阳附近），南渡后寓居嘉兴（今属浙江）。有《可斋杂稿》。

148、 赵崇嶓

（1198-1255）嶓一作墦、又作蟠，字汉宗，号白云。居南丰（今属江西）。太宗九世孙。有《白云小稿》，已佚。

149、方 岳

（1199-1262）字巨山，自号秋崖。祁门（今属安徽）人。有《秋崖先生小稿》。

150、赵孟坚

（1199-1264）宋宗室。居海盐。字子固，号彝斋居士。工书画，善以水墨白描绘水仙、梅兰、竹石。有《梅谱》、《彝斋文编》。

151、吴文英

（约1200-1260）字君特，号梦窗，晚年又号觉翁。四明（今浙江宁波）人。原出翁姓，后出嗣吴氏。有《梦窗词集》一部，存词三百四十余首，分四卷本与一卷本。

152、翁元龙

约宋理宗嘉熙前后在世。字时可，号处静。鄞县（今浙江宁波）人。为杜范客，相随迁居黄岩。清光绪《黄岩县志》卷二一有传。

153、李昴英

（1201-1257）字俊明，号文溪。番禺（今广东广州）人。有《文溪存稿》、《文溪词》。

154、吴景伯

（1207-？）字季甲，号金渊。建康江宁（今江苏省南京）人。宝祐四年（1256）进士。

155、邓有功

（1210-1279）字子大，学者称月巢先生。南丰（今属江西）人。有《月巢遗稿》，已佚。

156、柴　望

（1212-1280）　衢州江山人。字仲山，号秋堂、归田。有《秋堂集》。

157、王沂孙

（？－约1289）　字圣与，号碧山、中仙、玉笥山人。会稽人。有《花外集》，一名《碧山乐府》。

158、王义山

（1214-1287）字元高。丰城（今属江西）人。有《稼村类稿》三十卷，其中诗三卷。

159、陈　著

（1214-1297）庆元鄞县人。字子微，号本堂。自号嵩溪遗耄。有《本堂集》。

160、廖莹中（?-1275）

字群玉，号药洲。邵武（今属福建）人。刻书家、藏书家。为贾似道门客。

161、李　珏（1219-1307）吉州吉水人。字元晖，号鹤田，又号庐陵民。有《杂著四集》、《钱塘百咏》。

162、谢枋得

（1226-1289）字君直，号叠山。信州弋阳（今属江西）人。有《叠山集》，存词一首。

163、何梦桂（1229-？）

严州淳安人。少名应祈，字申甫，后易今名，改字岩叟，号潜斋。有《潜斋集》、《易衍》等。

164、周　密

（1232-1298）济南人，后徙吴兴。字公谨，号草窗、蘋洲、弁阳老人、四水潜夫等。有《草窗词》、《草窗韵语》、《武林旧事》、《齐东野语》、《癸辛杂识》、《云烟过眼录》、《浩然斋雅谈》等。

165、刘辰翁

（1232-1297）吉州庐陵人。字会孟，号须溪。

166、文天祥

（1236-1283）字履善，一字宋瑞，号文山。吉州庐陵人。有《文山集》、《文山乐府》。

167、赵　文

（1239-1315）字仪可，一字惟恭，号青山。庐陵（今江西吉安）人。有《青山稿》三十一卷。

168、刘　壎

（1240-1319）字起潜，号水云村。学者称水村先生。江西南丰人。

169、汪元量

（约1241-约1317）字大有，号水云。钱塘人。有《水云集》、《湖山类稿》、《水云词》。

170、赵功可

（1246-1326）名宋安，号晚山。庐陵（今江西吉安）人。与其堂兄赵文并称"二赵先生"。

171、张 炎

（1248-1314）字叔夏，号玉田、乐笑翁。先世成纪（天水）人，寓居临安。张俊后裔，张枢子。与周密、王沂孙为词友。有《词源》、《山中白云词》（一名《玉田词》）。

（金）

1、张中孚

张义堡人。字信甫。天会九年（1131）入金，天德二年（1150），拜参知政事。贞元初，迁尚书左丞，封南阳郡王。

2、王 哲

（1112-1170）咸阳人。道士。初名中孚，字允卿，号重阳子。所创教派名全真道。马丹阳、丘长春、王玉阳、郝广陵、谭处端皆其弟子。

3、马 钰

凤翔扶风人，徙居登州宁海。初名从义，字宜甫。后改字元宝，号丹阳子。从王哲学道，与妻孙不二同时出家。后游莱阳。传妻孙氏与钰化仙而去。

4、孙不二

（?-1182）宁海州人。丹阳顺化真人马钰之妻，与钰同师重阳王真人，诣金莲堂出家。世宗大定中居洛阳风仙姑洞，越八年，沐浴更衣，端坐而化，传为仙去。

5、王丹桂

道士。字昌龄，号五峰白云子，利州（今四川广元市）人。师事马钰（马丹阳），修习全真教义。隐于昆嵛山神清洞。

6、完颜亮

（1122-1161）海陵王，金朝第四任皇帝。女真完颜部人。本名迪古乃，字元功，后改名亮。

7、王　寂

（1128-1194）字元老，号拙轩。蓟州玉田（今河北玉田）人。天德三年进士，历仕太原祁县令、真定少尹兼河北西路兵马副都总管。以中都路转运使致仕。卒谥文肃。

8、赵　可

泽州高平人。字献之，号玉峰散人。贞元二年（1154）进士，官至翰林直学士。有《玉峰散人集》。

9、王处一

（1142-1217）宁海东牟（今山东乳山）人。道士。字玉阳，号全阳子，一说号华阳子。从王重阳学道，修真于昆嵛山烟霞洞。人称"跌脚仙人"。

10、丘处机

（1148-1227）登州栖霞人。字通密，号长春子。道士。有《磻溪集》、《鸣道集》等。

11、刘志渊

道士。河中万泉人。字海南，号元冲子。童时不作嬉戏，事亲至孝。慕仙学道，后遇长春真人丘处机于栖游庵。金末兵乱，避于绵山。卒年七十九。

12、赵秉文

（1159-1232）磁州滏阳人。字周臣，晚号闲闲老人。有《资暇录》、《滏水集》等。

13、完颜璹

（1172-1232）本名寿孙，字仲实，一字子瑜，号樗轩老人。金世宗之孙，越王完颜永功之子。有《如庵小稿》。

14、李献能

（1190-1232）河中人。字钦叔。

15、元好问

（1190-1257）字裕之，号遗山。太原秀荣（山西忻县）人。有《遗山集》，另编有《中州集》、《中州乐府》，金人诗词多赖以传。

16、刘仲尹

盖州人。字致君，号龙山。能诗。海陵王正隆二年进士。以潞州节度副使，召为都水监丞卒。有《龙山集》。

17、段克己

（1196-1254）字复之。绛州稷山（今属山西）人。有《遁庵乐府》，与弟成己《菊轩乐府》合刻为《二妙集》。

18、段成己

（1199-1279）字诚之，号菊轩。段克己弟。绛州稷山（今属山西）人。及第后授宜阳主簿。金亡后，自龙门山徙景宁北郭隐居近四十年。著有《菊轩乐府》。

（元）

1、杨 果

（1195-1269）金元间祁州蒲阴人。字正卿，号西庵。有《西庵集》。

2、高道宽

（1195-1277）应州怀仁人。字裕之。全真道士。宪宗二年授京兆道录。世祖中统二年迁提点陕西兴元道教兼领重阳万寿宫事。

3、刘秉忠

（1216-1274）初名侃，改名子聪，拜官后更今名，字仲晦，号藏春散人。邢州（今河北邢台）人。元世祖即位，拜为光禄大夫、太保，主中书省政事。散曲家。有《藏春集》、《藏春乐府》。

4、耶律铸

（1221-1285）义州弘政人。字成仲，号双溪。耶律楚材子。卒谥文忠。有《双溪醉隐集》。

5、白　朴

（1226-1306）初名恒，字仁甫，后改今名，字太素，号兰谷。词集名《天籁集》。

6、张弘范

（1238-1280 ）易州定兴人，字仲畴。张柔第九子。有《淮阳集》

7、姚　燧

（1238-1313）字端甫，号牧庵。河南（今洛阳）人。历仕元世祖、成宗、武宗三朝，官至翰林学士承旨、知制诰兼修国史。卒谥文。有《牧庵文集》，词在集中。

8、叶　李

（1242-1292）字太白，一字舜玉，号亦愚。富阳（今属浙江）人。曾任忽必烈朝平章政事。《元史》卷一七三有传。

9、梁　曾

（1242-1322）燕人。字贡父。

10、刘敏中

（1243-1318 ）济南章丘人。字端甫，号中庵。有《宋录》、《中庵集》。

11、仇　远

(1247-1326)杭州钱塘人。字仁近，一字仁父，号山村民，人称山村先生。诗与白珽齐名，称仇白。大德年间任溧阳儒学教授。有《金渊集》、《山村遗集》。

12、马致远

（约1250 一约1321至1324）大都（今北京）人。一说字千里，号东篱。与关汉卿、郑光祖、白朴并称"元曲四大家。"有《桃源洞》、《岳阳楼》和《汉宫秋》等。

13、王炎午

（1252-1324） 吉州安福人。初名应梅，字鼎翁，号梅边。有《吾汶稿》。

14、赵孟頫

（1254-1322） 字子昂，号松雪道人。湖州人。以书画著称。有《松雪斋文集》，词在集中。

15、吴　存

（1257-1339）鄱阳人。字仲退。有《程朱传义折衷》、《月湾集》。

16、李致远

（1261- 约1325）工曲，今仅存还牢末剧一种，散曲散存太乐府等选本中。客居溧阳（今属江苏）。存小令26首。

17、袁　易

（1262-1306）长洲人，字通甫。居吴淞具区间，筑堂名静春。聚书万卷，有《静春堂诗集》。

18、叶　森（1265-1322）

江阴州人，字仲实。后调兴国，命未下卒。

19、韩　奕（1269-1318）

绍兴路萧山人，徙钱塘。字仲山。仁宗延祐四年总管。

20、张可久

（约1270-1348后）字伯远，一说字仲远，号小山。庆元（今宁波）人。散曲家。有词曲集《张小山北曲联乐府》。天一阁本《张小山乐府》中有词四十二首．

21、薛昂夫

（1270-1350）畏吾人。名超吾，字昂夫，号九皋。汉姓马，故亦称马昂夫。善篆书，有诗名，尤工散曲。尝与杨载、虞集、萨都剌等唱和。存词三首。

22、许　谦

（1270-1337）金华人。字益之，号白云山人。有《读书传丛说》、《诗名物钞》、《白云集》等。

23、萨都剌

（约1272-1355）字天锡，号直斋。回族（一说蒙古族）。祖、父以世勋镇云、代（今山西大同、代县一带），遂为雁门（今代县一带）人。有《雁门集》，

24、虞　集

（1272-1348）临川崇仁人。字伯生，号邵庵。先世为蜀人。有《道园学古录》、《道园遗稿》。

25、洪希文

（1282-1366）兴化莆田人。字汝质，号去华山人。洪岩虎子。郡学聘为训导。有《续轩渠集》。

26、张　雨

（1283-1350）初名泽之，字伯雨，一字天雨，号嗣真，又号贞居子。工书画。有《句曲外史集》、《贞居词》。

27、许有壬

（1287-1364）汤阴人。字可用。许熙载子。善笔札，工辞章。有《至正集》、《圭塘小稿》。

28、赵　雍

（1289-1362）字仲穆。湖州人。赵孟頫子。善书画。有《赵仲穆遗稿》，词在集中。

29、吴景奎

（1292-1355）婺州兰溪人，字文可。有《药房樵唱》。

30、宋　褧

（1294-1346）大都人，字显夫。宋本弟。有《燕石集》。

31、周　权

（1295-1307）字衡之，号此山。处州松阳（今属浙江）人。有《此山集》。

32、谢应芳

（1296-1392）常州府武进人。字子兰。有《辨惑编》、《龟巢稿》等

33、倪　瓒

（1301-1374）初名珽，字元镇，号云林子、幻霞子、荆蛮民、经锄隐者等。无锡人。画与黄公望、吴镇、王蒙称"元四家"。有《清闷阁全集》、《云林乐府》。

34、梁　寅

（1309-1390）　江西新喻人。字孟敬。有《礼书演义》、《周礼考注》、《石门集》等

35、邵亨贞

（1309-1401）字复孺，号清溪，又号贞溪。松江华亭人。工篆隶书。有《野处集》、《蚁术诗选》、《蚁术词选》。

36、陶宗仪

（1329- 约1412）字九成，号南村。浙江黄岩人。学博杂，丰著述。有《南村诗集》、《南村辍耕录》。编有《说郛》等。

37、王　行

（1331-1395）苏州府吴县人，字止仲，号淡如居士，又号半轩，亦号楮园。有《二王法书辨》，另有《楮园集》、《半轩集》等 。

（资料提供：邱志敏　王素霞）

附录（六）

词林正韵修订本

此修订本依据《词林正韵》，按今韵重新排列各韵部，以便于优先采用两者读法相近的韵。《词林正韵》为清嘉庆年间江苏吴县人戈载所撰。戈世其家学，以词学终老，所撰《词林正韵》为清中叶以后词家奉为圭臬。

第一部

平声：一东二冬通用

一东

东同童僮铜桐峒筒瞳中［中间］衷忠盅虫冲终忡崇嵩［崧］菘戎绒弓躬宫穹
融雄熊穷充隆窿空公功工攻笼胧栊咙聋珑砻泷洪苳红虹鸿丛匆葱聪骢通
棕烘崆
冯风枫疯丰蒙濛朦瞢蓬篷翁嗡

二冬

冬咚彤农侬宗淙锺钟龙茏舂松淞冲容榕蓉溶庸佣慵胸凶匈汹雍邕痈浓脓
重［重复］从［服从］纵［纵横］踪茸蛩邛筇跫供［供给］蚣喁封逢缝峰锋丰蜂烽葑

仄声：上声一董二肿 去声一送二宋通用

一董

二肿

董懂动孔总笼［东韵同］拢桶捅汞蓊蠓

肿种［种子］踵宠垅［陇］拥冗重［轻重］冢捧勇甬踊涌俑蛹恐拱竦悚耸巩怂奉

一送

送洞众瓮贡弄冻痛栋恸仲中［击中］粽空［空缺］控哄梦凤讽赣

二宋

宋用颂诵统纵［放纵］讼种［种植］综供［供设，名词］从［仆从］重［再也］共

俸缝［隙也］

第二部

平声：三江七阳通用

三江

江缸邦降 [降伏] 庞豇扛杠腔梆
窗双撞桩幢泷蛩 [冬韵同]

七阳

阳扬杨洋羊祥佯芳妨方坊防肪房亡忘望 [漾韵同] 忙茫芒昌堂唐糖棠塘

章张王常长 [长短] 裳凉粮量 [衡量] 梁粱良藏 [收藏] 肠场尝偿央鸯秧殃

郎廊狼榔踉浪 [沧浪] 觞仓苍舱沧伤殇商帮汤强 [刚强] 墙樯嫱蔷康慷 [养韵同]

囊糠冈刚钢纲行 [行列] 杭航桁庠桑彰璋漳獐猖倡凰邙臧赃昂丧 [丧葬]

闾羌枪锵攘瓢亢吭 [漾养韵并同] 旁傍 [侧也] 当 [应当] 裆珰铛滂螂琅颃

怅螗

妆庄装奘光霜床黄皇遑惶徨煌创 [创伤] 疮狂匡筐荒慌篁簧璜潢孀骦蝗

隍肓汪怆 [漾韵同]

香乡湘厢箱镶芗相 [相互] 襄骧浆将 [持也送也] 疆僵姜缰娘翔详祥抢 [突也]

蜣跄泱炀怏鞅绯

仄声：上声三讲二十二养 去声三绛二十三漾通用

三讲

二十二养

讲项耩

港棒蚌

养痒仰朗敞氅厂颡曩丈杖仗 [漾韵同] 掌党榜莽纺长 [长幼] 荡上 [上升]

壤赏仿罔谠倘脏＜肮脏＞吭沆慷肮

象像橡桨奖蒋强 [勉强] 两响想鲞享向饷魉蟒漭嗓盎襁镪抢

枉往惘爽广幌网魍谎恍犷

三绛

二十三漾

绛降［升降］巷

撞［江韵同］戆

漾上［上下］望［阳韵同］帐唱让浪［波浪］放忘仗［养韵同］畅葬障瘴谤尚涨

藏［库藏］舫访嶂当［适当］抗桁妄宕怅傍［依傍］丧［丧失］恙胀㟃脏＜内脏＞

吭砀优挡炕亢［高亢］阆防

相［卿相］将［将帅］酿向量［数量］匠饷样酱亮谅

状旷壮觋怆创况圹纩桄旺

第三部

平声：四支五微八齐十灰［半］通用

四支

支枝之芝时诗施知驰池师姿迟辞词祠丝司思滋持痴慈脂雌私资斯肢差［参差］

治［治国］厄墀尸兹缁狮澌疵觜髭匙魑蛳鸱粢瓷辎蚩嗤媸飔塒莳鲥鹚栀踟茨笞

奇宜仪伊皮移机离夷棋旗期基疑姬医弥遗肌披羁嬉篱疲骑［跨马］歧岐熙欺漪

儿彝颐縻饥姨衹其箕尼缡璃骊陂罴麋蘼脾芪畸牺羲曦歆猗崎饴鳌痍耆丕狸簃

毗枇貔漓怡贻禧噫其琪祺麒嶷螭鹂琵

谁为［施为］垂吹追碑规危龟眉悲虽窥帷随维麾炊湄卑亏葳锥夔推［灰韵同］陂

唯葵陲锤羸萎绥椎惟逵崴楣霉累嵋

衰筛涯［佳、麻韵同］崖而

五微

微薇晖辉徽挥韦围帏违闱霏菲［芳菲］妃飞非扉肥威归诽绯葳巍

祈畿机几［微也、如见几］讥玑稀希衣［衣服］依饥［支韵同］矶欷晞沂圻颀

八齐

齐黎犁梨妻［夫妻］萋凄堤低题提蹄啼鸡稽兮倪霓西栖犀嘶梯鼙赍迷泥溪蹊羝

携畦嵇跻奚脐醯鼷蠡醍鹈批砒睽荑篦斋藜猊鲵

圭闺奎撕

十灰［半］

灰恢魁隈回徊梅枚玫媒煤雷颓崔催摧堆陪杯醅嵬推［支韵同］诙裴培盔偎煨瑰

苔追胚坯桅傀儡［贿韵同］莓

槐［佳韵同］徘

仄声：上声四纸五尾八荠十贿［半］去声四寘
五未八霁九泰［半］十一队［半］通用

四纸

　　纸只始齿咫是觜此泚侈弛豕紫旨指视姊止徵［角徵］市
子仔梓矢雉死趾址使［使令］
　　似耜祀史驶士仕俟耻枳峙氏巳［辰巳］滓芷豸祉恃
　　靡彼技绮徙弭婢否［否泰］痞兕几比喜已纪妓蚁鄙以已
里理李起杞坦跂矣麂鲤
　　迩玺苡倚匕迤逦旖旎舣虮秕拟你企屣
　　毁委诡髓累蕊美水轨跪晷垒癸诔捶棰揣
　　尔耳履

五尾

八荠

　　尾亹鬼卉伟斐菲［菲薄］匪篚娓悱椲毽炜朏玮
　　岂几［几多］虮
　　荠礼体米启洗底抵弟涕济［水名］递昵诋眯娣棨睨蠡邸
悌澧醴陛坻柢

十贿［半］

四寘

贿悔罪馁每汇＜汇合＞猥璀磊蕾傀偪腿
块

寘置事思［名词］志至次寺智致肆使［使者］试翅笥帜
炽莳厕嗣恣四刺驷

鸷瞥示嗜饲伺值眦渍挚稚雉肄识［记也］侍觑

地意吏赐自字义利器戏记异骑［车骑，名词］弃鼻易［容
易］议避谊寄忌

譬苣悷泌骥季积［积蓄］懿觊冀暨庇骳莉腻秘比［近也］
毖遗［馈遗］薏企

屉罥

臂累［连累］伪泪位瑞备翠类媚坠醉粹睡萃穗吹［鼓吹，
名词］遂寐魅被愧

匮恚馈蒉篑柜祟燧隧悴屎为［因为］

饵贰二

辔帅惴

跛

五未

未昧贵费沸尉畏慰蔚魏纬胃汇＜字汇＞谓渭卉［尾韵同］
讳蜚溉［队韵同］翡诽

气毅既衣［着衣，动词］

八霁

霁计济［渡也］第艺丽弟际涕［荠韵同］厉契［契约］
敝弊毙帝蔽髻戾裔系祭隶

闭翳替细例诣砺励瘵继蒂睇妻［以女妻人］递蓟薜荔唳
捩粝泥［拘泥］媲嬖睥

睨剂嚏谛缔剃屉悌俪锸贳挈羿棣薙娣憩呓谜挤

制势世滞逝誓筮噬嚢

岁惠慧币锐袂卫缀桂税蕙脆睿毳彗蟪说［游说］赘鳜蚋

曳逮

婿

九泰［半］

十一队［半］

会旆最贝沛霈绘脍荟狈侩桧蜕酹兑

外

队内辈佩退碎背秽对废悔诲晦昧配妹喙溃吠肺末碓悖焙

淬敦［盘敦］

块

刈

第四部

平声：六鱼七虞通用

六鱼

鱼渔居裾琚车［麻韵同］渠蕖余予［我也］誉［动词］舆胥狙虚嘘墟徐闾驴

淤苴菹沮徂梧於蘧疽蛆醵欤据［拮据］

初书舒锄疏蔬梳猪庐诸储除滁蜍如妤龉茹纾樗躇［药韵同］

畲

祛

七虞

虞愚娱隅于衢癯瞿氍须需俞瑜榆愉逾渝窬谀腴区躯驱岖趋纡俱驹

禺拘崳臾萸吁迂盂竿

无芜巫儒襦濡朱珠株诛［石朱］铢蛛殊扶符凫芙雏敷麸夫肤输枢厨

蒲逋胡湖瑚乎壶狐弧孤辜姑觚菰徒途涂荼图屠奴吾梧吴租卢鲈炉

芦颅垆蚨孥帑苏酥乌污［污秽］枯粗都茶侏姝踽桴俘溥瓠糊醐呼沽

酤泸舻轳鸬鸰匍葡铺［铺盖］莆诬呜趺毋孺酴鸪骷剀蛄晡蒲葫呱蝴

觔岨猢郛孚

模谟摹

仄声：上声六语七虞 去声六御七遇通用

六语

语 [语言] 圄圉吕侣旅杼伫与 [给予] 予 [赐予] 女许拒炬距沮叙绪屿巨

去 [除也] 苣举讵溆浒钜醑咀

渚煮暑鼠汝茹 [食也] 黍杵处 [居住、处理] 贮楚础阻俎墅诅苎抒楮

所

七虞

虞雨宇庾煦诩聚缕取愈禹羽栩窭褛篓偻踽

舞府鼓虎古股贾 [商贾] 估土吐圃户树 [种植，动词] 努辅组乳弩补鲁橹

睹腐数 [动词] 簿竖普侮斧午伍釜部柱矩武五苦抚浦主杜坞祖堵扈父甫

怒 [遇韵同] 腑拊俯啬赌卤姥鹉拄脯妩庑麈酤牡谱怙肚虏孥诂瞽牯羖祜

沪雇仵蛊琥

否 [是否] 母某亩缶

莽 [养韵同]

六御

御去虑誉［名词］驭絮豫与［参与］遽预语［告也］蓣淤觑

处［处所］署据曙助著［显著］箸恕疏［书疏］庶踞倨锯狙［鱼韵同］翥薯

七遇

遇具句裕误屦惧趣娶谕喻妪芋寓煦昫

路辂赂露鹭树［树木］度［制度］渡赋布步固素务雾鹜数［数量］怒［麌韵同］

附兔故顾墓慕暮募注住注驻炷悟寤成库护诉妒铸绔傅付捕哺互孺赴洰

吐［麌韵同］污［动词］恶［憎恶］晤酤讣仆［偃仆］赙驸婺锢蛀怖铺［店铺］塑

愫溯镀璐雇瓠迕妇负阜副富［宥韵同］醋措

蠹

袎

第 五 部

平声：九佳（半）十灰（半）通用

九佳（半）

佳崖涯 [支麻韵同] 睚

街鞋牌柴钗差 [差使] 偕阶皆谐骸排豺侪埋霾斋崴楷秸
揩挨俳

乖怀淮槐 [灰韵同]

十灰（半）

开哀埃台苔抬该才材财裁栽哉来莱灾猜孩徕骀胎唉垓挨
皑呆腮

仄声：上声九蟹十贿（半） 去声九泰（半）十卦（半）十一队（半）通用

九蟹

蟹解洒楷 [佳韵同] 拐矮摆买骇

十贿（半）

海改采彩在宰醢铠恺待殆怠乃载 [岁也] 凯闿倍蓓迫亥

九泰（半）

泰太带外盖大 [个韵同] 濑赖籁蔡害蔼艾丐奈柰汏癞霭

十卦（半）

懈廨邂隘卖派债怪坏诚戒界介芥械薤拜快迈败稗晒瀣湃寨疥届蒯簣蒉喎聩块愒

十一队（半）

塞 [边塞] 爱代载 [载运] 态菜碍戴贷黛概岱溉慨耐在 [所在] 鼐玳再袋逮埭赍赛忾暖咳嗳睐

第六部

平声：十一真十二文十三元（半）通用

十一真

真晨辰臣人仁神身珍瞋尘陈榛甄宸纶呻伸臻绅纫娠

因茵辛新薪亲申宾滨槟缤邻鳞麟津秦频蘋颦瀕银垠巾民

姻泯［轸韵同］

岷珉贫寅嶙辚磷嫔彬氤闽湮甄

春莼淳醇纯唇伦轮沦抡遵椿鹑皴肫

匀旬巡驯钧均循筠荀询峋恂逡菌困

十二文

文闻纹蚊分［分离］氛纷芬焚坟汶汾雯贲

云群裙君军勋薰曛醺芸耘氲荤纭熏

勤斤筋芹欣殷昕

十三元（半）

魂浑温孙门尊［樽］存敦墩炖暾蹲豚村屯囤［囤积］盆

奔论［动词］昏痕根恩吞荪扪裈鲲坤仑婚阍髡馄喷猻

饨臀跟瘟飧

仄声：上声十一轸十二吻十三阮（半） 去声十二震十三问十四愿（半）通用

十一轸

轸敏允引尹尽忍准隼笋盾［阮韵同］闵悯菌［真韵同］蚓牝

殒紧蠢陨哂诊疹赈肾蜃膑黾泯窘吮缜

十二吻

吻粉蕴愤隐谨近忿扴刎搵槿瑾恽韫

十三阮（半）

混棍阃悃捆衮滚鲧稳本畚笨损忖囤遁很沌恳垦龈

十二震

震信印进润阵镇刃顺慎鬓晋骏闰峻衅振俊舜赆吝烬讯仞迅汛趁衬仅觐蔺浚赈［轸韵同］龀认殡摈缙躏廑谆瞬韧浚殉谨

十三问

问闻 [名誉] 运晕韵训粪忿 [吻韵同] 酝郡分 [名分]
紊愠

近 [动词] 扠拼奋郓捃靳

十四愿（半）

论 [名词] 恨寸困顿遁 [阮韵同] 钝闷逊嫩溷诨巽褪
喷 [元韵同] 艮搵

第七部

平声：十三元（半）十四寒十五删一先通用

十三元（半）

元原源沅鼋园袁猿垣喧萱暄冤轩嫒援辕鸳湲爰燔圈谖
烦蕃樊藩番繁翻幡璠鹓蜿
言掀

十四寒

寒韩翰［翰韵同］丹单安鞍难［艰难］餐檀坛滩弹残干肝漫［大水貌］叹［翰韵同］

邯郸摊玕拦珊竿阑栏澜兰看［翰韵同］刊鼾杆殚箪瘅谰般瘢谩鳗邗汗［可汗］

丸完桓纨端湍酸团攒官观［观看］鸾銮峦冠［衣冠］欢宽盘蟠狻跚姗獾倌棺剜潘

槃瞒磐瞒馒钻拚

拚［问韵同］

十五删

删潸关弯湾还环鬟寰班斑蛮颜奸攀顽山闲艰间［中间］

悭患［谏韵同］孱潺擐圜菅般［寒韵同］颁鬟疝讪斓娴鹇鳏殷［赤黑色］

纶［纶巾］

一先

先前千阡笺天坚肩贤弦烟燕［地名］莲怜连田填巅鬈宣年颠牵联篇偏绵

仙蝉缠然眠边编迁延妍研［研究］鲜［新鲜］钱煎筵毡旃廛涎鞭乾［乾坤］

虔愆焉嫣鞯褰搴铅舷跹邅禅婵躔燃涟琏便［安也］翩骈癫阗钿［霰韵同］

沿蜒胭芊鳊胼滇佃畋咽湮蔫骞膻扇棉拴籼扁［扁舟］单［单于］溅［溅溅］犍

渊涓捐娟悬泉全镌穿川缘鸢旋船专圆员权拳椽传鹃筌痊诠悛颛狷蠲荃

砖挛儇欢璇卷［曲也］

仄声：上声十三阮（半）十四旱十五潸十六铣去声十四愿（半）十五翰

十三阮（半）

十六谏十七霰通用

阮远［远近］晚苑返反饭［动词］偃寋琬沅宛婉畹菀蜿绻巘挽堰

十四旱

旱暖管琯满短馆 [翰韵同] 缓盥 [翰韵同] 碗懒伞伴卵散 [散布] 伴诞罕瀚 [浣] 断 [断绝] 侃算 [动词] 款但坦袒纂缎拌懑谰莞

十五潸

潸眼简版板阪盏产限绾柬拣撰馔赧皖汕铲屗楝栈

十六铣

铣善 [善恶] 遣 [遣送] 浅典转 [霰韵同] 衍犬选冕辇免展

茧辨篆勉剪卷显饯 [霰韵同] 践喘薛软蹇 [阮韵同] 演兖件腆跣缅缱

鲜 [少也] 殄扁匾蚬岘畎燹隽键变泫癣阐颤膳鳝舛婉辗邅 [先韵同] 脔辩捻

十四愿（半）

愿怨万饭 [名词] 献健建宪劝蔓券远 [动词] 侃键贩畈曼挽 <挽联> 瑗媛圈 [猪圈]

十五翰

翰 [寒韵同] 瀚岸汉难 [灾难] 断 [决断] 乱叹 [寒韵同]

观 [楼观] 干 < 树干，干练 > 散 [解散] 旦算 [名词]
玩烂贯半案按炭汗赞

漫 [寒韵同。又副词，独用] 冠 [冠军] 灌爨窜幔粲灿
璨换焕唤涣悍

弹 [名词] 惮段看 [寒韵同] 判叛绊鹳伴畔锻腕惋馆旰
捍疸但罐盥婉缎缦

侃蒜钻谰

十六谏

谏雁患涧间 [间隔] 宦晏慢盼篆栈 [潸韵同] 惯串绽幻
瓣苋

办谩讪 [删韵同] 铲绾孪篡裥扮

十七霰

霰殿面县变箭战扇煽膳传 [传记] 见砚院练链燕宴贱馔
荐

绢彦掾便 [便利] 眷倦羡奠遍恋啭眩钏倩卞汴片禅 [封
禅] 谴溅饯善 [动词]

转 [以力转动] 卷 [书卷] 甸电咽茜单念 < 念书 > 晒淀
靛佃钿 [先韵同] 镟漩

拣缮现狷炫绚绽线煎选旋颤擅缘 [衣饰] 撰喧谚嫒忭弁
援研 [磨研]

第八部

平声：二萧三肴四豪通用

二萧

萧箫挑貂刁凋雕迢条髫调［调和］蜩枭浇聊辽寥撩寮僚尧

宵消霄绡销超朝潮嚣骄娇蕉焦椒饶硝烧［焚烧］遥徭摇谣瑶韶昭招镳瓢

苗猫腰桥乔娆妖飘逍潇鸮骁桃鹩鹩缭獠嘹天［夭天］幺邀要［要求］姚樵

谯憔标飚嫖漂［漂浮］剽佻韶苕岧噍哓跷侥了＜明了＞魈峣描钊蛁

桡铫鹞翘枵侨窑礁

三肴

肴巢交郊茅嘲钞包胶苞梢姣庖匏坳敲胞抛蛟崤鲛鞘抄蛲

咆哮凹淆教［使也］跑艄捎爻咬铙茭炮［炮制］泡鲛刨抓

四豪

豪劳毫操［操持］髦绦刀萄猱褒桃糟旄袍挠［巧韵同］
蒿涛

皋号［号呼］陶鳌曹遭羔糕高搔毛艘滔骚韬缫膏牢醪逃
濠壕饕洮淘叨嗋

篙熬遨翱嗷臊嗥尻麖螯獒敖牦漕嘈槽掏唠涝捞痨牻

仄声：上声十七筱十八巧十九皓 去声十八啸十九效二十号通用

十七筱

筱小表鸟了＜未了，了得＞晓少　［多少］扰绕绍秒沼
眇矫

皎杳窈窕袅挑［挑拨］掉［啸韵同］肇缥缈渺淼茑赵兆
缴缭［萧韵同］

夭［夭折］悄訬佼蓼娆硗剿晄藐秒殍了＜了望＞

十八巧

巧饱卯狡爪鲍挠［豪韵同］搅绞拗咬炒吵佼姣［肴韵同］
昂

茆獠［萧韵同］

十九皓

皓宝藻早枣老好［好丑］道稻造［造作］脑恼岛倒［跌到］

祷［号韵同］捣抱讨考燥扫［号韵同］嫂保鸨稿草昊浩镐杲缟槁堡皂瑙媪燠

袄懊葆褓芼澡套涝蚤拷栲

十八啸

啸笑照庙窍妙诏召邵要［重要］曜耀调［音调］钓吊叫眺

少［老少］诮料疗潦掉［筱韵同］峤徼跳嘹漂镽廖尿肖鞘悄［筱韵同］峭哨

俏醮燎［筱韵同］鹩鹞轿骠票铫［萧韵同］

十九效

效教［教训］貌校孝闹豹罩棹觉［寤也］较窖爆炮［枪炮］

泡［肴韵同］刨［肴韵同］稍钞［肴韵同］拗敲［肴韵同］淖

二十号

号［号令］帽报导操［操行］盗噪灶奥告［告诉］诰到蹈傲

暴［强暴］好［爱好］劳［慰劳］躁造［造就］冒悼倒［颠倒］燥犒靠懊瑁

奥［皓韵同］耄糙套［皓韵同］纛［沃韵同］潦耗

第九部

平声：五歌［独用］

五歌

歌多罗河戈阿和［和］波科柯陀娥蛾鹅萝荷［荷花］何过［经过］磨［琢磨］螺禾珂蓑婆坡呵哥轲沱鼍拖驼跎佗［他］颇［偏颇］

峨俄摩么娑莎迦疴苛蹉嵯驮箩逻锣哪挪锅诃窠蝌髁倭涡窝讹陂鄱 皤

魔梭唆骡挼靴瘸搓哦瘥酡

仄声：上声二十哿去声二十一个通用

二十哿

哿火舸嚲舵我拖娜荷［负荷］可左果裹朵锁琐堕惰妥

坐［坐立］裸跛颇［稍也］夥颗祸桠婀逻卵那坷爹［麻韵同］簸叵垛哆硪

么［歌韵同］峨［歌韵同］

二十一个

个贺佐大［泰韵同］饿过［歌韵同。又过失，独用］

座 和［唱和］挫课唾播破卧货簸轲［轗轲］驮髁［歌韵同］磋作做剁

磨［磨磐］懦糯缚锉捼些［楚些］

第十部

平声：九佳（半）六麻通用

九佳（半）

佳涯［支麻韵同］娲蜗蛙娃哇

六麻

麻花霞家茶华沙车［鱼韵同］牙蛇瓜斜邪芽嘉瑕纱鸦遮叉

奢涯［支佳韵同］巴耶嗟退加笳赊槎差［差错］蟆骅虾葭袈裟砂衙呀琶耙

芭杷笆疤爬葩些［少也］佘鲨查楂渣爹挝咤拿椰珈跏枷迦痂茄桠丫哑划

哗夸胯抓洼呱

仄声：上声二十一马 去声十卦（半）二十二祃通用

二十一马

马下［上下］者野雅瓦寡社写泻夏［华夏］也把厦惹冶贾［姓贾］假［真假］且玛姐舍嗻赭洒赧剐打耍那

十卦（半）

二十二祃

卦挂画［图画］

祃驾夜下［降也］谢榭罢夏［春夏］霸暇灞嫁赦籍［凭籍］

假［休假］蔗化舍［庐舍］价射骂稼架诈亚麝怕借卸帕
坝靶鹧赏炙嘎乍咤

诧侘鲟吓娅哑讶迓华［姓华］桦话胯［遇韵同］跨衩柘

第十一部

平声：八庚九青十蒸通用

八庚

庚更［更改］羹横［纵横］彭亨烹盟生甥笙牲衡耕萌橙争筝贞成盛［盛受］

城诚呈程醒声征正［正月］峥撑坑铿蘅澎膨棚钲铮狰瞠绷怦砰氓侦柽蛏

赪赓瞠

觥荣泓闳罂宏琼嵘轰黉

英枰京惊荆明鸣莹兵卿擎鲸迎行［行走］茎罂莺樱清情晴精睛菁晶旌

盈楹瀛赢赢营婴缨轻名令［使令］并［并州］倾萦粳撄鹦黥浜坪苹繁嘤宁

狞璎鲭莛

兄茕

盲伧

九青

青经泾形陉亭庭廷霆蜓停丁仃馨星腥醒［醉醒］惺俜灵龄玲铃伶零听［径韵同］

冥溟铭瓶屏萍荧萤扃垌蜻硎苓聆瓴翎娉婷宁暝瞑螟猩钉疔叮厅町泠棂图

羚蛉咛型邢

荥

十蒸

蒸烝承丞惩澄绳升缯凭乘［驾乘，动词］胜［胜任］仍征［征求］称［称赞］登

灯僧憎增曾矰层能朋鹏肱薨腾藤恒罾崩滕誊嶒姮塍冯症簦曾棱楞

陵凌绫菱冰膺鹰应［应当］蝇兴［兴起］兢矜崚凝［径韵同］

仄声：上声二十三梗二十四迥 去声二十四敬二十五径通用

二十三梗

梗影景井岭领境警请饼永骋逞颖颍顷整静省幸颈郢

猛丙炳杏秉耿矿冷靖哽绠荇艋蜢皿儆悻婧阱狰［庚韵同］靓惺打瘿

并<合并>犷眚憬鲠

二十四迥

迥炯茗挺艇梃醒［青韵同］酩酊并<并行，并且>等鼎顶肯拯瞥刭溟

二十四敬

敬命正［正直］令［命令］证性政镜盛［茂盛］行［学行］

圣咏姓庆映病柄劲竞靓净竟孟诤更［更加］并＜梗韵同＞聘硬炳泳迸

横［蛮横］摒阱檠迎郑猰

二十五径

径定听胜［胜败］磬磬应［答应］赠乘［名词］佞邓证秤

称［相称］莹［庚韵同］孕兴［兴趣］剩凭［蒸韵同］迳甑宁胫暝［夜也］

钉［动词］订钌锭謦泞瞪蹭蹬亘［亘古］镫［鞍镫］滢凳磴泾

第十二部

平声：十一尤［独用］

十一尤

尤邮优尤流旒留骝榴刘由油游猷悠攸牛修羞秋周州洲
舟酬雠柔俦畴筹稠丘邱抽瘳遒收鸠搜驺愁休囚求裘仇浮
谋牟眸侔矛侯

喉猴讴鸥楼陬偷头投钩沟幽纠啾楸蚯踌绸惆勾娄琉疣犹
邹兜呦咻貅球

蜉蝣辀　帱阄瘤硫浏麻湫洇酋瓯啁飕鍪篌抠篘诌骰偻沤
［水泡，名词］

蝼髅搂欧彪掊虬揉蹂抔不［与有韵"否"通］瓿缪［绸缪］

仄声：上声二十五有　去声二十六宥通用

二十五有

有酒首口母［麌韵同］妇［麌韵同］後柳友斗狗久
负［麌韵同］厚手叟守否［麌韵同］右受牖偶走阜［麌
韵同］九后咎薮吼帚

垢舅纽藕朽臼肘韭亩［麌韵同］剖诱牡［麌韵同］缶酉
苟丑糗扣叩某莠寿

绶玖授蹂［尤韵同］揉［尤韵同］溲纣钮扭呕殴纠耦掊
瓿拇姆擞缒抖陡蚪

篓黝赳取［麌韵同］

二十六宥

宥候就售［尤韵同］寿［有韵同］秀绣宿［星宿］奏兽漏

富［遇韵同］陋狩昼寇茂旧胄宙袖岫柚覆复［又也］救厩臭佑右圃豆饾窦

瘦漱咒究疚谬皱逅嗅遘溜镂逗透骤又侑幼读［句读］堠仆副［遇韵同］锈

鹫绉味灸籀酎诟蔻僽构扣购觳戊懋贸衺嗽凑鼬毃沤［动词］

第十三部

平声：十二侵［独用］

十二侵

侵寻浔临林霖针箴斟沈心琴禽擒衾钦吟今襟［衿］金音阴岑簪［覃韵同］壬任［负荷］歆森禁［力所胜任］祲暗琛涔骎参［参差］忱

淋妊掺参＜人参＞椹郴芩檎琳蟫愔 喑黔嵚

仄声：上声二十六寝 去声二十七沁通用

二十六寝

寝饮［饮食］锦品枕［枕衾］审甚［沁韵同］廪衽稔凛懔

沈［姓氏］朕荏婶沈＜沈阳＞甚禀噤谂怎恁饪罨

二十七沁

沁饮［使饮］禁［禁令］任［信任］荫浸譖讖枕［动词］噤

甚［寝韵同］鸩赁暗渗窨妊

第十四部

平声：十三覃十四盐十五咸通用

十三覃

覃潭参［参考］骖南楠男谙庵含涵函［包函］岚蚕探贪耽

眈龛堪谈甘三酣柑惭蓝担簪［侵韵同］谭昙坛婪戡颔痰篮褴蚶憨泔聃邯

蟫［侵韵同］

十四盐

盐檐廉帘嫌严占［占卜］髻谦奁纤签瞻蟾炎添兼缣沾尖潜阎镰黏淹钳甜恬拈砭詹兼歼黔钤佥觇崦渐鹣腌襜阉

十五咸

咸函［书函］缄岩谗衔帆衫杉监［监察］凡馋芟搀喃嵌掺巉

仄声：上声二十七感二十八俭二十九豏去声二十八勘二十九艳三十陷通用

二十七感

感览揽胆澹［淡，勘韵同］啖坎惨敢颔［覃韵同］撼毯糁湛菡萏罱槧喊嵌［咸韵同］橄榄

二十八俭

俭焰敛［艳韵同］险检脸染掩点窆贬冉苒陕谄俨闪剡忝［艳韵同］琰奄歉芡崭堑渐［盐韵同］罨捡弇崦玷

二十九豏

豏槛范减舰犯湛巉 [咸韵同] 斩黯范

二十八勘

勘暗滥啖担憾暂三 [再三] 绀憨澹 [咸韵同] 瞰淡缆

二十九艳

艳剑念验堑赡店占 [占据] 敛 [聚敛] 厌焰 [俭韵同]
垫

欠僭酽潋滟俺砭坫

三十陷

陷鉴泛梵忏赚蘸嵌站馅

第十五部

入声：一屋二沃通用

一屋

屋木竹目服福禄谷熟肉族鹿漉腹菊陆轴逐苜蓿宿［住宿］

牧伏夙读［读书］犊渎牍椟黩縠复［恢复］粥肃碌骕鬻育六缩哭幅斛戮仆

畜蓄叔淑倏独卜馥沐速祝麓辘镞蹙筑穆睦秃縠款累覆辐瀑

郁＜忧郁，郁郁葱葱＞舳掬踘蹴跼茯袱鹏鹆髑槲扑匐簸蔟煜复＜复杂＞蝠

菔孰塾矗竺曝鞠嗾谡簏国［职韵同］副

二沃

沃俗玉足曲粟烛属录辱狱绿毒局欲束鹄蜀促触续浴酷躅褥旭欲笃督赎渌矗磈北［职韵同］瞩嘱勖溽缛梏

第十六部

入声：三觉十药通用

三觉

觉［知觉］角桷榷岳乐［音乐］捉朔数［频数］卓啄琢剥驳雹

璞朴壳确浊擢濯渥幄握学龊龌桨搦镯喔邈荦

十药

药薄恶［善恶］作乐［哀乐］落阁鹤爵弱约脚雀幕洛壑索郭

错跃若酌托削铎凿箔鹊诺萼度［测度］橐钥龠瀹着著虐掠获＜收获＞泊搏

藿嚼勺谑廓绰霍镬莫箬缚貉各略骆寞膜鄂博昨柝格拓铄铄烁灼疟蒻箬

芍蹻却嗽矍攫醵蹀魄酪络烙珞膊粕薄柞漠摸酢怍涸郝垩谔鳄噩锷颚缴

扩樟陌［陌韵同］

第十七部

入声：四质十一陌十二锡十三职十四缉通用

四质

质日笔出室实疾术一乙壹吉秩率律逸佚失漆栗毕恤密蜜
桔溢瑟膝匹述黜弼踤七叱卒 [终也] 虱悉戌嫉帅 [动词]
蒺侄踬怵蟋筚篥

必泌荜秫栉唧帙溧谧昵轶聿诘鋈垤捽苴黁鹬窒芯

十一陌

陌石客白泽伯迹宅席策册碧籍 [典籍] 格役帛戟璧驿麦
额柏魄积 [积聚] 脉夕液尺隙逆画 [动词] 百辟赤易 [变
易] 革脊翮屐

获 < 猎获 > 适索厄隔益窄核舄掷责坼惜癖僻掖腋释译
峄择摘弈奕迫疫昔

赫瘠谪亦硕貉跖鹡碛蹐只炙 [动词] 踯斥虉鬲骼舶珀吓
磔拆喀蚱舴剧檗

擘栅帻帻簀扼划蜴辟帼蝈刺崿汐藉螫虉摭襞虢哑 [笑
声] 绎射 [音亦]

十二锡

锡壁历枥击绩勣笛敌滴镝檄激寂觋溺觅狄获幂戚鹬涤
的吃沥雳惕剔砾翟籴倜析晰淅蜥劈甓嫡轹栎阒菂踢迪
皙褯逖蜺阒

汨 [汨罗江]

十三职

职国德食 [饮食] 蚀色力翼墨极殛息熄直值得北黑侧贼
饰刻则塞 [闭塞] 式轼域蜮殖植敕亟棘惑忒默织匿愠亿
忆臆薏特勒肋幅

仄昃稷识 [知识] 逼克即唧 [质韵同] 弋拭陟侧测翊洫
啬穑鲫抑或匐 [屋韵同]

十四缉

缉辑戢立集邑急入泣湿习给十拾袭及级涩楫 [叶韵同]
粒汁蛰执笠隰汲吸絷挹浥悒岌熠葺什芨廿揖煜 [屋韵
同] 歙笈 [叶韵同]

圾褶翕

第十八部

入声：五物六月七曷八黠九屑十六叶通用

五物

物佛拂屈郁＜馥郁，郁郁乎文哉＞乞掘［月韵同］吃［口吃］

讫绂弗勿迄不怫绁沸韨厥倔黻崛尉蔚契屹熨［未韵同］绂

六月

月骨发阙越谒没伐罚卒［士卒］竭窟笏钺歇突忽袜曰阀筏

鹘［黠韵同］厥［物韵同］蹶蕨殁橛掘［物韵同］核蝎勃渤悖［队韵同］孛

揭［屑韵同］碣粤樾鳜脖饽鹁捽［质韵同］猝惚兀讷［呐］羯凸咄［曷韵同］矻

七曷

曷达末阔钵脱夺褐割沫拔［挺拔］葛阔渴拨豁括抹遏挞跋撮

泼秣掇［屑韵同］聒獭［黠韵同］剌喝磕蘖瘌袜活鸹斡怛钹捋

八黠

黠拔［拔擢］八察杀刹轧戛瞎刮刷滑辖铩猾捌叭札扎帕
茁

鹘揠萨捺

九屑

屑节雪绝列烈结穴说血舌洁别缺裂热决铁灭折拙切悦辙
诀泄锲咽［呜咽］轶噎

彻澈哲鳖设啮劣玦截窃孽浙孑桔颉拮撷揭褐［曷韵同］
缬碣［月韵同］挈

抉襉薛拽［曳］爇冽瞥迭跌阅饕齧垤捏页阕觖谲撤蹩篾
楔惙辍啜缀撤绁

杰桀涅霓［蜺、齐、锡韵同］批［齐韵同］

十六叶

叶帖贴牒接猎妾蝶叠箧惬涉鬣捷颊楫［缉韵同］聂摄慑
镊蹑协侠荚挟铗浃睫厌魇蹀躞燮摺辄婕谍堞霎嗫喋碟鲽
捻晔躞笈［缉韵同］

第十九部

入声：十五合十七洽通用

十五合

合塔答纳榻閤杂腊匝阖蛤衲沓鸽踏拓拉盍塌咂盒 卅搭褡飒磕榼遏蹋蜡溘邋跋

十七洽

洽狭峡法甲业郏匣压鸭乏怯劫胁插锸押狎夹恰蛱硖掐劄袷眨胛呷歃闸霎［叶韵同］

（谢燕协助整理）

跋

少年时，余即酷爱文学。小学班主任张大鹏老师，孜孜不倦，引导余步上爱书之路。乃至高中，受前辈教长"补白大王"郑逸梅先生及三位班主任程辑雍、顾容先、席祖德老师之熏陶，感悟尤烈。研读古今中外名著，尤钟情于唐诗宋词，且时有诗词之习作。大学入数学系后，仍未淡忘。

填词之初，只以前人词作为摹本，略填一、二。日久甚感格律、平仄等掌握不易，惜无合适、准确之谱依之。二零零一年，得以空暇，遂萌生编著词谱之念。先广为搜集历代词作，得明以前词约三万首左右，后将其汇编成《词分谱汇集》，共计一千零八十八谱。在此基础之上，参校《钦定词谱》等，汇编成《增定词谱全编》。

搜集历代词作时，深感词作之境界、水准差异甚巨。唐代易静《忆江南》（《兵要望江南》）七百二十首，宋代宫廷御用文士朝贡、礼赞之词，元代道人颂道、传道之词，实以词为工具，似无艺术价值可言，当可忽略。而柳永、苏轼等大家，作品隽永飘逸，令人沉醉。即使二三流者，甚或无名之氏，亦时有上乘之作。惜乎历代词作浩如烟海，古代词集散失、遗逸较多，"全"，恐相对而言也。

余编辑《增定词谱全编》，先后耗时十八载。涉及书籍数十种，编写改定电子文稿数千兆。为求词谱之准确、实用，先行编订《词分谱汇集》，其中含唐五代至金元之主要存世词近三万首，共搜罗一千余谱，各谱大抵按体分列。再者，编定工具书《词谱备查》，将一千余谱按字数、句式进行排列，反复验证，以免出现谱调同而名称异等现象。编订长表《词分谱划代统计表》及《词谱对照表》，勘定《词谱溯源》。最后由词谱之传承性、填词者之认同度以及存词之可读性，确定三百零二谱作为"主流词谱"，即常用词谱；六百零五谱为"非主流词谱"，即非常用词谱；另有一百二十谱列为未编校词谱。三者合计共一千零二十七谱。之外，尚有五、七言词六十一谱。常用词谱除谱式外，每谱皆附有可赏读之例词若干。非常用词谱一般仅列出谱式，适当选择可赏读之例词。未予编校之词只举出例词而未列出谱式。

伏案对屏，寒以继暑，腿麻指胀，眼涩咽干，余几近于校词机器矣。十八年来，填词之趣骤减，词作亦由之减少。成书后，亦不知其有谁读之、识之、爱之。

为求教于方家，切磋于友朋，酬答于同好，特奉上《增定词谱全编》。余以细微之力，不避浅薄粗陋，以一孔之见编著此词谱，难免挂一漏万，甚或不乏谬误。祈盼才识之士及广大诗词爱好者予以点评、斧正，如蒙增删一二，词学幸甚，本人幸甚。

本书承蒙友人陈逸卿女史作序；余之弟子张蕾、刘丽琴接洽出版事宜，犹以丽琴出力最多；采薇阁总经理王强先生大力促成出版事宜。在此一并致谢。

是为跋。

董学增

辛丑初夏于五步斋